KB012599

회귀자 사용설명서

WISHBOOKS FANTASY STORY

회귀자
사용설명서 24

흙수저 판타지 장편소설

초판 1쇄 찍은 날 | 2020년 5월 7일
초판 1쇄 펴낸 날 | 2020년 5월 14일

지은이 | 흙수저
펴낸이 | 예경원

기획 | 위시북스
편집책임 | 이은송
편집 | 위시북스

펴낸곳 | 예원북스
등록번호 | 제396-2012-000132호
등록일자 | 2012. 7. 25
KFN | 제1-531호

주소 | 경기도 고양시 일산동구 호수로 646-24 위너스21II빌딩 206A호 (우)10401
전화 | 031-819-9431 팩스 | 031-817-9432
E-mail | yewonbooks@naver.com

ISBN 979-11-365-2626-7 04810
　　　979-11-6098-877-2 (set)

24

흙수저 판타지 장편소설

WISHBOOKS FANTASY STORY

회귀자
사용설명서

Wish Books

회귀자
사용설명서

CONTENTS

165장
씨앗 뿌리기

"갑, 갑자기 왜, 왜, 왜, 왜요."

"이런 말 꺼내기는 힘들지만, 이제 슬슬 집중해야 할 시기인 것 같아……. 하얀이도 공부에 조금 더 전념해야 할 때고……."

"……."

"왜 그런지는 알고 있지?"

"네, 네. 당, 당연히…… 당연히 알고 있죠, 알고 있어요."

"지금까지도 바빴지만, 앞으로는 더욱더 바빠질 거야. 27군 단 때 같은 일이 다시 벌어져서는 안 되니까."

"네…… 그, 그렇죠……. 그러면 안 되니까요."

"하얀이랑 매일 붙어 있고 싶은 마음은 굴뚝같지만, 어느 정 도 기틀이 잡힐 때까지는 서로 보지 않는 게 더 도움이 될 거 라고 판단했거든. 미리 대비하고, 미리 움직여야 돼. 그렇게 하

지 않으면 이후에 더 힘들어질 거야. 서로 힘들기는 하겠지
만…… 이해해 줄 수 있지?"

몸을 부들부들 떨고 있는 모습. 아주 오랜만에 중노 상태로
진입하려는 것 같았기에 침을 삼킬 수밖에 없었다. 이미 정하
얀에 대한 진단을 내리기는 했지만, 언제 어떤 식으로 돌발 행
동을 해올지는 예상이 되지 않았기 때문이다.

하지만 현재의 정하얀이라면 아마…….

"이, 이, 이해할 수 있어요……. 네, 이해할 수…… 있어요."

역시나 예상대로의 답변을 보내온 정하얀에게 다시금 시선
을 고정하자 시야에 비친 것은 필사적으로 눈물을 참고 있는
듯한 얼굴. 어떻게든 눈물을 떨어뜨리지 않으려고 안면에 힘
을 주고 있는 상태로, 자그마한 주먹을 꽉 쥔 몸은 핸드폰에
진동이라도 온 것처럼 부르르 떨리고 있었다.

정신력으로 몸을 필사적으로 억누르고 있는 듯하나, 자꾸
만 움찔거리는 것을 보니 조금 더 불안해진다.

권태기가 왔다고 둘러대는 것도 나쁠 것 같지는 않았지
만…… 초장부터 너무 크게 대미지를 주고 싶지는 않았다. '앞
으로 보기 힘들어질 수도 있어'만으로도 충분히 충격적인 발
언이었으니까.

정하얀이 성장하기 위해서 필요한 감정이라고는 해도, 이별
같은 커다란 대미지를 주면, 내가 감당할 수 없는 사고를 치지
않을까 하는 불안감이 든다. 그럴 리는 없겠지만 마탑 위에 틀
어박혀 1회차 같은 선택을 할까 걱정되기도 했고…….

이 정도만 해도 정하얀을 폭발시키기에 충분할 거라고 확신할 수 있다. 그래도 얼굴은 볼 수 있었던 예전과는 다르게, 이제는 얼굴을 볼 수 없는 나날들이 기약 없이 길게 느껴질 테니까. 달고 있는 목줄을 한꺼번에 풀어재끼는 것보다 천천히 푸는 게 더 안전하다는 이야기다.

괜히 권태기 드립이라도 쳤다가는…….

'진짜 망할 수도 있으니까.'

다른 무엇보다 원인이 녀석들이라는 것에 의의가 있다. 어떤 식으로든 정하얀의 분노를 그쪽에 향하게 해야 한다는 걸 생각해 보면 이게 옳은 선택이었다.

"그, 그, 그래도…….."

"아마 빠르면 이번 주 내로 북부로 향할 것 같아."

"네? 이번 주요?"

"응, 미리 말하지 못해서 미안해. 너무 갑자기 결정되기도 했고 나도 경황이 없어서……. 전진 기지 시공이 내일부터 들어가거든. 계획도 계획이지만, 그쪽 국가를 중심으로 한번 돌아봐야 할 것 같아. 아무래도 혼란스러워하는 사람들이 많으니까. 나라도 가서 잡아줘야지. 도움이 될 수 있을지도 몰라."

"저도 그쪽에서 공부할 수 있는데……. 이동도 할 수 있으니까. 더, 더, 더 편할 수도 있을 거예요."

"하얀이는 여기서 할 일이 있으니까."

"할, 할 일, 할 일 있죠. 그래도…… 가, 가끔 보러 가도 되, 되나요. 잠깐이라도……."

"일단 내가 따로 연락하기 전까지는 계속 린텔에 있으면 좋겠는데."

"그…… 건 너무……."

'가혹하지.'

내가 생각해도 충분히 가혹하다고 느껴진다.

일반적인 상황에서는 별것 아닌 것처럼 느껴지겠지만, 지구에서부터 정하얀에게 있었던 일들을 떠올려 보면 굉장히 미안한 이야기다. 물론 정하얀은 더 이상 내게 버림받지는 않을 거라고 생각하고 있는 것 같았지만, 그래도 머릿속에 떠도는 불안감을 치워 버리는 게 어디 쉬운 일인가.

아니나 다를까 눈물이 뚝뚝 떨어지는 모습이 시야에 비쳤다. 그런 그녀가 애잔하게 보인 것은 당연한 거고.

슬쩍 팔을 벌리자 허겁지겁 달려들어 와 꽉 껴안아 온다.

그녀가 힘을 준 곳에서 우득거리는 소리가 난 것 같았지만, 머리를 살살 쓰다듬어 주는 것으로 마무리. *끄윽끄윽*거리는 소리가 끊임없이 들려왔기 때문에 마치 군대 가는 느낌이라고 생각했다. 혹은 해외 유학을 떠난다든가.

드라마 속에서나 일어날 것 같은 신파의 서글픔이 있었지만, 사실 일이 바빠진다는 건 거짓말이 아니다.

'마침 타이밍이 좋았어.'

어차피 슬슬 북부로 움직이려고 했었던 타이밍, 정하얀까지 데려갈 수는 없는 노릇이 아닌가.

물론 데려가면 편하기야 하겠지만, 이동을 제외한 다른 부분에서는 불편한 점이 더 많을 것이다. 대충 씨앗을 뿌려놓고, 코인에 재산을 박아두고 존버하는 게 그녀에게도, 나에게도 도움이 된다.

약해지려고 꿈틀거리는 마음을 애써 집어넣은 이후 살짝 정하얀을 밀어내려고 해봤지만, 역시나 밀려나지 않는다.

"다들 열심히 하고 있으니까, 하얀이도 힘내야지."

'그래도 너는 일주일에 한 번은 봤었잖아.'

"끄윽…… 네."

"뭔가 필요한 게 있으면 김미영 팀장님한테 꼭 문의하고 편지나 영상 정도는 보낼 테니까. 너무 서운해하지 마."

"끄으윽…… 끄윽……. 히끅…… 네."

"나도 헤어지기 싫어, 하얀아. 그래도 어쩔 수 없어."

"히끅…… 네에…… 그, 그럼 언제 볼 수 있어요?"

"지금 하고 있는 일이 대충 마무리되고……."

"네."

"네 수련이 끝났을 때."

"수, 수련이 언제 끝나는데요."

"그건 스스로 판단할 수 있을 거야. 너도 알고 있지?"

"네…… 네…… 히끅."

"배웅은 안 해줘도 되니까. 빨리 탑으로 들어가도 돼."

"그래도……."

"괜찮아. 내가 데려다줄게."

"끄으으윽……."

'그래도 잘 참아주고 있네. 진짜 놀랍다. 놀라워.'

내가 굳이 말하지 않아도 본인도 느끼고 있지 않을까 싶다. 초조해하는 것 같지는 않았지만, 최근에 성장이 정체되어 있다는 걸 깨닫고 있을 게 분명하다. 정확한 원인에 대해서는 알수 없었지만, 환경의 변화가 필요하다고 생각하고 있을 수도 있다.

기왕이면 이 모든 게 그 바깥 신인가 뭔가 때문이라고 느끼고 있었으면 좋겠다. 그래야 정하얀의 성장에 불이 붙을 테니까.

'아마……'

내가 만족할 정도가 될 때까지 성장해야겠다는 강박 관념에 사로잡히는 게 첫 번째. 곧바로 공부에 전념하기 시작하는게 두 번째.

이걸로 정하얀의 성장에 불이 붙는다면…….

'이루 말할 수 없을 정도로 좋겠지만…….'

반쯤 유혹했음에도 불구하고 효과가 없었던 성장이 겨우그 정도로 활기를 되찾을 거라고 생각하지는 않는다. 커다란벽에 막힌 것처럼 본인이 가장 답답한 상황에 처할 수도 있다.

지금까지 해온 게 있으니 일주일이 지난 후에는 조금만 더하면 공부를 끝낼 수 있다고, 금방 만날 수 있다고 다짐하고있겠지만……. 그렇게 아무 차도 없이 한 달, 두 달, 혹은 그이상의 시간을 보낸다면 본인이 더 초조해하지 않을까. 참고있었던 짜증이 스물스물 올라올 것이고 결국에는 외부에서원인을 찾기 시작할 것이다. 그 와중에 오빠와 만날 수 없다는 초조함과 이 상황을 만들어낸 이들에게 분노를 보내는 것은 물론 어쩌면 새로운 결단이 필요하다고 생각할지도 모른다. 매번 그랬던 것처럼 말이다.

'이 정도로 마무리하기에는 조금 불안한데……'

기왕이면 가까이서 정하얀의 차도를 체크하고 신경 써주고 싶지만 나 역시 그녀에게만 신경을 쓸 수는 없다는 게 문제였다.

"여, 연, 연락할게요."

"응, 그래. 바로 들어가, 하얀아."

"네…… 네."

"주기적으로 영상은 꼭 보내고."

"네, 꼭 보낼게요. 꼭, 꼭, 꼭이요. 끄윽…… 꼭이요."

개인적인 시간이 필요한 것은 정하얀뿐만이 아니다.

끝까지 헤어지지 않으려 발버둥 치는 정하얀을 반 정도는 억지로 마탑에 넣은 이후에 나 역시 짐을 챙기기 위해 길드로 향하기 시작했다. 계속해서 끄윽거리는 목소리가 들려왔기 때문에 발걸음을 돌리기가 힘들었지만, 이건 필요한 일이었다.

길드로 돌아오자 괜스레 조용한 파란 길드가 나를 반겼다.

뭔가 휑한 것 같은 느낌, 아니, 실제로도 휑하다. 김현성과 조혜진이 대륙 합동 훈련 때문에 파견을 나가 있는 상태였으니까. 애초에 인원이 그리 많지 않다 보니 몇 명이 빠진 것만으로도 확 티가 난다.

그렇게 막 입구로 들어가려고 했을 때 바깥으로 나오는 박덕구와 안기모를 확인할 수 있었다. 원정이라도 가는지 무지막

지하게 커다란 짐을 들고나오는 모습에 궁금증이 생긴 것은 당연지사.

슬쩍 물어보려는 순간, 박덕구 쪽에서 먼저 입을 열어왔다.

"어, 형님. 이제 북부로 가는 거요?"

"너도 따라가려고?"

"아니, 그런 게 아니요."

"그럼 뭐야?"

"그냥, 뭔가 정체된 것 같은 느낌을 받아서 말이요."

"원정이라도 가게? 보고된 던전은 없었던 걸로 기억하는데……. 기모 씨랑 겨우 둘이 나가? 삼대 길드에 파견 인원 신청한 건 맞고? 인선은 어떻게 돼? 붉은 용병이랑 검은 백조가 여유가 된대?"

"아니, 그런 건 아니고……. 원정 같은 게 아니요. 그냥 겸사겸사 세상 좀 둘러보려고 가는 거지."

"그게 뭔 개소리야. 지금이 얼마나."

"무슨 걱정을 하는지는 알고 있는데 놀러 가려고 그러는 게 아니니까 걱정 좀 넣어두쇼. 그냥 점점 한계치가 보이니까 갑자기 이런 생각을 하게 됐다니까. 너무 여기서 안전하게만 큰 건 아닐까. 하는 생각 말이요. 아까 형님이 말했던 것처럼…… 형님이랑 길드마스터 형씨 그리고 우리 누님 품 안에서만 자라왔다는 게 팍하고 느껴져서……."

"……."

"형님 입장에서는 우습겠지만, 거창하게 말하면 한 계단 더 올라가기 위해 수행을 떠나는 거라니까. 마침 형씨도 계속 합동 훈련에 신경 쓰고 있는 상태고, 누님도 마탑에 있고, 형님도 곧 북부로 떠나니까…… 심지어 파란 길드도 탈퇴해야 하는 거 아니요? 그렇게 생각하니까…… 지금이 딱 좋은 타이밍 같아서……."

"……."

"옛날에 그 못난 동생은 아니요, 형님. 너무 걱정하지 마쇼."

"……걱정은 안 한다. 뭐, 네 문제에 대해 내가 뭐라고 코멘트하기도 애매하고……. 일단은…… 응. 그래. 뭐, 잘 다녀와. 잊지 말고, 내가 하면……."

"나는 더 잘할 수 있다, 아니요. 오래전부터 가슴 속에 팍하고 새겨놨으니까. 그만 말해도 된다니까."

"기모 씨도 잘 다녀오세요."

"하하하, 네, 부길드마스터. 어느 정도 성과를 얻었다고 느껴지면 바로 돌아오도록 하겠습니다. 가시죠, 덕구 씨."

'다들 생각이 없는 건 아니네.'

이제 숟가락을 떠 밥을 먹여줘야 할 정도로 병아리가 아니라는 사실을 새삼스레 깨닫게 된다. 본인이 어떻게 해야 성장할 수 있는지 스스로 느끼고 있는 것이다.

그래도 뭔가 걱정되는 것은 부정할 수 없는 사실.

하지만 이것도…….

'나쁘지는 않아.'

존버해 놓기 좋은 코인이기는 하다. 애초에 박덕구 같은 경우에는 내가 뭘 어떻게 해줄 수 없는 입장에 있었으니까. 본인 스스로 답을 찾는 게 더 나은 선택이 될 수도 있다고 여겨졌다. 너무 뿔뿔이 흩어지는 것 같아 기분이 조금 찝찝하기는 했지만 말이다.

'이거 혹시 내가 파란 길드 탈퇴하는 거랑 관계있는 건가.'

그럴 리가 없다고 생각했지만 조금은 걱정될 수밖에 없었다. 박덕구에 이어 엘레나까지 잠깐 파란 길드를 떠나 있겠다는 말을 꺼내왔기 때문이다.

사실 중소 규모 길드나 파티에서는 이런 일이 비일비재하다. 딱히 갈등이 있는 것도 아니고 서로 분쟁이 일어난 것도 아니지만, 자연스럽게 해체 수순을 밟게 되는 것 말이다.

길드의 핵심 멤버가 탈퇴한다거나, 각자의 원정길이 달라 잠깐 찢어졌을 경우, 끈적거리던 관계가 천천히 멀어지고, 서로 연락도 뜸해지다가 해체되는 경우도 간혹 있다.

물론 통신 체계가 발달한 지금은 그런 일이 많지는 않았지만, 파란 길드도 그런 수순을 밟고 있는 것은 아닌지 걱정이 생기기 시작했다.

파란 길드에서 이기영이라는 사람이 어떤 의미를 지니는지를 생각해 보면 금방 답이 나오지 않는가. 엄밀히 따지면 김현성의 지분보다 내 지분이 더 높다고 해도 과언이 아니다. 정하얀, 박덕구는 물론 선희영과 엘레나, 대장장이 유아영과 연기 잘하는 안기모 역시 김현성이 아닌 내가 영입한 이들이다. 유아영와 안기모는 모르겠지만, 특히 앞서 말한 넷은 내가 파란 길드를 나간다면 따라 나갈 이들이라고 해도 과언이 아니리라.

그렇기 때문에 엘레나의 갑작스러운 방문이 그리 달갑지만은 않았다.

물론 이유를 전해 들은 이후에 고개를 끄덕이기야 했다. 어떻게 생각해도 합리적인 이야기였으니까.

"잠깐 왕국에 다녀와야 할 것 같습니다."

"……."

"세계수와 병력 차출 문제로 아버님께 말씀드릴 내용이 있어서요. 무엇보다 그쪽에 있는 게 제게 더 도움이 될 것 같아서……."

"아, 그랬죠. 확실히 세계수 근처에 있는 것과 없는 건 차이가 제법 크니……."

"심지어 엘룬 님께서도 이대로라면 커다란 위협을 극복할 수 없다는 뜻을 간접적으로 내비쳐 오셨습니다. 이기영 님께서 파란 길드에 계속 계셨다면 무리해서라도 남아 있고 싶지만, 길드를 탈퇴하시고 대륙 관리에 더 집중하신다고 하니, 저 역시 힘을 키우기 위해 세계수 근처에 있는 게 더 나을 것 같다고 판단했습니다. 제가 거기에 있는 게 왕국의 지원을 끌어내기에도 더 유리할 거고……."

"네, 엘레나 님 생각이 맞을 겁니다."

"길드를 탈퇴하려고 하는 건 아닙니다. 언젠가는 돌아오실 테니까요. 하지만 막상 가려고 하니 발걸음이 잘 떨어지지 않네요. 지금 당장 떠나는 것도 아니고…… 평생 안 보고 살 것도 아닌데, 왜 이렇게 눈물이 나오는지도 모르겠어요."

"……."

"고맙습니다, 이기영 님. 품이 따뜻하네요."

"정확히 언제 떠나시는 겁니까?"

"곧바로 떠나지 않을까 생각하고 있어요. 아영 씨도 같이요."

"아……."

"네, 드워프 공방에 가는 게 도움이 되실 것 같다고…… 가는 방향이 같으니……."

'나쁜 선택은 아니네.'

"본래는 이렇게까지 빠르게 움직일 필요는 없지만, 기영 님이 없는 파란 길드에 남아 있는 게 너무 슬플 것 같아서…… 일이 전부 끝나면 꼭 위로 올라가도록 할게요."

"네, 기다리고 있겠습니다."

'안 그래도 유아영은 드워프들한테 보내려고 했지만. 영향이 아예 없었던 건 아닌가?'

그녀들로서도 고심하고 고심했던 이야기, 그중 가장 베스트라고 여겨진 결정이었으리라.

세계수와 친숙한 엘프의 특성상 여기에 있는 것과 거기에 있는 것 중 뭐가 더 효율이 뛰어난지는 굳이 설명할 필요도 없다. 버림받기는 했지만, 엘레나는 엘룬의 딸이기도 하니 신전이 위치한 그곳에서 신성력을 늘리는 게 더 효과적이다. 광물을 다루는 유아영이야 드워프들과 함께 망치질하는 게 당연한 거고.

대륙 전체에 질 좋은 무기들을 보급해야 하는 만큼 지금보다 더 큰 규모의 대형 공방이 필요했다. 아무리 파란 길드에서 유아영의 공방에 돈을 쏟아부었다고 한들, 차마 헤아릴 수 없는 시간 동안 대장 기술 인프라를 쌓아온 드워프들과 같을까. 본인이 더 성장하고 날개를 펴기 위해서라도 유아영은 하루라도 빨리 발걸음을 옮겨야 했다.

박덕구와 안기모가 길드를 떠난 직후에 나온 이야기라 조금 당황스럽기는 했지만, 엘레나와 유아영이 이종족 연합 쪽으로 내려가는 건 백번 옳은 선택이었다.

'확실히…….'

"조금 길드가 텅 빈 것처럼 느껴지겠군요. 덕구와 기모 씨도 방금 길드를 나섰는데……."

"아, 이거 죄송하네요. 저라도 자리를 지키고 있어야 하는데……."

"아니요, 괜찮습니다. 어차피 내부적인 일은 김미영 팀장님이 전부 처리해 주고 계시니까요. 합동 훈련 같은 경우에는 혜진 씨가 많이 힘써주시는 상황이고, 엘레나 님은 다시 왕국으로 돌아가시는 게 좋을 것 같습니다. 이렇게 말하면 섭섭하게 느껴지겠지만……. 네, 엘레나 님을 위해서요."

"말씀이라도 같이 북부로 가자고 했으면 못 이기는 척 따라

나섰을 텐데…… 아쉽네요."

"중요한 일이니까요."

"후훗. 네, 중요한 일이죠."

엘레나가 살짝 까치발을 들어오는 게 시야에 비쳤다.

입술에 잠깐 부드러운 감촉이 느껴진 후 배시시 웃고 있는 엘레나의 모습이 눈에 들어왔다. 끝까지 울고불고하던 정하얀과는 다분히 대조적인 모습.

하지만 그녀도 눈물을 참을 수는 없는지 급하게 손가락으로 눈물을 닦는 모습이 보였다.

"그, 그럼 먼저 들어갈게요. 배웅은 하지 않으셔도 돼요. 아니, 기왕이면 하지 않아주셨으면 좋겠어요. 그런 모습까지 보면 정말로 이곳을 떠날 수 없을 것 같아서……."

"네, 알겠습니다. 엘레나 님, 가끔 연락드릴 수 있도록 하겠습니다."

"저도…… 네, 연락드릴 수 있도록 할게요."

그렇게 엘레나와 유아영 역시 잠깐 파란 길드에 자리를 비우게 됐다.

'이거 조금 찝찝하네. 아니…… 정말로 싱숭생숭해.'

김현성과 조혜진이 대륙 합동 훈련으로 파란 길드를 비웠을 때까지만 해도 그러려니 했다.

사실 그렇게 큰 빈자리가 느껴지지도 않았다. 김현성이야 매일 같이 편지를 보내고 있었으니까. 물론 최근에는 본인 역시 수련의 필요성을 느낀 모양인지 본격적으로 틀어박혔지만,

그래도 조혜진이 종종 소식을 전해오지 않았던가.

어쩌면…….

'어쩌면 그동안은 눈치채지 못한 거일 수도 있고…….'

나 역시 이런저런 일로 바빠지면서 주변을 제대로 신경 쓰지 못했으니까.

이런 표현이 어울릴지는 잘 모르겠지만, 잠깐 앉아 멈춰 서 있게 되니 빈자리가 확 하고 다가온 듯한 느낌이었다.

'이렇게 길드가 조용했구나.'

싶고…….

'그동안 잘 만나지도 못했네.'

라는 생각을 괜스레 떠올리게 된다.

물론 길드가 조용해진 것에는 박덕구가 떠난 게 가장 크게 작용했겠지만…….

'정하얀도 마탑에 가 있고…….'

외부인이지만 길드를 제집처럼 드나들던 차희라 역시 폐관 수련인지 뭔지를 해야 한다면서 사전 고지도 없이 동굴에 틀어박혔다. 그녀답기는 했지만 뒤늦게 소식을 들었을 때는 얼마나 황당했는지 모른다.

'그럼 지금 길드에 남아 있는 게 누구야?'

김예리와 김창렬은 뭘 하는지 매번 밖으로 나가 있으니 딱 하고 꼬집을 수 있는 사람은 선희영이 끝이었다.

심지어…….

'얘도 자기 일 하느라 바쁘니까.'

솔직히 내가 이런 부분까지 걱정하게 되리라고는 생각하지 못했다. 본래 어디를 가더라도 소속감이라는 것에 크게 신경 쓰는 타입은 아니었으니까.

하지만 막상 상황이 이렇게 되자 내가 파란 길드에 꽤 소속 감을 느끼고 있다는 생각이 내리꽂혔다. 단순히 길드의 전력 저하를 걱정하기 이전에 길드에 소속된 구성원들이 떨어질까 걱정하고 있는 것이다.

'희한해.'

함께 목숨을 걸고 사선을 헤쳐 나왔다는 사실 때문인가 하는 생각도 들었지만 아마 이곳 사람들에게 제법 정이 들었기 때문이리라. 오랫동안 떠들썩하게 지냈다는 사실도 결정적이 었을 수도 있고……. 조금 더 감성적으로 판단했다면, 파란 길 드원들이 흩어지는 걸 최대한 배제하지 않았을까.

하지만 이건 필요한 일이었다. 서로 자라날 수 있는 토양이 다른 상황이었으니까.

앞서 떠올렸던 것처럼 길드원들도 바보는 아니다. 박덕구는 파란 길드의 품 안에서 계속 시간을 보내는 게 도움이 되지 않 을 거라고 판단했고, 안기모는 그런 박덕구를 따라나서는 게 본인에게 유리할 거라고 생각했다. 녀석은 성직자였지만, 전위 에 서는 타입이니 박덕구에게 배울 게 있겠지.

엘레나는 세계수의 보호 아래서 힘을 키우자 했고, 유아영 도 드워프들과 함께할 필요가 있다고 생각했을 것이다.

정하안도 그렇다. 지금은 본인이 스스로 판단하지 못하고 있었지만, 예전의 정하얀이라면 스스로 마탑에 들어가기를 원하지 않았을까. 모두 바보가 아닌 만큼 인지하고 있을 게 분명했다. 그리고 그런 선택을 내리기에 적절한 타이밍이라는 생각이 든 거고.

대륙 합동 훈련이나 북부 전진 기지 시공, 대륙 보호 관리 위원회 등, 현재 대륙에 일어나고 있는 일들에 별 도움을 줄 수 없으니까 더욱더 그런 생각이 들어와 꽂혔을 것이다.

굳이 강조하지는 않았지만, 엘레나가 왕국으로 돌아가는 것 역시 그런 정치적인 도움을 주기 위함이리라.

'기뻐해야 하는 게 맞네.'

기분 좋아야 하는 게 맞다. 이것 역시 씨앗 뿌리기의 일환이었으니까.

그렇게 엘레나를 보내고 난 후, 나 역시 떠날 채비를 하기 시작했다. 괜히 머릿속이 복잡해지기 전에 일에 더 집중하는 게 옳다.

떠나기 전에 선희영, 황정연과 조금 시간을 보내고, 곧바로 길드를 나서기 시작했다.

이쪽과 함께 북부로 떠나는 인원은 이기영 친위대의 박리안과 수행원 몇 명이 끝. 물론 북부로 함께 가는 인원은 전원이 파란 길드 탈퇴를 마친 상태였다.

아예 혼자 가는 게 좋지 않을까 하는 생각해 보기도 했지만, 그걸 길드에서 허락해 줄 리 없다. 김현성은 쌍검의 박리안을 비롯한 몇몇을 뽑아내게 했고, 나는 그것을 받아들였다. 언제 어디서 문제가 생길지 모르니 보험차 괜찮을 것 같기도 했고, 실제로 사건이 터질 가능성도 있지 않은가.

밖으로 나가자 의외의 얼굴이 시야에 비쳤다.

"북부로 가는 거예요?"

"응, 준비는 미리미리 해야지. 그나저나 바쁘다면서, 누나. 찾아가도 모른 척할 때는 언제고……. 위원회 발족 때문에 밥 먹을 시간도 없는 거 아니었어?"

"그래도 내 님이 멀리 떠난다는데 얼굴은 한번 봐야 하지 않겠어요?"

"못 보는 것도 아니잖아. 어차피 북부로 올 거 아니야?"

"3개월은 걸릴 거예요. 어쩌면 더 걸릴 수도 있고……. 이쪽에도 책임자는 있어야 하니까. 김미영 팀장님이 있기는 하지만, 그분도 요즘 다른 일들로 바쁘시잖아요."

"뭐, 그렇지."

"생각보다 빨리 가는 것 같기도 하고요. 하얀 씨 때문이에요?"

"아냐, 아냐. 그런 것도 있기는 한데, 왠지 감이 안 좋거든."

"시간 많이 남아 있다고 한 거 아니었어요?"

"일단은 그렇게 보고 있기는 해."

"준비는 빠르면 빠를수록 좋죠, 뭐. 그나저나 외롭겠네요. 그래도 인원이 많은 검은 백조야 몇 명 빠져도 간에 기별도 안 가는 데, 파란 길드는 몇 명 빠지니까 완전히 텅텅 빈 것 같기도 하고……."

"뭐, 조금 멀리 떨어져 있다, 뿐이지 마음만 먹으면 언제든지 연락할 수 있으니까."

"실제로 보는 거랑 편지나 영상으로 보는 거랑 같나요. 내가 너무 오래 붙잡고 있었나 봐. 인제 그만 가봐요."

"……."

"……이건 선물이고요. 어차피 보온 마법을 달고 살 테지만 북부는 춥다더라. 그럼 나중에 또 보자고요, 파트너."

"고마워, 파트너."

'조금 기분이 이상하네.'

딱 그런 기분이었다. 뭐라고 표현해야 할지 갈피를 잡을 수가 없다.

'이거 진짜 기분 이상하네.'

확실히, 정이 들기는 들었나 보다.

그렇게 시간이 흐르고 흘러.

'하얀이는 괜찮으려나.'

1년이라는 시간이 흘렀다.

166장
1년 이후의 대륙

[원활하게 돌아가고 있는 북부 전진 기지 시공, 파란 길드의 김미영 팀장. "최대한 속도를 내기 위해 노력할 것." -교국일보 김성경 기자.]

[이기영 명예추기경은 정말로 대륙을 외면하는 것인가. 대륙 보호 관리 위원회는 발족했지만, 아직도 위원장 자리는 공석. -교국일보 김성경 기자.]

[북부에서 계속되는 혼란, 치솟는 범죄율. 해답은 신앙? 이기영 명예추기경의 작은 기적. "베니고어 님께서는 항상 우리를 지켜보고 계셔." -교황청 소식.]

[뿔뿔이 흩어진 파란 길드. 이대로 해체 수순을 밟는 것인지 궁금하다. 만약 파란 길드가 해체한다면 길드원들의 다음 행선지는 어디로? '대마법사' 정하얀은 마탑으로, '신념의 방패' 박덕구는 안기모와 함께 붉은 용병으로……. 다른 길드원들 역시 벌써부터 여러 길드에 오퍼를

받는 중. -길드 칼럼.]

[파란 길드에서 작은 여신의 거울을 선보여 모든 이들이 환호. 이 세계에 스마트폰이 들어온다? 정식 명칭은 여신의 손거울. 얼마 지나지 않아 대륙 전역에 출시할 예정. 이기영 명예추기경. "조금 더 직접적인 연락 수단이 있으면 좋겠다고 생각해……." -교국일보 김성경 기자.]

[파란 길드마스터 김현성. "파란 길드는 아직 돈독해. 상황상 멀리 떨어져 있을 뿐." 불화설 일축, 계속되는 찌라시에는 법적 대응까지 고려. -교국일보 김성경 기자.]

[린델 근처의 숲에서 거대한 마력이 감지. 몬스터 떼죽음 사태에 신규 사냥꾼 확보가 절실. 마탑에서 조사에 임하고 있지만, 아직도 원인은 오리무중. 갈기갈기 찢겨 처참하게 죽어 있는 모습은 아무리 봐도 정상으로 보이지 않아……. -길드 칼럼.]

[이기영 명예추기경 파란 길드 탈퇴. 파란 길드마스터 김현성과 부 길드마스터 이기영의 불화설 재점화. 헤르엔에서 둘이 목소리를 높이며 언쟁을 벌였다는 증언도 나와……. -강유미 기자.]

["현성 씨와는 좋은 관계를 유지하고 있어." 이기영 명예추기경이 파란 길드를 탈퇴할 수밖에 없었던 이유는 무엇일까. -교국일보 김성경 기자.]

[공석이었던 자리가 결국 주인을 맞이해. 대륙 보호 관리 위원회의 위원장으로 이기영 명예추기경 추대. "최대한 겸손하고 낮은 마음으로 시작할 것." 대륙인들의 뜻을 거스를 수 없어 받아들이게 됐다는 이기영 위원장의 속내는? -교국일보 김성경 기자.]

"……언제 이렇게나 됐나 몰라…… 그런데도 이건 아직까지 완성될 기미가 안 보이니, 참……. 날씨라도 문제가 안 되면 조금 더 속력을 낼 수 있을 것 같은데……."

"하하하, 어쩔 수 없으니까요. 마법에 도움을 받으면 조금 더 나았겠지만, 마력석을 가공할 수 있는 마법사들이 흔치 않으니…… 이 방법이 최선이라고 봅니다. 그래도 어느 정도는 진척이 있지 않습니까?"

"내 눈에는 전부 다 똑같다고 생각이 들지만……. 그나저나 어떻게 생각하나?"

"무슨……."

"요즘 떠들썩한 파란 길드 불화설 소식 말이야. 사실 그 길드가 불화설에 휩싸이든 말든 우리 같은 잡부들이 신경 쓸 건 아니지만, 한때 칼 밥 먹던 모험가로서 관심이 안 갈 수가 없더라고. 매번 똑같은 작업을 하다 보니까 괜히 여기저기 쓸데없는 소식에 귀를 기울이게 되는 것 같기도 하고…… 뭐, 좋은 술 안주가 아닌가."

"파란 길드는 괜찮을 겁니다. 네, 아마도요."

"길드마스터와 부길드마스터가 다툼이 있었다는 것도……."

"아마 단순한 추측성 기사일 겁니다. 언론에 나온 것처럼 두 분은 가끔 연락을 주고받는 것 같았으니까요."

"그건 그냥 언론에 좋은 인상을 남기기 위한 작업이라 봐도 될 것 같은데……."

"하하하하."

"아무튼, 이상하긴 해. 대륙에 뭐 위기가 들이닥친다, 닥치지 않는다 해도. 권력자라는 놈들은 지들 잇속 챙기려고 서로 반목하고 있으니. 사실 이런 공사를 한다고 뭐가 달라질 것 같지도 않고…… 나야 일거리가 생겨서 좋지만……"

"불안해하시는 것도 이해합니다. 하지만 위원장님께서 뭔가 생각이 있으시겠지요."

"나는 그 사람 안 믿는다고 말하지 않았나, 안 씨. 똑똑한 사람인 것 같아서 지켜보고는 있는데…… 관상 자체가 음흉한 관상이야. 나라 팔아먹을 관상이라니까."

'저 아저씨는 진짜 짜증 나네.'

멀리 떨어지지 않는 곳에서 최 씨 아저씨와 안 씨 아저씨가 대화를 나누는 것이 시야에 비쳤다.

어처구니가 없어 헛웃음이 나올 지경이다. 파란 길드가 해체한다고 떠들썩했던 것도 이미 반쯤은 떡밥이 지난 기사가 아니던가. 저런 식으로 이야기를 꺼낼 때마다 마음 한쪽이 불편해지는 건 어쩔 수 없었다.

'애초에 이런 조건이 어딨어?'

단순 노동자들을 위해 보온 마법을 상시 유지시켜 준다는 것도 대단한 일이 아닌가.

이런 추위 속에서도 따뜻한 온도를 유지할 수 있는 마법사를 구하는 건 당연히 쉽지 않다. 그런 자원이 고작 여기서 공사 감독관을 하고 있는 것도 우스운 이야기고…… 어떻게 봐도 노동자들을 배려해 주고 있다는 것으로밖에 설명이 되지 않았다.

'한번 사냥 나가서 몬스터들한테 뜯어 먹혀봐야 정신을 차리지.'

지금보다 더 가혹한 환경에서 지내다 보면 이곳의 생활이 얼마나 편한지 깨달을 것이 분명했다.

슬그머니 주머니에 손을 넣어 손거울을 확인하자, 익숙한 화면과 함께 시간과 날짜가 시야에 비쳤다.

'그나저나 벌써 1년이나 지났네.'

개공 소식을 듣고 북부로 올라온 지도 벌써 1년.

예정되어 있었던 희귀 던전 탐사를 그만두고 왔지만, 후회되지는 않는다. 스텟이 많이 오르기도 했고, 무엇보다 임금이 세다. 최근에 여신의 손거울을 구입하는 바람에 출혈이 제법 있었지만, 후회는 없다.

'내가 이거, 나올 거라고 생각했다니까.'

튜토리얼 던전에서 빠져나온 직후, 대륙에 적응하기 무섭게 가장 생각났던 것이 이 스마트폰 아니었던가. 커다란 여신의 거울을 처음 봤을 때부터 나올지도 모른다고 생각했지만, 이렇게 빠르게 상용화될 줄은 예상하지 못했다.

물론 아직 모든 대륙인에게 보급되었다고 하기는 어려웠지만, 아마 1년 안에는 전 대륙인이 여신의 손거울을 하나씩 가지고 있지 않을까.

익숙하게 화면을 켠 이후에 베니고어 넷에 접속해서 적당히 글을 쓰자, 곧바로 리플들이 달렸다.

[제목: 우리 작업장에 조금 이상한 아저씨 하나 있는데, 정말 짜증 남.]

[매일매일 불평, 불만만 쏟아내고 어쩌다가 위원장님 이야기라도 나올라치면 목에 핏대 세우면서 이상한 소리 한다니까. 오늘도 파란 길드 불화 어쩌고저쩌고 떠들고, 위원장이 나라 팔아먹을 관상이라고 욕까지 함.]

[흙수저: 얽ㅋㅋㅋ 이단 심문관한테 신고하면 포상받는 부분?]

[아이디미정: 틀린 말은 아님. 나라 팔아먹을 관상까지는 아닌데…… 조금 비열하게 생기기는 했음.]

[천연사러버: 뭐가 비열하게 생김? 어떻게 봐도 섹시하게 잘생기셨구만. 그리고 파란 길드 불화설은 언제 떡밥인데, 아직 지껄이고 다니는 사람이 있음? 여신의 손거울도 길드원들이랑 원활히 연락하기 위한 거라는 소문도 있지 않나?]

[아미디미정: 그건 팩트가 아니라 망상이죠. 나 파란 길드 관계자인데…… 손거울 출시는 그런 거랑 하등 상관없음. 공사하다 보니 자금 딸리니까 세금 확보차 푼 거고……. 예전만 못하다 하지만 파란 길드는 아직도 거대 길드임. 그런 길드에서 그런 시답잖은 이유로 이런 걸 만들 것 같음? 이기영이 할 일 없는 사람도 아니고…… 그리고 파란 길드 불화설은 이 업계 사람이면 모두가 아는 사실 아닌가?]

[천연사러버: 개소리. 내가 파란 길드 직원인데? 너 누구임?]

[아이디미정: 그걸 여기서 왜 인증하겠음. 구라도 작작 치세요. 파란 길드 관계자인데 불화설을 모른다고? 예전부터 김현성이랑 이기영이

랑 권력 싸움 개심했음. 표면적으로 보이지 않았을 뿐이지. 이기영이 참다 참다가 파란 길드 나간 건데…… 엘레나는 왜 왕국에 있고, 정하얀은 왜 마탑에 있겠음? 박덕구랑 안기모는 어디에 있는지도 모르겠고…… 이 사람들이 전부 이기영이 데려온 인선이라는 거 모르시나?]

[천연사러버: 어이가 없네ㅋㅋㅋㅋㅋ 너무 어이가 없어서 뭐라고 답변해 줘야 할지도 모르겠다.]

[아이디미정: 팩트로 발리니까 그냥 웃는 클라쓰 보소. 너 파란 아니지?]

[천연사러버: 내가 너 같은 패배자 찐따 충인 줄 아나 보네. 지금 업무 중이라 1시간 뒤에 인증할 테니까 잘 봐. ^^]

[아이디미정: 빤스런 하는 거 보소. 인증 안 한다에 모든 걸 겁니다.]

[린델마을주민: 거기 어디 작업장임? 지금 여기 몬스터들 위쪽으로 올라가고 있는 것 같은데. 중간쯤 있는 작업장이면 조심해. 린델 근처 몬스터들이 씨가 마르다 못해, 이제는 대피까지 하는데. 세상이 진짜로 망하기는 망하려나 봄.]

[흙수저: 뭔데 그럼?]

[린델마을주민: 나도 잘은 몰라. 근데 진짜 몬스터들 찢겨 죽은 거 보면 구역질 나옴. 마탑에서도 아직 원인은 밝히지 못했다고 했는데…… 진짜 몬스터가 다 불쌍해 보일 지경임. 생태계에 영향 끼칠 정도니까. 뭐. 아무튼, 조심해라. 중간 작업장들은 아직 성벽 올리기 전일 테니까.]

'아이디미정, 얘는 도대체 뭐야?'

심심풀이 삼아 올린 게시물이 갑자기 핫플이 될지 예상하지 못했기 때문에 어안이 벙벙해진다.

서둘러 손거울을 다시 품에 집어넣자 멀리서부터 목소리가 들려왔다.

"어이, 김 양! 식사하러 갈 건데 같이 안 갈 거야? 오늘도 한 잔해야지!"

"지금 가요."

"오늘은 별로 안 힘들었나 보네?"

"제 근력 수치랑 체력 수치가 몇인 줄 아세요? 아저씨보다 높으니까 걱정 붙들어 매요."

"큼, 큼……. 그리고 그 여신의 손거울인가 뭔가에 너무 빠지면 안 돼."

"지구에 있는 부모님들같이 말씀하시네요."

"거기에 이상한 글 쓰고 그런 건 아니지?"

조금 뜨끔했지만, 일단은 입을 다물었다.

"아니에요."

"절대로 거기에 무슨 이상한 글 쓰고 그러면 안 돼."

"아저씨랑은 상관없잖아요."

"그게 보기에는 편리하고 재미있어도 말이야. 위에서 거기에 쓴 게시물이나 댓글 같은 거 전부 감찰하고, 지켜보고 있다니까. 옆 동네에 있는 어떤 젊은이도 이상한 글 올리다가 소리 소문 없이 사라진 거 몰라? 보호 관리 위원회에 붙들려 가기 전에 알아서 조심하라는 소리야."

"그런 거 다 음모론이에요. 누가 그런 걸 믿겠어요. 여기에 있는 사람들 감찰하겠다고 손거울을 내놓는다니…… 차라리 세금 확보하려고 했다는 게 더 설득력 있겠다. 여기에 올라오는 그 많은 기사랑 글을 어떻게 다 확인해요? 그리고 그런 글 올린다고 잡혀가는 거면 아저씨도 잡혀갈 걸요."

"큼, 큼……."

"그렇지 않아요? 안 씨 아저씨?"

"하…… 하하, 네. 그럴지도 모르겠군요."

"박 씨 아저씨는 어디에 있어요?"

"아마 곧 올 겁니다. 배정된 조에서 작업이 늦게 끝나고 있는 것 같아서……."

"음…… 그럼 여기서 기다려요. 먼저 들어가면 조금 섭섭할 테니까. 그나저나 아저씨."

"네?"

"아저씨들은 어쩌다가 여기까지 왔어요?"

"조금 말하기 부끄럽습니다만……."

"그러지 말고 이야기해 줘요. 시간이라도 때울 겸. 여행 도중이라고 하지 않았어요?"

"네, 비슷합니다. 최북단까지 이동하는 도중에 갑자기 자금이 떨어져서 여기에 잠깐 체류하게 된 거라고 생각하시면 됩니다."

"아저씨들 근력이랑 체력 보면 평범한 사람들은 아닌 것 같은데……. 특히 박 씨 아저씨는 무슨 괴물 같잖아요. 몬스터라도 하나 잡아서 팔면 여행 경비는 마련할 수 있지 않아요? 아, 여기 근처에 몬스터 같은 게 없지……."

"네."

"어디서 돈 빌릴 사람도 없나 봐요."

"그건 아니지만…… 부끄럽다고 하더군요."

"네?"

"돈 좀 보내달라고 하는 게 말입니다. 한사코 부끄럽다고…… 공사가 어떻게 진행되는지도 궁금하고 저도 딱히 급하게 이동할 필요는 없을 것 같아서 말입니다. 아, 저기 오는군요. 슬슬 일어납시다."

"거, 무슨 이야기 하고 있었던 거요?"

평소와 같이 커다란 목소리가 들려왔다.

조심스럽게 뒤를 돌아보니 시야에 비친 것은 커다란 몸을 한 남자다. 복슬복슬한 턱수염 때문에 얼굴이 제대로 보이지 않을 정도. 전형적인 산적형 얼굴이었지만, 왠지 모르게 호감이 가는 인상. 아마 성격 때문이라고 생각했다.

'웃통은 또 왜 까고 있는 거야.'

터질 것 같은 근육으로 꽉 찬 몸이 눈에 들어오자, 얼굴이 괜스레 붉어진다.

자신이 이런 상태라는 걸 아는지, 모르는지 등을 팡팡 때려오는 모습은 가관.

"오늘 작업은 힘들지는 않았고?"

"조, 조금요."

"거, 몸 좀 사리면서 하라니까. 아무튼 들어갑시다, 형씨들."

조금 이상한 사람들이라 생각할 수밖에 없었다.

"크으, 역시 이거 덕분에 살맛이 난다니까. 술맛이 기가 막히는구만."

"알겠으니까 옷 좀 입어요. 왜 계속 웃통을 까고 계세요?"

"아, 이걸 아직도 벗고 있었나. 미리 좀 말해주지."

"들어올 때도 말씀드렸거든요."

"뭐, 그게 뭐 중요한가. 자, 한 잔들 더 받으쇼. 아, 너무 맛있다니까. 이 술 때문에 여기 더 오래 머물고 싶어지는 거 아니요."

"이 지역에서는 유명하다는 것 같습니다. 저도 가지고 가고 싶군요."

"떠날 때 한 병 사 가세요. 아니면 여기 근처에 감독관들한테 달라고 해도 되고요. 아저씨들은 실적 좋아서 보급품으로 나온 거라도 드리려고 할 걸요."

"어? 그래도 되나."

"네, 당연하죠. 하루에 작업을 얼마나 하는데. 아무튼, 딱 한 번만 더 하고 마무리해요. 더 있다가는 내일 작업에 지장 생기겠다."

나머지 한 잔을 빠르게 털어낸 이후에는 곧바로 숙소로 돌아갈 채비를 했다.

다른 아저씨들은 전부 더 있고 싶어 하는 것 같기는 했지만……

'자기들이 아직도 20대인 줄 아나 봐.'

일에 영향이 갈 게 분명했다.

한 발자국 앞에서 둘이 어깨동무하는 모습은 가관.

조용히 걷기도 심심해 다시금 여신의 손거울을 꺼내 확인하자, 아까 올린 게시물이 눈에 보였다. 한 시간 이후에 다시 돌아온다던 사람이 생각났기 때문이다.

"헐, 천연사러버…… 진짜 파란 길드 직원이었어."

확실하게 파란 길드 휘장과 사원증이 인증되어 있었다.

아이디미정인지 뭐인지가 쓴 댓글은 전부 삭제되어 있었고, 눈팅하던 사람들이 댓글을 달며, 성지라고 떠들어대는 것도 보였다.

[흙수저: 헐ㅋㅋㅋ 진짜였네. 기 받아갑니다.]

[힐못하는제리엠: 파란 길드에 어떻게 취직했는지 좀 알려주세요. 최근에 공채가 안 올라오던데…….]

[트레샤: 아이디미정, 입 털더니 결국 빤스런 했네ㅋㅋㅋ 통한의 1비추 누구인지 빤히 보이죠. 비추 실명제 개이득.]

[린델마을주민: 작성자 무사한 거 맞음? 별일 없으면 다행인데…… 댓글이 안 올라오니까 불안해진다.]

[흙수저: 중간에 빠졌나 봄. ㅋㅋㅋㅋ 몬스터들이 어떻게 그쪽까지 올라가겠음. 안 그래도 중간 지역은 몬스터들 없기로 유명한데……. 아마 근처 숲에 자리 잡았을 테니 너무 걱정 안 해도 될 듯. 그보다 천연사러버 님 휘장 보니까 일반 길드 직원처럼 보이지는 않은데……. 최소

팀장급일 듯.]

괜스레 실실 웃게 만드는 댓글들, 조금 멀리서 희미한 소리가 들려온 것은 바로 그때였다.

'이게 뭔 소리지?'

어두컴컴한 밤이라 제대로 보이지 않았지만, 인상을 찡그리며 앞을 바라보자, 저 멀리서 움직이고 있는 것 같은 이상한 형태의 형상들이 시야에 비쳐왔다.

'저게 뭐야?'

근 1년 동안 볼 수 없었던 풍경에 조금은 당황한 것은 당연지사.

"최 씨 아저씨, 저게 뭐예요? 저거 몬스터 아니에요?"

"무슨 이 지역에 몬스터가…… 있겠어. 그동안 코빼기도 보이지도 않던 놈들이 여기 있을까. 많이 취했나 보네."

"아뇨, 취한 건 아닌데……."

'거기 어디 작업장임? 지금 여기 몬스터들 위쪽으로 올라가고 있는 것 같은데. 중간쯤 있는 작업장이면 조심해. 린델 근처 몬스터들이 씨가 마르다 못해, 이제는 대피까지 하는데. 세상이 진짜로 망하기는 망하려나 봄.'

오늘 베니고어 넷에서 본 리플이 떠올랐다.

커다란 사이렌 소리가 들려온 것은 바로 그때.

"전투 준비! 전투 준비!"

"몬스터 웨이브다. 몬스터 웨이브!"

"뭐야…… 이거 뭐야. 최 씨 아저씨, 이거 괜찮은 거 맞죠?"

"나, 나도 잘……."

"아직 성벽도 안 올라갔는데……. 이거 그냥 확 밀려 버리는 거 아니에요? 여기는 병력도 얼마 없잖아요. 마법사 숫자도 적고…… 무슨 몬스터들이 저렇게 와요."

"이거 아무래도…… 싸울 줄 아는 사람은 싸워야 할 것 같은데……."

아니나 다를까, 사방에서 목소리가 울려 퍼지기 시작했다.

"곧 지원이 온다. 지원이 올 때까지만 버티자. 병사들이여, 싸울 수 있는 인원은 무기를 보급받고 성벽에 자리를 잡는다!"

"지원이 올 때까지만 버티자. 성벽 위에 자리를 잡아라. 모두 위치로! 모두 위치로!"

'무슨 성벽이야, 그냥 담장 수준인데…… 이런 걸로 쟤들을 어떻게 막아?'

마력석으로 만들어졌으니 무너지지야 않겠지만, 소형 몬스터들도 점프하면 닿을 높이의 성벽이다. 그냥 담장 높이이니, 수성전이라고 해도 무리가 있지 않은가.

싸우기는 싫다. 하지만…….

'어차피 도망쳐도 죽을 거야.'

지금에 와서 몸을 돌려 도망치는 것도 의미 없을 것이다.

그래도 한때 모험가를 지망했던 만큼 희귀 등급의 몬스터

몇몇은 잡을 수 있을 터. 한쪽에서 무기를 보급하고 있는 병사에게 달려가 입을 여는 것은 당연한 수순이었다.

"활이요."

"네."

"여기 오기 전에 모험가였어요. 단검도 하나 주세요."

'다른 아저씨들은 어딨지?'

최 씨 아저씨는 왠지 도망쳤을 것 같았지만, 너무나 복잡해진 성벽 위에서 그들을 모두 찾는 건 쉽지 않았다.

'박 씨 아저씨랑 안 씨 아저씨는 도망가지 않았을 텐데.'

대충 봐도 한가락 할 것 같이 생긴 사람들이었으니까.

'최 씨 아저씨는 무슨 왕년에 모험가였다더니……'

벌써 몸을 뒤로 빼지 않았을까.

'지원군은 빨리 올 거야. 분명히 여기 도착하기 전부터 연락이 닿았을 테니까. 그리고 마법사도 있으니까. 너무 오래 버티지 않아도 돼.'

위급 상황 시 매뉴얼을 기억하고 있는 것이 다행이라고 생각하며 사격 위치로 올라가 활시위에 화살을 걸었다.

아직까지는 몬스터의 사정거리 밖이라 조용히 조준만 하고 있었지만, 저도 모르게 몸이 부르르 떨려왔다. 이런 대규모 전투는 처음 겪어보는 일이었기 때문이다.

평소에 연습이라도 해봤으면 더 좋았을 것 같다고 쓸데없는 생각을 하며 활시위를 놓자, 피융 하는 소리와 함께 화살 하나가 몬스터의 살가죽을 뚫고 들어갔다.

"발사! 발사!"

어두컴컴했던 장내가 커다란 화염 마법에 의해 다시금 밝아진다.

콰앙!!!!!!

체류하고 있던 마법사들이 마법을 쏟아부은 것이다.

보온 마법을 유지할 수가 없는지 입에서는 입김이 서리고 온몸이 춥다고 비명을 질러댔지만, 손가락을 멈출 수는 없었다.

일반적이었다면 저 커다란 마법이 떨어진 시점에서 녀석들의 움직임에 제동이 걸렸겠지만, 무슨 이유 때문인지 게거품을 물며 앞으로 달려오는 것이 눈에 들어왔다.

마법사들의 마법에 다시 한번 몬스터 한 뭉텅이가 쓸려 나갔지만, 그럼에도 불구하고, 녀석들은 결국 성벽에 가까워지고 있었다.

방패를 든 병사들이 앞으로 나가고, 제법 힘을 쓸 것 같이 생긴 격수들이 단단하게 전방을 지켜주는 모습에 숨을 다시 내쉴 수 있었지만, 상대적으로 적은 인원이 넓은 성벽을 전체를 사수할 수 있을 리가 없다.

결국에는 거대한 몬스터 한 녀석이 그 거대한 입을 벌리며 담장으로 돌진해 왔고.

'피해야 돼.'

라는 생각과는 다르게 몸이 그대로 굳어버렸다.

잠시 후에 닥쳐올 끔찍한 격통에 불안해했지만, 몇 초가 지나도 몸에서는 그 어떤 고통도 느껴지지 않았다.

천천히 눈을 떠보니 시야에 비치는 건 몬스터의 이빨을 양 팔로 잡고 있는 남자의 뒷모습.

"어, 어?"

뭐라고 말을 꺼내기도 전에 거대한 몬스터가 형편없이 나가 떨어지는 모습이 눈에 보였다.

"박 씨 아저씨?"

대답은 들려오지 않았다. 하지만.

"공격! 공격! 어서 빨리 따라오라니까!"

[전설 등급의 특성 사기의 외침 영향을 받으셨습니다. 모든 능력치가 일시적으로 대폭 증가합니다.]

'이게 뭐야.'

최상급 버프라도 받은 것처럼 온몸에 힘이 넘쳐흐른다. 게다가 박 씨 아저씨가 담장 아래에 내려가 본격적으로 몬스터를 잡아내는 모습은 도무지 이해할 수가 없을 정도였다.

그 옆에 있었던 안 씨 아저씨 역시 마찬가지. 둔기와 방패를 들고 신성력을 뿌리며 몬스터들을 후려치는 모습을 뭐라고 표현해야 할지 모르겠다. 성기사로는 보이지 않을 정도의 커다란 신성력, 상위 사제가 둔기와 방패를 들고 있는 것은 아닌지 생각했지만, 전투에 임하고 있는 모습은 틀림없이 전사의 그것이었다.

하지만 그보다 더 황당한 모습을 보여주고 있는 것은 박 씨 아저씨.

'저 사람, 누구야.'

평범하지 않은 사람이라는 건 이미 알고 있었지만, 지금 보여주는 모습은 그런 범주를 완전히 벗어났다. 방패를 팔에 딱 붙이고 몸을 움직일 때마다 몬스터들이 나가떨어지는 광경은 믿기지가 않는다. 둘이 지나간 곳마다 커다란 공간이 만들어지고, 자연스레 병력들이 주변으로 모여들기 시작했다.

어느덧 거대한 몬스터들과 회전을 벌이는 이들의 모습이 시야에 비쳤다. 지원군을 불러올 필요도 없다.

'저게…… 도대체 뭐야.'

인간이 저렇게까지 강해질 수 있는 건가, 하는 생각이 들어와 꽂힌 것은 당연지사.

강한 모험가 중에서는 간혹 단신으로 전장에 영향을 줄 수 있는 인간들이 있다고 들었지만, 그게 사실일 거라고는 상상도 하지 못했다.

전투 중이라는 것도 잊고 저도 모르게 멍하니 그 장면을 바라보게 된다. 아니, 이미 전투 중이라는 말도 어울리지 않는 상황이다. 전열이 완전히 기울어졌으니까.

괜스레 여신의 손거울을 꺼내 두 남자를 비추기 시작했다.

북부 전진 기지 수성전 실황이라는 제목을 붙이자, 계속해서 방 안으로 들어오는 이들이 눈에 보였다.

[린델마을주민 님이 접속하셨습니다.]

[흙수저 님이 접속하셨습니다.]

[천연사러버 님이 접속하셨습니다.]

[…….]

[린델마을주민: 내가 뭐라고 했음. 몬스터들 저쪽으로 갈 거라고 했잖아. 와, 근데 걱정할 정도는 아니네. 생각보다 너무 잘 밀어내고 있는 것 같은데……. 그쪽에는 뭐, 아무것도 없어서 차출된 병력도 없지 않나? 사람들 왜 저렇게 잘 싸움? 여기 성벽 아님?]

[진지충: 그나저나 방송 켠 놈은 뭐 하고 있음? 사람들 다 죽자고 싸우고 있는데……. 진짜 개노답이다.]

[린델마을주민: 신경 쓰지 말고 계속 방송하셈. 지금 전열 뒤집힌 것도 안 보이나. 딱 보니까 후위인 것 같은데……. 그리고 병사로 지원한 것도 아니고 노동자로 지원한 건데, 굳이 싸울 필요는 없음. 보호받았으면 보호받았지. 그나저나 저기 앞에 남자 두 명 개 잘 싸우네. 대충 봐도 교국 8좌급은 될 듯.]

[아이디미정: 뭐 조금만 세다고 하면 교국 8좌급이라고 하는 놈들 극혐. 그 이름이 애들 장난인 줄 아나 봄. ㅋㅋㅋ]

[흙수저: 저 사람 또 왔네.]

[린델마을주민: ㄴㄴ 그냥 하는 소리가 아니라 대충 봐도 교국 8좌급은 되어 보임. 저거 영웅 등급 레이드 몬스터들도 섞여 있는데 방패 휘두르는 거 봐. 스치는 공격은 그냥 전부 몸으로 맞는 것 같은데, 내구 수치가 100은 넘어갈 듯. 어쩌면 장비빨일 수도 있고.]

[아이디미정: 내구 수치가 100이 넘어가는 사람이 퍽이나 저기서 저

러고 있겠다. ㅋㅋㅋ]

[린델마을주민: 가만히 있으면 망신이나 안 당하지. 누구든지 간에 둘 다 전설 등급 정도라고 생각하는 게 맞는 듯. 한국인인 것 같은데…… 저런 성기사랑 저런 전사는 들어본 적도 없고……. 상위 모험가들은 거의 다 알고 지내는데, 저런 사람들은 본 적 없음. 저거 누구임?]

[아이디미정: 한국인 종특 나왔죠. 조금만 세 보이는 모험가 나오면 전부 다 한국인이래. 그리고 상위 모험가들이랑 다 알고 지내는 것도 허언증. 니가 상위 모험가랑 다 알고 다니면 나는 이기영 친구다. ㅋㅋㅋㅋㅋ]

[흙수저: 관심을 주지 맙시다.]

[린델마을주민: 원래부터 무시하고 있었음. 아무튼, 저거 누구인지 아는 사람 있음?]

[천연사러버: 박덕구, 안기모.]

[린델마을주민: 어?]

[천연사러버: 찾았다.]

[천연사러버 님이 퇴장하셨습니다.]

"뭐……?"

"찾았다는 게 정말입니까?"

-네, 박덕구 님과 안기모 님께서는 현재 제53 건설 현장에서 몬스터 웨이브에 맞서고 있는 것으로 확인됩니다. 물론 정확

한 사실 여부는 파악해 봐야겠지만, 베니고어 넷에서 해당 지역에 있는 작업원 한 명이 수성전 실황을 방송해서 확인할 수 있었습니다. 필요하시면 곧바로 영상을 보내 드리겠습니다.

"아, 네. 지금 곧바로 보내주시면 될 것 같습니다. 맞는지 아닌지도 확인해 봐야 하니……. 그보다 어째서 거기에 있는 겁니까?"

-이유에 대해서는 아직 제대로 확인된 것이 없습니다. 최대한 빠르게 사실 여부를 확인하고 전해 드리도록 하겠습니다.

"그쪽 건설 현장 책임자는……."

-왕국 연합 쪽으로 확인됩니다. 책임자는…… 웨스턴시티 길드에 마이클 웨인으로 자세한 사항은…….

"아아, 이제야 기억이 나네요. 그 사람…… 곧바로 건설 현장 책임자한테 전언 날려주시고요. 제가 찾는다고…… 아니, 차라리 여신의 손거울 하나 전해주세요. 아무래도 또 어디로 튈지 모르니…… 직접 연락하는 게 더 좋을 것 같아서……. 네, 그렇게 하는 게 더 좋을 것 같습니다."

-말씀대로 조치하겠습니다.

"그리고 발견한 직원한테는 꼭 인센티브 전해주시고요. 누가 발견했다고요?"

-저…… 그게 익명입니다.

"음, 어쩔 수 없겠네요. 그렇게 찾아도 안 보이더니 여기로 올라오고 있기는 한 모양이군요."

-네, 부길…… 아니, 위원장님.

"부길드마스터라고 부르셔도 됩니다. 김미영 팀장님. 그보다…… 요즘 그쪽은 조금 어떻습니까?"

-딱히 특이 사항은 없습니다. 선희영 님과 황정연 님께서 워낙 길드를 잘 이끌어주고 계셔서…… 익숙하지 않은 업무일 텐데도 불구하고 말입니다. 아! 이상희 님께서도 업무를 함께 부담해 주고 계십니다. 슬슬 일선으로 나오시는 것도 생각하고 계신 것 같습니다.

"아, 이상희 님…… 조금 의외이기는 하네요."

-파란에 대한 지분이나 소유권을 따로 주장하지는 않을 거라고 하시더군요. 아무래도 본인이 다시 일선에 나서는 게 두 분께 다른 의미로 받아들여지지는 않을까 걱정하고 계신 것 같았습니다. 파란 길드의 소유권과 운영권은 어디까지나 길드마스터와 부길드마스터가 함께 가지고 있는 것으로 생각하고 계시다고, 계속해서 거듭 언급하셨습니다. 저 역시 그렇게 받아들이기는 했지만…….

"……."

-만약 부길드마스터가 불편하시다면 따로 조치하도록 하겠습니다.

"아니요. 굳이 그럴 필요 없습니다. 작은 도움도 필요한 시점인데, 굳이 견제할 이유가 없죠. 그 사람이 그렇게 욕심부릴 사람도 아니고. 제법 오랫동안 길드를 운영했으니, 생각보다 더 큰 도움이 될 겁니다. 그리고…… 또 물어보려고 했던 게……아, 현성 씨한테는 연락이 없는 겁니까?"

-아직 그곳에 계신 것 같습니다. 따로 연락해 오지도 않으셨고요. 아마 기존에 생각하셨던 것보다 성장이 더디신 것 같아서…… 조금 더 시간을 보내고 나오실 것 같다고 조혜진 님께서 전해주셨습니다. 추가로 엘레나 님과 유아영 님께서도 예정대로 왕국에서 올라오시는 중입니다만…….

"오랜만이겠군요."

-네, 디아루기아 님께서도 슬슬 레어에 들러달라고 말씀하셨습니다. 디아루리아 님께서 깨어날 때가 되었다고…….

"직접 연락하면 되는데……."

-기기를 사용하기 어렵다고 하시더군요. 영 손에 맞지 않는다고…….

"……."

-아무튼, 이전에 말씀해 주신 것들을 포함해 전부 처리하도록 하겠습니다.

"네, 그럼 부탁드립니다, 김미영 팀장님. 그리고 영상 말고 채널을 직접 보내주세요. 직접 시청하는 게 좋을 것 같습니다."

-네, 지금 바로 연결해 드리겠습니다.

"감사합니다."

'아니, 이 새끼는 왜 여기에 있는 거야?'

의자에 앉아 팔걸이를 툭툭 두드리며 김미영 팀장이 연결한 영상이 나오길 기다리는 동안 팬스레 주변을 둘러보자, 책상 한구석에 자리 잡은 거울이 시야에 비쳤다.

눈에 보인 것은 항상 봐오던 얼굴, 1년 전이나 별다를 것 없

는 얼굴이었다. 파란 길드 휘장 대신 보호 관리 위원회의 배지
가 달려 있는 걸 제외하면 말이다.

아니, 사실 조금 살이 빠진 것 같기도 하다. 1년 동안 식사
를 거른 횟수가 꽤 많았으니까. 살이 조금 붙어 있던 이전이 더
나았던 것 같다. 다크서클이 괜히 눈에 띄는 느낌.

1년이다. 딱 1년이 흘렀다.

개인이 극적으로 변하기에는 조금 짧은 시간이었지만, 세상
이 이만큼 변한 걸 보면 그렇게 짧은 시간도 아닌 듯 느껴진다.
불과 1년 사이에 엄청나게 많은 변화가 있지 않았던가.

이 세계 스마트폰으로 불리는 여신의 손거울이 제대로 자리
잡았고, 지구에서 넘어온 모험가들은 기다렸다는 듯이 새로운
기술에 적응했다. 대륙인들이야 조금 혼란스러워했지만, 그들
역시 놀라울 정도로 빠르게 녹아들었다.

여신의 손거울이 막 출시됐던 당시 예의 바른 말투와 서로
를 존중하던 글을 쓰고, 댓글을 달던 대륙인들이, 어느새 급
식체와 패드립을 장착한 상황.

[캐슬락의 금지옥엽: 아이디미정 님. 그런 식으로 말씀하지 마시죠.
이곳은 신성한 공간입니다.]

라고 말했던 유저가 정확히 1년 뒤.

[캐슬락의 금지옥엽: 그딴 글 싸지르면 지가 뭐라도 된 줄 알고요? 어

라는 글을 싸지르게 됐으니 무슨 말이 더 필요할까.

조금 과장된 예시이기는 했지만, 이 예시가 무색할 정도로 대륙인들은 익명성의 공간에 완벽하게 적응했다.

건전한 베니고어 넷 문화를 만들어가야 하는 것은 아닌지 걱정됐지만, 군이 이쪽에서 제어할 필요는 없다. 익명성이 보장되는 공간이니, 무슨 말을 해도 괜찮다고 생각하면, 오히려 이쪽에서 환영하고 싶어진다. 수많은 데이터를 분류하는 게 힘들지만, 반동분자를 색출할 방법으로 이것만 한 방법이 없지 않은가.

물론, 변한 것은 이뿐만이 아니다. 대륙 보호 관리 위원회는 확실하게 자리를 잡았고, 고대하고 고대했던 북부 전진 기지의 공사 역시 착실하게 진행되고 있다.

가장 전방에 위치한 성벽과 탑은 마무리 작업이 한창이었고, 그 외 지역도 작업 속도가 나쁘지 않았다. 외곽일수록 속도가 느렸지만, 그 역시 평소보다는 빠르다는 내부 평가를 받고 있었다. 파란 길드를 탈퇴하면서까지 일에 집중한 보람이 생겼을 정도.

이렇게까지 세상이 변하다 보니 궁금증이 이는 것은 당연했다.

'애들은 얼마나 변했지?'

그래도 지속해서 연락하던 몇몇과 다르게 박덕구, 안기모는 연락할 수 없었던 인원 중 하나였다. 연락 좀 하라고 출시한 여신의 손거울을 개무시한 채 지들끼리 여기저기 싸돌아다녔고, 변장까지 했는지 수소문에도 걸려들지 않았다.

사람이 별로 없는 장소에서 던전 탐험을 했는지, 아니면 귀인을 만나 기연을 얻었는지, 그것도 아니면 정말로 뒈졌는지 알 수 없는 상황이었다는 거다.

둘이 함께 갔으니 괜찮을 거라고 생각했지만, 5개월이 지나고, 9개월이 지나니 점점 더 불안해지기 시작. 어떻게든 찾으려던 놈들이 전진 기지 공사판에서 놀고 있을 줄 누가 알았겠는가.

'아니, 지들이 거기서 왜 일을 해?'

아무리 생각해도 이해할 수 없는 행보. 원래 이상한 놈들이었지만, 더욱더 이상하게 비쳤다.

'최북단까지 올라오는 도중에 여행 경비가 떨어져서 오가지도 못하는 상황에 맞닥뜨려서 돈을 벌고 있었던 건 아닐 테고……'

그건 아닐 거다.

'주변에 그럴듯한 몬스터도 안 보이고, 그렇다고 연락하기 쪽팔려서 거기서 임금 받아먹으면서 일한 건 아닐 거 아니야.'

이 돼지가 아무리 멍청해도 그렇게 바보 같을 리는 없다.

도대체 무슨 생각을 하는지 모르겠지만, 아마도 본인이 직접 체험하고 싶어서 거기에 틀어박히지 않았을까 싶다. 원체 내가 이해할 수 없는 방향으로 움직이는 녀석이었으니, 그런 시답잖은 이유로 일하고 있었다고 생각해도 무리가 아니리라.

얼마 지나지 않아 김미영 팀장이 말한 방송이 재생되기 시작했다.

[아이디미정: 저게 어떻게 박덕구랑 안기모임? ㅋㅋㅋㅋㅋ]

[흙수저: 나도 아닌 것 같은데……. 지금 이 타이밍에 저 둘이 저기에 왜 있겠음.]

[아이디미정: 천연사러버, 걔도 대충 떡밥 하나 던져보고 아니다 싶으니까 나간 거겠지, 뭐. 인증은 개뿔…… 지금 보니까 인증 글도 삭제됐던데. ㅋㅋㅋㅋㅋ 천연사러버 뭔가 찔리는 게 있나 봄. ㅋㅋㅋㅋ]

[린델마을주민: ㄴㄴㄴ 휘장은 진짜였음. 내부적으로 무슨 문제가 생기셨나 봄. 원래 파란 길드, 그런 거에 민감하니까. 그리고 저 사람들은 아무리 봐도 박덕구랑 안기모임. 지금 보니까 알겠음. 멀찍이서 한번 본 적 있는데, 딱 저런 모습이었던 거 같음.]

[아이디미정: 뇌피셜 또 나오죠. ㅋㅋㅋㅋㅋ]

[린델마을주민: 넌 도대체 뭐가 문제임.]

'역시 훈훈하네.'

오늘도 활기찬 베니고어 넷의 모습이 다소 재미있게 느껴졌다.

누군가 떡밥을 뿌리고 사라졌는데, 채팅창은 기다 아니다로 논쟁 아닌 논쟁을 벌이고 있는 상태. 이게 도대체 뭐고, 왜 이런 것으로 논쟁을 벌이는지는 모르겠지만, 이 토론에 임하는 이들은 굉장히 진지하다.

저들이 박덕구와 안기모가 아닌 이유에 관한 몇 가지 증거를 내놓는 이들부터, 단순히 분탕을 치기 위해서 논쟁에 참전한 분탕러까지. 심지어 현 상황에 방송을 켠 BJ를 욕하는 글도 많이 보인다. 그리고 그에 반박하는 이들의 개싸움.

오랜만에 보는 베니고어 넷의 발가벗겨진 모습은 여전히 다양한 인간군상을 떠올리게 했다.

물론 그들의 토론 결과는 상관없다. 전장에서 몬스터들과 싸우고 있는 남자 둘을 판단하는 건 오로지 내 몫이었으니까.

사실 확인하려고 까치 눈을 뜰 필요도 없다.

'맞네.'

멀찍이서 봐도 저 둘이 박덕구와 안기모라는 사실을 확인할 수 있었으니까.

처음 보거나 얼마 보지 않은 이들은 눈치채기 힘들겠지만, 함께한 시간이 긴 만큼 사소한 동작에서도 녀석들의 모습이 보인다. 덩치도 그렇고, 키도 그렇고 누가 봐도 박덕구와 안기모다.

'박덕구, 이 새끼는 무슨 성장 촉진제를 먹었나. 키가 더 큰 것 같은데.'

위로도 살짝 올라가고 옆으로도 살짝 늘어났다. 심지어 얼굴에는 턱수염을 잔뜩 기른 모습.

안기모는 예전과 그리 다르지 않다. 게다가 근접전에 굉장히 여유가 생겼다는 게 느껴졌다. 본래도 나쁘지는 않았지만, 이전과는 비교하는 게 미안하게 느껴질 정도로 세련된 느낌,

딱 그런 표현이 어울리는 움직임이었다.

'정말로 최상급 전사라고 해도 믿겠는데……'

박덕구는 또 어떠한가.

'진짜로 성장했네, 진짜로.'

정확한 스텟 상승 수치는 직접 눈으로 확인해 봐야겠지만, 부족했던 스텟들도 조금씩 올라간 것 같았다. 본인의 단단함을 잘 이용해 효율적으로 움직이는 모습. 둘 다 힘들이지 않고 적당히 싸우고 있는데도 이 정도라면, 정말로 힘을 냈을 때는 꽤 위협적으로 느껴질 것이다.

'교국 8좌 정도는 되겠네.'

김현성과 정하얀, 차희라 같은 규격 외의 괴물이 넘쳐나서 그렇지, 교국 8좌가 그렇게 약한 카드는 아니다. 여럿이 뭉치면 준신화 정도까지는 뚫어낼 수 있으니까.

안기모는 물론이거니와 박덕구까지 그 정도 수준에 올랐다는 것에는 박수를 보낼 수밖에 없었다.

'박덕구, 얘는 어떻게 성장한 거지?'

신체 능력이 얼마나 올라갔는지 제대로 파악이 되지 않는다.

극적으로 스텟이 성장한 것 같은 느낌보다는, 조금 더 영악해진 듯한 느낌이다. 고급 마력 운용 지식을 가지고 있었으니 섬세하게 마력을 다루는 것은 물론, 본인의 몸을 컨트롤하는 법을 배웠으리라. 불필요한 동작이 없어지고, 동작이 한층 더 간결해졌다. 힘을 주는 방법을 알고, 막는 방법을 알고 있는 것처럼 느껴졌다.

겨우 1년 만에 사람이 이렇게 변할 수 있을까 하는 마음이 들 정도였다. 얼굴을 뒤덮고 있는 수염도 그렇고…….

[린델마을주민: 진짜로 박덕구 맞는 것 같음. 저 정도는 아니었던 걸로 기억하는데…… 진짜 장난 아니네. 안기모야 원래 붉은 용병에서 날리던 사람이어서 어느 정도는 예상했는데…… 박덕구는 진짜 놀라움.]

[아이디미정: 원래부터 파란 길드는 전부 재능 많은 사람만 모여 있었음. 김현성이 애초에 그런 사람들만 모으기도 했고…… 파티원으로 가입하기가 얼마나 빡센지 생각해 보면 답이 나오지. 만약에 저게 박덕구면 그동안은 본인이 그렇게 노력하지 않았던 게 분명함.]

[린델마을주민: 무슨 소리. 박덕구는 훈련 벌레로 린델 내에서도 유명. 새벽부터 일어나서 검 휘두르고 훈련받는 게 일과인데 본인이 노력을 안 한다니. 이상한 소리 할 거면 그냥 입 다물고 있으셈. 김양 님. 저 사람 차단 안 돼요?]

압도적인 활약을 보이면 보일수록 몬스터의 숫자는 점점 더 줄어가고 채팅창은 더욱더 활발해진다.

내가 보기에도 제법 멋있게 느껴졌으니 이걸 보고 있는 다른 이들은 얼마나 흥분하겠는가. 다소 과격한 표현이 나오기도 했고, 몬스터한테 당하는 걸 기다리고 있는 놈들도 있었지만, 결국에 제53구역 건설 현장의 병력은 많은 숫자의 몬스터들을 몰아내는 데 성공했다.

사실 저 몬스터들이 어떻게 여기까지 오게 됐는지는 대충 예상이 되었지만, 일단 그건 가슴속에 묻어두기로 하자.

주변 병력이 박덕구와 안기모에게 인사하며 예의를 표하는 장면까지 보고 있던 순간이었다.

손거울이 잠깐 떨리기 시작한 것.

"아."

정하얀이었다.

'받지 말까.'

받으면 꼼짝없이 전화기에 붙들려 있게 될 것 같아 슬쩍 고민하던 찰나, 이윽고 잠잠해진 여신의 손거울이 시야에 비쳤다. 물론 그동안의 경험상 여기서 끝나지 않을 거라는 건 알고 있다.

예상대로 연속해서 새로운 메시지들이 올라온다. 어떻게 보면 조금 무섭게 느껴질 정도였다.

[정하얀: 전화 안 받으시네요. 무슨 일 있으신 건 아니시죠?]

[정하얀: 지금 한창 바쁠 시간인데 괜히 연락드렸나 보다. 이거 안 보고 계신 것 같은데…….]

[정하얀: 무슨 일이 있는 건 아니고요. 그냥 오랜만에 목소리가 듣고 싶어서요.]

[정하얀: 지금 다른 여자랑 같이 있는 건 아니죠?]

[정하얀: 위에 문자는 잘못 보낸 거예요. 다른 오해는 하지 마세요.]

[정하얀: 왜 연락 안 받아요?]

[정하얀: 보고 싶어요. 너무 보고 싶어요.]

[정하얀: 전화 좀 주세요.]

[정하얀: 이제 끝난 거 맞죠? 그쪽으로 가도 되는 거죠? 지금 가도 되나요?]

[정하얀: 아니에요. 여기서 기다릴게요.]

[정하얀: 너무 힘들어요. 잠깐만 전화하면 안 될까요?]

[정하얀: 지금 뭐 하고 계세요? 뭐 하세요? 일하고 있나 보다.]

[정하얀: 여보세요.]

[정하얀: 보고 싶어요…… 너무 보고 싶다.]

수십 개의 메시지가 끊임없이 위로 떠오르고 있었다.

솔직히 답을 해줄 수밖에 없는 상황이었다. 또 병이 도진 것 같았으니까.

심지어 한소라까지 메시지를 보내온다. 얘는 정하얀보다 더 필사적인 것 같다. 둘이 한 자리에 있는 것이 분명하리라.

[한소라: 제발 전화 좀 받아주세요. 부탁드려요. 부길드마스터님, 제발…… 정하얀 님 전화 좀 받아주세요. 제발, 제발요. 아니면 답장이라도 해주세요. 이거 읽고 계시죠? 읽고 계신 거 맞죠?]

[한소라: 딱 한 번만 받아주세요. 너무 무서워요.]

'얘는 진짜 힘들기는 할 거야.'

포상금이라도 많이 때려주는 게 이쪽에서 할 수 있는 유일한 사례였다.

실제로 지난 1년간 한소라에게 위로금 차원으로 보낸 생명 수당의 액수도 상당하지 않았던가. 로또에 당첨됐다고 해도 고개를 끄덕일 정도의 골드가 한소라의 생명 수당으로 빠져나갔다.

물론 본인은 필요 없다고, 이런 것 필요 없으니까 제발 어떻게든 해달라고 말하기는 했지만, 대노 상태에 접어든 정하얀 옆에 한소라가 없는 건 이제는 상상하기 힘들어졌다.

만약 그녀가 없었다면 몇 번이나 사고가 일어나도 이상하지 않았으리라. 누가 보기에도 아슬아슬해 보였던 적이 많았으니까. 한소라가 중간에서 적절히 조율자 역할을 해준 것이 유효했다.

"얘가 야밤에 전화해서 제발 와달라고 울부짖던 게 엊그제 같은데……"

'제발 와주세요. 제발, 제, 제발요. 지금 빨리 오셔야 할 것 같아요. 흐윽, 제발요……. 지금 안 오시면 안 돼요. 큰일 날 것 같아요. 빨리 오셔야 돼요. 한 번만 부탁드릴게요. 제발, 제발, 제발 부길드마스터. 딱 한 번만…… 살려주세요. 제발 살려주세요. 한 번만 살려…… 흐윽…… 살려주세요. 제발, 제발 좀 살려달라고…… 제발…… 이 씨발 쓰레기 새끼야아아아…….'

라는 영통을 받았을 때는 얼마나 당황했던가. 눈물 콧물 다 흘리며 제발 와달라고 외치는 한소라의 얼굴에는 사태의 심각성을 깨달을 수밖에 없었다.

실제로 한소라의 전화 한 통에 나보트 위원의 거울 호수는 물론이거니와 린델과 대륙이 무사할 수 있었으니 그녀의 역할이 결정적이었다.

극대노 상태에 접어들기 전에 그녀가 전화를 걸어준 것이 맞아떨어진 것이다. 만약 타이밍이 조금 늦었더라면 제2의 27군단 사태가 벌어졌을 수도 있었으리라.

결론부터 말하자면, 1년 동안 얼굴을 보지 않겠다는 계획은 실패한 상태. 하지만 정하얀의 성장이 물꼬를 텄다는 부분에서는 충분히 성공이라고 할 수 있었다. 그 성장이 예전에 있었던 것처럼 이해할 수 없는 수준은 아니었지만, 그래도 계단 하나를 밟고 올라섰다는 거에 커다란 의의를 둘 수밖에 없었다.

'성장하는 게 당연한 거겠지, 뭐.'

계획이 실패했다고는 하지만, 1년 동안 저런 식으로 정하얀을 마주한 건 딱 2번이다. 1개월을 참아내도 대단하다, 엄지를 추켜올릴 정도인데 6개월 이상을 참아냈으니 무슨 말이 더 필요할까.

개인적인 욕심으로는 아예 얼굴도 보지 않고, 연락도 하지 않는 상황을 만들고 싶었지만, 이 줄다리기를 그딴 식으로 나몰라라 운영했다가는 순식간에 극한의 상황에 처할 거라고 장담할 수 있었다.

그녀가 정확히 어떤 상태에 처해 있었는지 확인하기 위해 요청했던 영상 편지 역시 커다란 역할을 해줬다고 말할 수 있으리라.

괜스레 이전에 보내왔던 영상을 터치하자 상대적으로 밝은 1년 전 정하얀의 모습을 두 눈으로 확인할 수 있었다.

-오빠. 잘 지, 지내시죠? 저도 잘 지내요. 갑자기 이렇게 연락드려서 죄송해요. 오늘은 정말로 열심히 공부했거든요. 탑 안에 있는 책들도 엄청 많이 읽었어요. 새로운 마법들도 많이 만들었고요. 조금 힘들기는 하지만 참을 수 있어요. 네, 참아야죠. 전, 전, 전부 어쩔 수 없는 일이니까요. 그러니까 너무 걱정하지 마세요. 저도 열심히 하고 있으니까……

-마탑 할아버지들도 전부 깜짝 놀, 놀, 놀랐어요. 이런 마법은 처음 본다면서요. 잘 지내고 계신 거 맞죠? 정말 너, 너무 보고 싶어요. 정말로요. 이만 줄일게요. 오빠도 바, 바쁘실 테니까요.

그래도 이때까지는 잘 버텨주나 싶었지.

-잘 지내시죠? 가, 갑자기 또 연락드려서 죄송해요. 잠깐 보여 드릴 게 있어서요. 제가 사흘 전에 말씀드린 거 기억하시나요? 지금부터 보여 드릴게요. 시연회 중인데…… 다른 길드에

서도 전부 보, 보고 싶다고 해서 사람들이 많이 모였어요. 사실 저는 잘 모르겠는데…… 할, 할아버지들이 많이 성장한 것 같다고 막 그러셨거든요. 일주일 전이랑 비교하면 정말로 놀라울 정도로 실력이 는 것 같다고 막 칭찬해 줬어요. 사실 여기에서 공부하는 게 의미가 없을 것 같다고 말하기도 했다니깐요. 거짓말이 아니라 정, 정말로 그렇게 말씀해 주셨어요. 그, 그렇죠?

-네, 정하얀 님 말씀이 맞습니다. 허허허, 사실 이전까지 만드신 마법과 비교하면 다소 아쉬운 부분도 있지만, 충분히 획기적인 방식이라고 부를 만합니다.

-그, 그렇게 말하면 어떡해요! 그렇게…… 그렇게 말하면 어떡하냐구!!!

-아…… 죄, 죄송…….

-아무튼, 지금부터 보여 드릴게요. 깜, 깜짝 놀라실 거예요.

-…….

-보셨나요? 어, 어떻게 생각하시는지 궁금해요. 편, 편지 말고 꼭 영상으로 보내주세요, 꼭이요. 정말로 보고 싶어요. 매일매일 보다가 안 보니까 더 그, 그런 것 같아요. 귀찮게 해서 죄송해요. 그럼 다음에 또 연락드릴게요.

사실 이때까지도 괜찮았다. 조금 날이 선 것 같은 모습에 마탑의 할아버지들이 당황하기는 했지만 말이다.

문제가 되는 건 이 이후부터. 자신의 성장을 어필하는 저런 종류의 영상을 약 수십 개 정도 보낸 이후에도 성과가 없자, 조금씩 조금씩 피폐해지기 시작한 것이다.

영상 편지 속 정하얀은 아주 환하게 웃고 있었지만, 그녀의 얼굴 너머로 보이는 방 뒤쪽의 모습은 뭐라고 설명할 수가 없을 정도. 내가 알고 있던 정하얀의 방이 아니었으니, 무슨 말이 더 필요할까. 책들은 갈기갈기 찢겨 있었고 벽에는 손톱자국이 난무해 있다.

가장 압권이었던 것은 구석에서 불안한 눈빛으로 화면을 바라보고 있던 한소라가 아니었을까. 당시 머리가 산발이 되어 있는 정하얀보다 고양이 앞의 쥐 신세가 된 그녀의 얼굴이 더욱더 확실하게 기억에 남는다.

-오, 오, 오늘도…… 네, 오늘도 영상…… 보, 보, 보내요. 오빠, 너무 보고 싶어요. 정말 너무요. 너무, 너무, 너무 보고 싶어요. 너무…… 끄윽…… 그, 그래도 열심히 하고 있어요. 열심히 하고 있으니까, 이제 한 번 정도는 만났으면 좋겠다. 진짜…… 진짜 싫어. 진짜 너무 싫어요. 오빠랑 계속 같이 있고 싶은데…… 소, 소라 씨도 그렇대요. 그렇죠?

-네, 네, 맞아요. 정하얀 님…… 정하얀 님 말씀이 맞아요, 부길드마스터. 이, 이제는 슬슬 와주셔도 될 것 같아요. 정하얀 님께서도 많이 성장하셨고요. 바쁘신 건 알고 계시지만 그래도 길…… 길드에 한 번은 들러주셔야.

-소, 소라 씨도 같은 마음이래요. 빨, 빨, 빨, 빨리 와주세요.

-네, 네! 부길드마스터. 제발 와주셨으면 좋겠어요. 제발······ 그, 그리고 제가 저번에 따로 드렸던 말씀 말인데요······ 그······ 그것도 좀 어떻게······ 다시······.

-따, 따로 뭘 말했어요?

-아니요. 정하얀 님······ 이건 그러니까.

-뭐, 뭐라고 했, 했는데?

-업무적인 일, 업무적인 일······ 흐윽······ 업무적인 일이었 어요. 어어어엉······ 엉······ 정말이에요.

-뚝.

이후에 보내온 영상에서도 정하얀의 상태가 점점 가관으로 치닫고 있는데 어떻게 참을 수 있었을까.

그나마 저건 양반이다. 오랜만에 보내온 정하얀의 영상 편 지는 다른 내용을 찾아볼 수조차 없다. 그냥······.

-죽······.

-······.

-너······ 보고······ 그, 그러······ 면 안 돼. 아, 그게······ 응. 그게 좋겠······ 아······ 죽······.

멍하니 화면을 바라보며 혼잣말을 해오는 것을 보고 어떻게 가만히 있을 수 있었겠는가.

한 번은 터져야 하는 게 맞지만, 지금은 터지면 안 되는 타이밍이라고 판단, 곧바로 짐을 싸고 마탑으로 들어가 정하얀과의 해후를 즐길 수 있었다.

울고불고 떨어지지 않을 거라고 달라붙어 와 다시 여기까지 오는 데 걸린 시간이 3일. 그다음에 얼굴을 본 게 그로부터 4개월 뒤였다. 그러니까 한소라의 전화를 받고 출동했을 때가 약 2개월 전이라는 거다.

'점점 더 짧아지네…… 슬슬 여기로 부르는 게 맞나?'

폭발하는 주기가 점점 더 짧아지고 있는 상황.

그만큼 성장하고 있어 기쁜 마음이 들기는 했지만, 나라고 걱정되지 않을 수 있을까. 거대한 폭탄이 터지는 시기를 계속해서 늦추고 늦춰 내가 원하는 타이밍에 던지는 게 좋다고 생각했지만, 최근 들어서는 하루하루가 살얼음판을 걷는 듯한 기분이었다. 매일 같이 수백 개씩 오는 문자 폭탄도 그랬고 한소라의 울음기 섞인 목소리도 신경이 쓰인다.

이런 시기를 한번 겪을 때마다 정하얀이 소소한 성장을 보인다는 건 즐거운 일이었지만…….

'속이 타들어 갈 것 같아.'

오늘은 또 어떤 사고를 칠지에 대한 불안감은 분명히 있었다. 오늘만 해도 몬스터 웨이브를 일으키지 않았던가.

물론 본의는 아니었겠지만, 얘를 이대로 놔두는 것도 문제긴 문제다. 마침 박덕구도 발견한 타이밍이기도 하니 슬슬 부르는 게 좋지 않을까. 안 그래도 대륙 합동 훈련소에 있는 인원 일부가 넘어와 자리를 잡고 있는 실정이니…….

'그렇게 하는 게 좋겠다.'

연속으로 재생되고 있었던 정하얀의 동영상이 꺼지고 영통이 연결되는 것은 순식간. 1초도 지나지 않아 반대편에서 수락을 눌렀는지, 곧바로 정하얀의 얼굴이 눈에 보였다.

-오…… 오빠. 오빠! 무슨 일이세요?

'무슨 일이긴…… 네가 불렀잖아.'

-문, 문자 보셨구나. 제…… 제가 조금 많이 보냈나요? 일, 일하시는 데 방해됐을 것 같은데…….

'방해가 되기야 했지. 방해가 안 될 수가 있겠어.'

"아니야. 마침 쉬고 있는 상태였고. 어때 공부는 잘돼가?"

-네, 조, 조금 전까지 계속 연습하고 있, 있, 있었어요. 소라 씨랑 같이요.

'조금 전까지 문자 보내고 있었잖아.'

"내가 괜히 전화한 건 아닌지 모르겠네. 갑자기 미안해지는데……."

-아, 아니에요. 그렇지 않아요. 네. 저도 딱 쉬려고 했었던 타이밍이라. 네…… 그, 그, 그런 타이밍이라…….

'하얀이는…… 진짜 변한 게 없네.'

행동이 아니라 생김새도 그렇다. 어깨까지 오던 머리카락이 조금 더 길어졌다는 걸 제외하면 말이다.

그나저나 생각보다 정상인 것 같은 외관이다. 메시지 폭탄을 날렸을 때는 항상 산발이 된 머리카락과 핏발이 선 눈으로 이상한 소리를 해대며 말을 더듬었던 것으로 기억한다.

무척이나 깔끔한 모습으로 통화에 임하는 것을 보니 조금 은 더 시간을 줘도 괜찮을 거라고 여겨졌다.

-소라 씨도 같이 쉬고 있었어요. 여, 여, 여기요.

하지만 정하얀이 비춘 한소라의 상태를 본 이후에는, 저 모 습이 급하게 세팅된 모습이라는 것을 알 수 있었다.

핏기가 사라진 듯한 얼굴, 저도 모르게 오들오들 떨리는 몸 과 이 세상 두려움을 모두 담은 것 같은 눈. 연쇄 살인마 혹은 영화 속에 나오는 귀신과 밀폐된 공간에 갇힌 피해자의 모습 그 자체. 아마 전화가 오기 전까지 저 안의 분위기가 심상치 않았으리라.

-안…… 녕…… 안녕하세요. 네, 정하얀 님 말씀대로 계속 마 법 공부 중이었어요. 부길드마스터. 언제 볼…… 수 있을까요?

지난번 같은 일이 벌어지지 않게 최대한 조심하는 듯한 모습. 하지만 하나밖에 남지 않은 눈은 계속해서 SOS 신호를 보내고 있는 것 같았다. 저건 분명히 도와달라는 사람의 얼굴이다.

-그, 그, 그 그렇죠?

이윽고 다시금 화면에 비친 정하얀의 눈동자는 솔직히 말 해 무섭다.

결국, 생각해 뒀던 말을 입에 담자, 곧바로 반응해 오는 모 습이 눈에 보였다.

"한 달 후에 이쪽으로 자리를 옮기는 게 좋을 것 같은데……."

-네?

"이제 슬슬 나도 여유가 생길 것 같아서. 물론 하얀이가 꽨

찮으면 거기서 조금 더 지내도 되지만."

-아니에요. 아니에요. 그런 거 아, 아, 아니에요. 갈게요. 빨, 빨, 빨리 갈게요. 빨리…….

"응, 그 대신 남은 시간 동안 최대한 집중해서 공부해야 돼. 지난번이랑 비교했을 때 제대로 달라진 게 없으면 내가 하얀이 공부를 방해한 것처럼 느껴지니까. 내가 무슨 말 하는지 이해할 수 있지?"

'마지막까지…… 열심히 하자. 우리…….'

-네, 네, 이, 이해할 수 있어요. 끄윽…… 이해할 수 있어요. 히끅, 끄윽, 살았다. 히끅, 드디어 끝났어. 흐어어엉…… 히끅, 드디어…… 끄윽, 살았어. 열, 열심히 하고 바로 갈, 갈게요. 뛰어갈게요. 끄윽. 사랑해요. 사랑해요.

그동안 서러웠는지 눈물을 터뜨리는 정하얀. 그리고 그 옆에서 함께 눈물을 터뜨리고 있는 사람이 또 한 명.

-신이시여…… 흐윽, 신이시여 감사합니다. 신이시여 감사합니다.

한소라 역시 폭풍 같은 눈물을 쏟아내고 있었다.

'돈 많이 줄게, 소라야. 진짜…….'

조금이지만 죄책감이 느껴진다.

물론 죄책감이 느껴진다고 하더라도 뭔가 해결해 줄 수 있는 상황이 아니기는 했다. 한소라와 정하얀이 생각보다 더 가까워지기도 했고, 정하얀을 컨트롤 하는 데 그녀가 도움된다는 걸 잘 알기 때문이다.

정하얀이 극대노 상태로 진입한 순간 터지는 폭탄을 어느 정도 제어해 줄 수 인물, 애초 극대노까지 흘러가지 않게 잘 조절해 줄 수 있는 인물이 바로 그녀다.

대륙을 위해서가 아니라 본인의 안전을 위해서 외줄 타기를 하는 모습은 마치 예전의 내 모습을 떠올리게 만들 정도. 필사적으로 정하얀의 화를 가라앉히려 설득하거나, 어떻게든 관심을 다른 곳으로 옮기려 노력하는 모습에 얼마나 큰 감명을 받았던가. 술만 퍼마시면 개가 되는 친구를 다독여 주고 챙겨 주는 소중한 사람, 그게 바로 현재의 한소라의 포지션이었다.

나, 박덕구, 김현성을 제외하고는 좀처럼 마음을 열지 않은 정하얀이 자신의 속내를 이야기할 수준까지 왔으니…… 사실 한소라의 안전이 위협받는 일은 없다고 판단해도 될 것이다.

물론 항상 그렇듯 예상치 못한 사고가 생길 수도 있었지만, 그래도 목숨을 위협받는 일까지는…….

'일어나지는 않겠지, 뭐. 사실 생명 수당도 위로금 차원이니까.'

수당까지 합치면 길드 내에서 받아 가는 연봉 순위도 최상위에 가깝다. 나를 제외하면 린넬 내에서 가장 연봉을 많이 받는 사람이라고 봐도 무리가 없을 정도이지 않을까.

이것저것 전부 따지고 들어가자, 슬그머니 고개를 내밀었던 죄책감이 어느새 등껍질에 숨은 거북이처럼 들어가기 시작했다. 이제 한 달만 버티면 된다고 생각할 테니 한차례 살아갈 힘을 얻어 갈 것이 분명, 물론 그녀보다 더 자극을 받은 사람이 있다는 것은 두말할 필요도 없다.

'한 달 동안 많이 성장하려나?'

혹시나 다시 이전 같은 일이 벌어지지는 않을까 전전긍긍하며 마지막 스퍼트를 올릴 게 분명했다. 이런 단기간 내에 얼마나 성장할까 싶기도 했지만, 지금까지를 지켜보면…….

'한 계단 정도는 더 오를 수 있지 않을까 싶은데…….'

그 대상이 정하얀이라고 생각하면 조금 아쉬운 생각이기도 했지만, 포괄적으로 봤을 때는 배부른 생각이다. 겨우 한 계단이지만 그 계단을 오르기 위해 수십 년을 허비하는 마법사들이 대다수라는 걸 떠올려 보면 지금의 성장세도 비정상에 가깝다.

그래도 기왕이면 에스컬레이터나 엘리베이터를 타고 팍팍올라가면 좋겠다는 희망 사항이야 있었지만, 흘러넘쳐 터지는 것보다는 차근차근 코스를 밟아 올라가는 것이 맞다.

아무튼 간에 정하얀 생각은 여기에서 끝. 정확히 한 달 후에는 부르지 않아도 이쪽으로 달려올 테니, 그때 즈음 박덕구와 함께 해후를 즐기면 될 것 같았다.

'다들 잘 지내려나 몰라.'

엘레나와 유아영은 한 번 연락했었고, 별로 친하지도 않은 김창렬과도 연락을 주고받았었다. 선희영과 황정연 그리고 앞서 통화를 마친 김미영 팀장은 업무차 얼굴을 본 적도 있었고, 길드에 남은 인원들과도 거의 주기적으로 연락을 주고받았던 것으로 기억한다.

정하얀과 한소라는 앞서 말한 것처럼 두 차례 만났고, 김현성 대신 대륙 합동 훈련소의 훈련을 담당하고 있는 조혜진 역시 업무차 미팅한 적이 있었다.

연락이 끊긴 것은 박덕구와 김현성. 그리고 길드원은 아니지만, 차희라가 전부.

특히 김현성과 마지막으로 연락한 것이 딱 9개월 전이다. 훈련소의 기틀을 잡아놓은 이후에 본인의 수련에 박차를 가하기 시작한 것이다.

'얘가 참 독하기는 해.'

굳이 연락을 끊으면서까지 처박힐 필요가 있을까 싶었다.

집중하기가 힘들어 연락드리기 힘들 것 같다는 말을 해올 당시에 얼마나 황당했던가. 막 관리 위원회에 위원장으로 추대됐을 시점이었기에 더욱더 당황스러웠다.

간혹 조혜진을 통해서 죽었는지 살았는지 소식을 전해오기는 했지만…… 정말로 9개월 동안 검만 휘두를 줄은 예상하지 못했다.

짐을 내려놓으라고 말하기도 했고, 실제로 내려놓은 것처럼 보이기도 했지만, 전혀 새로운 짐이 녀석 위에 올라가 있는 느낌이었다. 이전처럼 그 짐을 버거워하지는 않아 다행이었지만, 의외로 멘탈이 약한 녀석이니 잘 견디고 있을지 걱정이 생기기는 한다. 성장이 침체되거나 본인의 생각대로 일이 잘 풀리지 않을 경우 쥐구멍으로 들어가는 것처럼 점점 자기 생각에 매몰될 수도 있다.

대충 생각을 정리하며 자리에서 일어나 연락을 넣었다. 박덕구와 안기모가 있는 53구역이었다.

"아, 저 이 위원장입니다. 그러니까……."

-네, 여, 영광입니다. 53건설 구역의 마이클 웨인이라고 합니다. 이기영 위원장님. 이렇게 따로 연락을 주실 줄은…… 영, 영광입니다.

"아닙니다. 개발 계획 발표가 있었을 때 자리에서 뵀었죠. 언제 한번 연락하려고 생각은 했었는데…… 공교롭게도 너무 바빠져서 제대로 찾아뵙지 못했던 것으로 기억합니다. 그쪽은 조금 어떻습니까?"

-갑작스레 몬스터들이 나타나서 조금 당황했습니다만, 다행히 박덕구 님과 안기모 님의 도움으로 무난하게 몬스터들을 몰아낼 수 있었습니다. 성벽 상황은 물론이거니와 인명 피해도 거의 없는 상황입니다. 작업에는 차질이 좀 생길 수도 있겠지만, 최대한 시간 내에 끝낼 수 있도록…… 노력을…….

"괜찮다니 다행이군요. 그보다 김미영 팀장에게 연락을 받았다고 들었습니다. 혹시 지금 자리에 있습니까?"

-네, 그, 그런데 지금은…….

"……."

-사냥하신 몬스터 대금을 치르신 후에 곧바로 길을 떠나셨습니다. 김미영 팀장님에게 언질을 받은 대로 여신의 손거울을 드리고 저희 쪽에서도 모시려고 했지만, 그…… 필요 없다고 말씀하시고는…….

"아……."

-죄송합니다. 이, 이걸 어떻게 해야 좋을지…… 정말로 죄송합니다.

"하……."

-죄송합니다. 너무 갑작스럽게 떠난다고 하셔서…… 저로서도 어떻게 막을 수가…….

"아니요, 후우, 괜찮습니다. 뭐, 웨인 님 입장도 이해합니다. 크게 신경 쓰지 마시고 후처리에 집중해 주세요."

-네, 명심하겠습니다.

"혹시 어느 쪽으로 간다는 말은 있었습니까?"

-최북단으로 가신다고 하셨습니다. 아마 위원장님이 계신 장소가 아닐지…….

"음, 뭐, 그렇겠군요. 아무튼, 고생하셨습니다. 위원회 측에서도 따로 지원을 보내도록 하겠습니다. 이만 줄이겠습니다."

-감사…… 또 감사합니다. 위원장님. 영광이었습니다.

"네."

뚝.

"아, 왠지 불안하더라니. 이 돼지 새끼 진짜……."

최북단까지 올라오기는 할 것이다.

그 와중에 어느 곳으로 샐까 불안한 것이 문제. 바로 떠났다고 하니 유랑을 즐길 것 같지는 않았지만, 오지랖이 넓은 녀석이니 이 마을, 저 마을에 들를 때마다 마을 촌장과 상점 주인 아주머니의 퀘스트를 도맡아 할지도 모른다. 곰이 나타났는데 해결 좀 해달라거나, 마을에 땔감이 부족한데 좀 구해주면 좋겠다는 쓸모없는 퀘스트 말이다.

"얼굴 한번 보기 힘드네."

'업무도 해야 되는데.'

아쉬운 마음에 중얼거리며 바깥으로 나섰다.

별다른 의미가 있는 건 아니었다. 일도 잡히지 않는데 쓸데 없이 안에 있을 필요는 없지 않은가.

'아, 코트.'

방한 기능이 달린 두꺼운 코트를 입고 본격적으로 밖을 나서자 위원회를 구성하고 있는 직원들이 인사를 해오고, 뒤쪽에서는 곧바로 박리안을 비롯한 경호대가 따라오기 시작했다.

본격적으로 밖으로 나서자 눈에 보인 것은 거대한 성벽 그리고 그 위에 달라붙어 마무리 작업에 한창인 기술자들이었다.

정말로 한 치 앞도 보이지 않는다. 그만큼 성벽이 높다. 성벽 중간중간에 세워진 마탑은 더욱더 높았고.

아직 완공된 것은 아니었지만, 마력석으로 쌓아 올린 성벽은 대충 보기에도 높고 굳건해 보인다. 이 모든 걸 1년 안에 올렸다고 생각하니 절로 박수가 나왔다.

물론 이 장소는 이 정도의 모습은 보여줘야만 한다.

'여기가 1차 방어선이니까.'

사실상 가장 중요한 장소라 봐도 될 것이다.

'박덕구 이 새끼는 성벽을 쌓고 싶으면 여기나 조금 도와주지.'

아직도 작업이 한창인 장내가 눈에 들어온다.

솔직히 나조차 이 정도로까지 빠르게 진행시킬 수 있을 거라고는 예상하지 못했다. 1차 방어선 이외의 지역들은 작업이 느렸지만, 물량을 이쪽에 집중시킬 수밖에 없었기 때문에 일어난 현상 중 하나였을 뿐이다.

물론 공사가 원활하게 진행된 가장 큰 이유가 복지 때문이라는 것에는 그 누구도 반대 의견이 없을 것이다. 일당도 세고 보험도 된다. 추운 환경을 고려해 온도 마법도 유지해 주고, 무엇보다 진심으로 기술자와 노동자들을 대우해 주고 있으니 속도가 나지 않을 리가 없다.

착취하고 채찍질하는 것보다 효과가 좋을 거라고 생각했지만, 예상보다 더욱더 잘해주고 있는 상황에 절로 고개가 끄덕여졌다.

'앞으로 한 6개월 정도면 되려나.'

그 정도 시점이 지나면 어느 정도 기틀을 잡았다고 말할 수 있게 될 것이다.

'이상하게 너무 무난한 게 조금 불안하기는 한데……'

딱히 사건이 일어날 건더기가 없었지만, 그래도 너무 원활하게 잘 풀리고 있다는 게 왠지 불안했다.

뒤쪽에서 목소리가 들려온 것은 바로 그때였다.

"왜 이렇게 근심 걱정이 많은 얼굴이에요?"

"그냥저냥. 뭐, 오늘은 따로 할 일 없지? 준비는 다 됐어?"

"합동 훈련소에서 인원들 들여오는 걸 말씀하시는 거라면 거의 다 됐어요. 주거 시설이랑 편의 시설도 마련해 놨고. 병력도 순조롭게 출발한 것 같던데요. 곧 병력이 들어오지 않을까 싶어요."

"음……."

"훈련소 인원들까지 들어오면 더 도시처럼 보이겠네요. 여기는……."

"노동자랑 기술자 숫자도 많고, 얘네들한테 전부 관리하는 데 들어가는 인력도 만만치 않으니까. 뭐, 이미 도시화 됐다고 생각하는 게 맞아. 근처 구역까지 합치면 웬만한 왕국 정도는 될걸. 이미 시장도 형성됐고, 치안도 신경 써야 되는 수준까지 왔으니까."

"아직까지는 잘 버텨주고 있는 것 같은데, 조금 혼란스럽기는 하겠네요. 조금 걱정되는 부분이 있기는 하지만……."

"걱정될 게 있어?"

"여러 가지 있죠. 당장 노동자 파업 문제만 봐도 그렇지 않아요?"

"파업 문제야 매번 자연스럽게 따라오는 일이야. 실제로 크게 일어난 적도 없었으니까."

"아뇨, 아뇨. 너무 쉽게 간 건 아닌가 하는 생각도 든다니까요. 일부 기술자들은 웬만한 모험가들보다 더 좋은 대우를 받고 있다는 거 알고 계시죠? 그런데도 파업 소리가 나오는 걸 보면 정신 상태가 썩어 문드러진 거예요. 이미 지들끼리는 노조를 만들어야 하네, 어쩌네, 이런 소리를 하고 있을 정도니까. 이 대규모 공사가 꽤 비전이 좋은 것 같으니 귀족 노조 한번 해 보고 싶다는 심산인가……. 6구역 작업 속도가 다른 지역보다 느린 게 대놓고 태업하고 있어서래요."

"거기 어디서 관리하고 있지? 파업 노조 어쩌고 하는 애들, 베니고어 넷 채팅 로그 확인해 봤어?"

"깨끗해요. 저도 처음에는 누가 의도적으로 흔든 게 아닌가 생각했었는데, 그런 것 같지는 않고…… 하지만 가능성은 있다고 봐요. 표면적으로 드러난 세력 중에서는 위원회와 반목하고 있는 애들이 없지만, 가장 꼭대기에서 보면 보이지 않는 것들도 있게 마련이거든요."

"흠……."

"보고서와 문서들도 오빠가 보고받은 것과 현장의 상황이 다를 수도 있으니까."

"무슨 말 하는지 알겠네."

"각 구역 건설 책임자들 입장에서도 태업 문제나 파업 문제 혹은 조금 커다란 사건이 터져도 필사적으로 덮고 싶어 할 걸요. 이기영 위원장에게 잘못 보이면 인생 꼬일 수도 있으니까. 본인들이 맡은 구역은 안전하고, 아무런 문제가 없는 척. 옛날 우리나라 군 고위 간부들 생각하면 딱 설명이 되지 않을까 싶네요. 무슨 일이 터져도 부대 안에서만 해결하려고 하잖아요. 딱 그 짝 아니에요?"

이지혜의 말에는 고개를 끄덕일 수밖에 없었다. 구두로 보고받은 53구역의 웨인 역시 건설 현장에는 아무런 지장이 없다고 말하지 않았던가.

그게 정말인지는 알 수 없지만, 몬스터 웨이브를 맞고도 공사 중이던 현장에 이상이 없다는 건 거짓말이라고 생각하는 것이 맞다. 박덕구와 안기모가 있었으니 크게 망가지진 않았겠지만, 책임자 입장에서는 그 작은 흠도 자신의 커리어에 흠집이 될까 두려울 게 뻔하다.

'예전에 왕들이 바보가 되는 이유가 있어.'

이지혜가 아니었다면, 눈과 귀가 닫힌 것처럼 느껴졌으리라.

'파업이라, 파업……'

최초의 파업은 이집트에서 이루어졌다.

당시 나라의 왕이자 신으로 군림하고 있던 파라오를 대상으로 한 파업이었으며 시위였는데, 제대로 된 임금이 지급되지 않자 당시 피라미드를 만들었던 기술자와 노동자들이 정부에 반기를 들고 일어선 것이다.

피라미드 안을 점거하는 등, 현재 시위의 형태를 띤 움직임까지 벌어졌다고 하니 무척 당황스러울 수밖에 없었다.

인간에 대한 기본권들이 제대로 확립되지 않았던 상태에서 벌어진 시위가 아니었던가. 불과 몇십 년, 아니, 몇 년 전만 해도 최루탄과 꼬부기 물대포를 뿌리는 행태의 과격 진압이 있었으니 그때 그 시절에는 오죽할까. 스킬, 분노한 파라오의 일격이 피라미드 노동자 시위대의 뚝배기 위로 꽂힐 거라 믿어 의심치 않았다.

하지만 결과는 의외로 노동자들의 승리. 자신이 죽기 전까지는 꼭 피라미드를 완성해야 된다는 과업이 파라오의 발목을 잡은 것이다.

물론 다른 복합적인 이유가 있었겠지만, 중간 관리자들과 윗대가리들 역시 공사가 지체되면 안 된다고 생각했던 것 하나만은 분명했다. '임금이 제대로 지급되지 않으면 파라오의 무덤을 도굴하겠다!' 같은 신성 모독성 발언을 하고서도 처벌을 받지 않고 임금을 받을 정도였으니 무슨 말이 더 필요할까.

'대단하긴 해.'

당시 이집트에서 노동자들을 그만큼 중요하게 생각했는지, 아니면 기술자들이 부족해서였는지는 잘 모르겠지만, 노동자들의 입장에서는 박수를 보낼 수밖에 없는 상황임이 분명했다.

'이걸 여기에 대입시키는 건 조금 무리가 있지만……'

현재의 내 상황과도 비슷하다는 생각이 든다. 나 역시 무조건 전진 기지를 완성해야 한다는 과업을 가지고 있었으니까.

죽이 되든 밥이 되든 무조건 완성해야 한다. 만약 내가 임금을 제대로 지불하지 않은 관리자의 입장이었다면, 억지로 쥐여줘서라도 공사판으로 떠밀었어야 하는 상황이라는 거다.

'그런데 씨바, 이 새끼들은 왜 이러는 거야?'

아무리 인간의 욕심이 끝이 없고 같은 실수를 반복한다고 한들, 처우 개선과 임금 인상을 요구하며 태업을 하기에는 각 구역의 대우가 너무 좋지 않은가.

보온 마법도 유지해 줘, 모험가급의 임금도 넣어줘, 보험도 돼, 다른 편의 사항을 모두 언급하기에는 입이 아플 정도다. 심지어 휴가도 쓸 수 있었고, 야근을 하는 경우에는 야근 수당도 넉넉히 넣어주고 있었다.

꿈의 직장이라고 불러도 과언이 아닐 정도였으니, 노동자들 대부분이 이런 환경에 만족한 것은 이미 정해진 수순이었다. 심지어 사제들도 대기하고 있지 않던가. 만약 여신의 손거울이 아니었다면, 이 사업의 임금을 감당하지 못했을 정도였으니 무슨 말이 더 필요할까.

'정신이 나간 건가.'

"아니면 내가 너무 편하게 해준 건가. 첫 단추부터 잘못 끼운 것 같아서 괜히 씁쓸해지네."

"아니요. 확실하게 효율이 나오기는 했어요. 성과금도 있으니까 안 나오는 게 이상한 상황이기는 하지만요. 애초에 이런 환경을 마련하지 못했다면, 아무리 채찍질해도 지금처럼 효율이 나오지는 않았을 걸요. 실제로도 겨우 1년 만에 여기까지 왔잖아요. 생각해 봐요. 겨우 1년이에요."

"누나 말은……."

"네. 겨우 1년 만에 여기까지 왔는데 부작용이 없는 게 이상한 상황이라는 거죠. 애초 3년 계획이 발표됐을 때부터 어느 정도는 부작용을 떠안을 수밖에 없다고 생각했어요. 그게 이런 형태로 나타나는 거고요. 일단 공사 초반에 오빠가 관리자들을 너무 쪼았던 게 첫 번째. 심지어 한 사람은 아예 쳐내기까지 했으니 지레 겁을 먹는 게 당연한 거겠죠. 그리 긴 시간은 아니지만, 1년이면 사람 하나 고이는 데 충분한 시간이잖아요? 보고 체계에 허점이 생기는 것도 당연하다고 봐요."

"흠……."

"애초에 오빠 사람들로만 구성했으면 이런 일도 없었을 테지만……."

"그건 나도 어쩔 수 없었으니까……. 아무리 나라고 해도 인선을 전부 내 쪽으로 채우기에는 무리가 있거든. 관리 위원회가 전반적으로 통제하고 있다고는 해도, 눈에 보이기에는 동등한 대우를 해줘야 한다니까. 내가 괜히 파란 길드를 탈퇴했겠어?"

"이해해요."

"교국과 린델에서 가져가고 있는 지분이 가장 많은 건 투자한 걸 생각해 보면 당연한 거지만, 전 대륙이 하나가 되는 그림을 그려주기 위해서라도…… 같은 과업을 향해 함께 나아가고 있다는 인상을 심어줘야 돼. 공화국이나 연방, 이종족, 연합, 그것뿐이야? 각 교단도 조금씩 지분을 나눠줘야 하는데…… 최대한 내 사람들로만 구성하려고 해도 여기저기에 구멍이 생기는 건 어쩔 수 없다니까. 솔직히 너무 급하기는 했어. 그건 인정할 수밖에 없네."

"뭐에 홀린 것 마냥 엄청나게 급했죠. 저도 열심히 해본다고 했는데…… 단기간 내에 이 넓은 지역의 현장을 완벽하게 관리하는 건 무리였네요. 위원회의 구성이야 두말할 필요도 없고요. 아쉽지만 어쩌겠어요. 급격한 성장 이후에는 항상 부작용이 따르는 법인데."

전혀 다르지만, 왠지 모르게 정하얀을 생각나게 하는 마지막 대사였다.

'그 대사는 왠지 불길하니까. 그만하자.'

쓸쓸한 마음에 괜스레 이지혜를 바라봤다.

항상 보던 얼굴이었지만, 오늘따라 제법 뾰로통한 얼굴이 눈에 보였다. 단발머리에 작은 키, 얘는 첫 3개월 이후로 계속 붙어 있었기 때문에 뭐가 달라졌는지도 잘 모르겠다.

그냥 예전 그대로 같았지만, 최근 스트레스를 받는지 조금은 초췌한 모습, 실제로 수면 시간도 나보다 적은 것으로 알고 있다. 전반적인 부분에 모두 다 그녀의 손이 들어가 있으니 오죽할까.

조금 쉬게 해주고 싶었지만, 이지혜가 휴식이라도 취하면 업무 전반이 마비되는 것같이 느껴졌기 때문에 어쩔 수가 없는 상황이었다. 눈과 귀는 물론 손과 발의 역할까지 해주고 있으니 그녀를 가만히 내버려 둘 수가 있겠는가.

"그래서 이후에 대응 방향은 있어?"

"고민 중이에요. 그냥 확 다 잘라 버리고 밀어버릴까 하는 생각도 들지만, 지금은 사태 파악도 제대로 안 되어 있는 상태니까요. 5현장 쪽으로 감찰단을 보내기는 하겠지만, 글쎄요……. 효과가 그리 클지는 잘 모르겠고, 일단 그쪽의 진전이 느린 것은 확실하니 뭔가 있기는 할 걸요. 아마 조금 더 자세히 들여다봐야 될 거예요. 5구역은 우리 계획에 어떤 부작용이 있는지 보여주는 지표니까."

"다른 쪽에서도 비슷한 현상이 일어날 수도 있다, 이거지?"

"네, 그만큼 천천히 한번 둘러봐야죠."

"둘러보는 건 둘러보는 거지만……. 아무리 우리가 놓친 부분이 있었다고 해도 여기서 어떻게 더 처우 개선을 해달라는 건지…… 아무리 이해하려고 해도 이해가 안 되네, 진짜."

"저도 마찬가지예요. 지금 같은 조건에서도 불만이 터져 나온다는 건 경영자 입장에서는 이해하기 힘든 이야기죠. 애초에 임금도 주지 말걸 그랬어. 강제 징집해도 할 말이 없는 상황이었는데……. 이래도 이야기가 나오고, 저래도 이야기가 나왔다면 그냥 돈이라도 아끼는 편이 더 좋지 않았을까요? 개똥밭을 굴러봐야 지금 있는 곳이 천국이라는 생각이 들지. 보온 마법부터 확 빼버릴까요?"

"아냐. 작업 속도에 차질 생기는 건 최대한 지양하고 싶거든……. 그리고 강제로 징집했다면 반발이 너무 심했을 거야. 대외적인 이미지에도 문제가 생길 테고……."

"차라리 윗대가리 쪽에 문제가 있으면 좋을 것 같다니까요. 아직은 인간을 믿고 싶다고요, 진짜."

'네 입에서 나올 소리는 아닌 것 같다만…….'

나 역시 이지혜의 생각에는 어느 정도 동의할 수밖에 없었다.

"아무튼 가능성은 세 개네요."

"응."

"첫 번째는 책임자 쪽에서 뭔가 문제가 있을 경우…… 아니, 애초에 문제가 있기는 있네요. 보고를 안 하는 것 역시 문제라고 할 수 있으니까."

"누나 말은 중간에서 해 처먹고 있을 가능성이 있다는 거잖아."

"네, 정말로 노동자들이 정당한 대우를 받지 못하고 있을 경우요."

"다른 건 몰라도 방산비리 하는 놈들은 전부 다 쓸어버려야 되는데."

"그건 동의해요. 두 번째 가능성은 정말로 우리 노동자들이 배가 불렀을 경우고요. 제발 이건 아니었으면 좋겠다, 제에발."

"……."

"그것도 아니라면…… 어딘가에 작전 세력이 있다던가."

"작전 세력 쪽은 가능성이 없다고 하지 않았나? 로그도 안 남았다며."

"아직 찾지 못한 것뿐이지 가능성을 아주 버린 건 아니에요. 베니고어 넷에 로그가 남지 않았더라도, 서로 연락을 취할 방법은 극단적으로 적지만 없는 건 아니니까요. 우리가 적이 아예 없는 것도 아니니…… 작전 세력의 존재 가능성을 버리기에는 조금 이르죠."

"대안은?"

"일단 감찰단부터 기다려야죠. 조금 더 포괄적으로 바라볼 생각이에요. 계속해서 하는 말이지만…… 거기에 있는 노동자들이 문제라고 생각하기는 정말 싫거든요. 인간 혐오 걸릴 지경이라고요."

'누나가 그런 말 하면 안 되지.'

"오빠 보고 정말 나는 아직도 멀었다고 생각했지만, 우리 주변만 둘러봐도 상상 이상인 놈들이 많다니까요. 솔직히 첫 번

째일 가능성도 거의 없다고 봐도 되니까……."

"5구역 책임자가 누구였지."

"미하일이요."

"아."

'미하일.'

연합 쪽 인선이 필요해 영입한 인물 중 하나. 연합 내에서도 유명한 온건파이기도 했고, 청렴결백의 상징과도 같은 인물이었으며 이상론자이며 유명한 학자이기도 했다.

실제로 이쪽에서도 미하일의 영입에 꽤 많은 공을 들였다. 1번부터 10번 기지까지는 1선에서 바깥 놈들을 맞이해야 하는 만큼 특히나 더 신경을 써야 했기 때문이다.

가장 중요하다고 생각되는 1, 2, 3, 6, 7, 9, 10은 이기영이 픽한 인선. 하지만 10번 시드 중에서도 상대적으로 그 중요성이 덜한 4번 현장과 5번 현장, 8번 현장은 외부인을 데리고 올 수밖에 없었다. 공화국에도 한 자리 넣어줬어야 했고, 연합에도 한 자리를 넣어줘야 하는 상황이었기 때문에, 최대한 묵묵히 자기 자리에서 일을 해줄 인물이 필요했다.

미하일은 그 조건에 딱 들어맞는 이들 중 하나였다. 마지못해 받아들인다고 했을 때는 얼마나 안심했던가.

'그 사람은 아닐 텐데…….'

실제로 중간에 돈을 가로채 자기 욕심을 위해 사용할 사람은 아니다. 마음의 눈으로 직접 확인한 성향과 고유 기벽도 무난함 그 자체였으니 무슨 말이 더 필요할까.

"연합 내에서도 청렴하기로 유명한 사람이고, 뒷조사도 이미 다 해보지 않았어요?"

"털어도 먼지 하나 안 나오는 사람이기는 해."

"어떻게 해볼까요? 조금 더 심층적으로 털어볼까요?"

"너무 힘쓰지는 마. 은근슬쩍 찔러주려고 해도 모두 다 거절한 사람인데. 일단은 작전 세력이 있는지부터 털어보자. 아, 그럴 게 아니라 한번 만나보는 게 좋겠네."

"누구요, 미하일이요?"

"응, 이쪽으로 불러. 그 사이에 현장으로 사람들 좀 보내고."

"괜찮겠네요."

'길드원들보다 이 사람을 먼저 만나게 생겼네.'

"지금 바로 그리폰 보내는 게 좋을까요?"

"응, 그렇게 하는 게 좋을 것 같아. 따로 추궁하는 것 같은 느낌을 주지는 말자고. 여러 가지로 준비해 올 가능성도 있으니까."

"네, 그렇게 할게요. 만나서 차나 한잔 마시자고 하죠. 뭐."

"응, 그럼 이야기는 이걸로 끝이야?"

"네."

"그럼 저녁이나 같이 먹자, 누나."

"바빠서 간단히 때우려고 했는데…… 이러면 또 이야기가 달라지죠. 이거 데이트 신청 맞죠? 오빠?"

"마음대로 생각해."

이지혜의 말대로 그냥 밀어버리는 것도 괜찮지 않을까 하는

생각도 들었지만, 작업에 차질이 생기는 일은 최대한 지양해야
했다.

　도대체 어떻게 관리하고 있길래 태업 이야기가 나오고, 심지
어는 제대로 보고조차 되지 않는지 궁금할 수밖에 없었다.

　"5구역이라……."

　"신경 쓰여요?"

　"당연하지."

　"너무 스트레스받지는 마요, 오빠. 충분히 해결할 수 있는
범주 내에 있는 일이니까. 생각보다 별일 아닐 거예요."

　나 역시 기도하고 싶은 부분이다. 제발 별일 아니었으면 좋
겠다.

167장
미하일

"뭐라고 쓰여 있습니까? 미하일 님."

"차나 한잔 마시자는 군요. 정말로 한가하게 차나 마시자고 부르지는 않았을 거고, 당신들의 생각이 들어맞은 모양입니다."

"결단에 감사드립니다."

"결단이라고까지 말할 필요 있겠습니까. 연합, 공화국 그리고 정말로 대륙을 위하는 길이 뭔지 남들보다 조금 빠르게 깨달았을 뿐입니다."

"하지만 미하일 님의 명성에 금이 갈까 두렵습니다. 아니, 이런 말씀을 드리는 것 자체가 죄스럽군요."

"죽고 나면 모두 소용없는 것이지요. 명예나 명성 같은 것에는 집착하지 않은 지 제법 오래된 것 같습니다. 그 친구와는 다르게 말입니다. 당신들 역시 같군요."

"……."

"그 친구는 자신이 지켜야 할 명예에 모든 걸 걸었었죠. 목숨조차 명예와 이름을 위해 던질 수 있었던 친구였습니다. 저는 그가 살아가는 방식에는 끝까지 공감하지 못했습니다. 하하, 아마 지금 내 모습을 보면 바보 같다고 비웃지 않을까요."

"그렇지 않을 겁니다. 분명히……."

"지금껏 쌓아 올린 명성을 땅바닥으로 곤두박질치게 할 정도로 이 일이 중요한 일이냐고, 그렇게 말하며 비웃을 게 분명합니다."

"……."

"저는 아주 오랫동안 이 대륙에서 살아왔습니다. 모험가라 불리는 당신들이 오기 전부터 이 대륙에 자리 잡아왔죠. 이 넓은 땅 곳곳에 제 고향이 아닌 곳이 없을 정도로 아끼지 않은 곳이 없을 정도였습니다. 당신들이 처음 대륙에 진입했을 때 말입니다만, 저는 당신들이 대륙을 발전시킬 거라고 굳게 믿고 있었습니다. 실제로 당신들은 이곳을 급속도로 발전시켰죠. 그 친구도 마찬가지입니다. 좋은 영향을 주기도 했고, 좋지 않은 영향을 주기도 했죠."

"……."

"그 친구처럼…… 저는 이기영 위원장이 대륙의 악이 될 거라고 생각했었습니다."

"그 말씀은……."

"하지만 그자는 양보할 줄 모르는 사람이에요."

"……."

"이기영 그자가 내게 이곳을 맡아줄 수 있냐고 물어왔을 때, 그자의 눈을 보고 반쯤은 확신할 수 있었습니다. 잘 쓰면 약이 되고, 못 쓰면 독이 되는 종류의 사람이라고……. 실제로도 그랬지만, 대륙의 약이 되기에 그자는 욕심이 너무 많아요. 이 멍청하고 작은 손거울을 보세요. 당신들 세상에는 이런 게 실제로 존재했다고 했었죠. 하지만 믿어지십니까?"

"……."

"이 작은 물건이 이 대륙 전체를 컨트롤하고 있다는 게…… 믿겨지십니까? 처음에는 먼발치에서 신기해하며 무서워했던 사람들도 이제는 남녀노소 가릴 것 없이 이 작은 손거울을 들고 있습니다. 이 작은 것이 없다면, 일상생활이 불가능할 정도까지 왔어요. 사람들 대부분은 알지 못하고 있을 게 분명하겠죠. 작지만 무한대로 넓은 이 공간에 수많은 데이터가 축적되어 있고, 이기영 그자는 이걸 열어볼 수 있다는 것. 전 대륙이 감시당하고 있다, 이 말입니다. 그것도 단 한 사람에게 말입니다."

"……."

"이런 건 자유라고 할 수 없어요."

"네."

"이런 삶은 살아 있다고 볼 수 없습니다. 대륙 전체가 한 사람한테 통제되고 있는 것 아닙니까."

"……."

"예전에 그 친구가 흥미로운 소설을 설명해 준 적이 있었죠.

조지 오웰이라는 저명한 작가가 썼던 소설 말입니다. 지금 우리가 살고 있는 곳은 그 소설 속에 나오는 공간이나 다름이 없습니다. 개인이 전체를 통제한다는 것은 있어서는 안 되는 일이에요. 그자를 비판하는 언론까지도 그의 검수를 받고 미디어를 내보냅니다. 그자를 칭송하는 언론 역시 마찬가지고요."

"네, 그 말씀이 맞습니다."

"이기영 그자가 무엇을 위해서 이렇게까지 움직이는지는 알 수 없지만, 개인이 전체의 자유를 통제할 권리는 그 누구에게도 없습니다. 최소한 제 생각은 그렇습니다."

"……."

"아니요. 어차피 당신들은 공감하지 못하겠죠. 그 친구도 공감하지 못할 겁니다. 서로 가치 있는 게 다를 테니. 그 친구는 명예 때문에 죽고 저는 제 고집 때문에 죽겠군요."

"미하일 님은 죽지 않을 겁니다. 죽는 것은 저희의 역할이지, 미하일 님의 역할이 아니에요."

"일이 성공적으로 끝나더라도 저는 죽을 겁니다. 교국에서 저를 내버려 둘 리가 없으니……. 내일 아침에는 곧바로 출발해야 하니 일단 밖으로 나가주셨으면 좋겠습니다. 여러분들이 원하시는 소식을 들고 복귀하도록 하겠습니다."

"……뜻대로 하겠습니다."

한 발자국을 뒤로 물리자 조용히 책을 읽는 미하일의 모습이 시야에 비쳤다.

필요한 일이라는 건 알지만, 괜스레 입안이 쓰다. 저 사람을 끌어들이는 게 정말로 맞는 일인지 제대로 판단을 내릴 수 없었기 때문이다.

'아니, 이런 생각을 할 거였으면 애초부터 제안하지 말았어야 했어요.'

자신들 역시 최악의 경우 그를 죽일 각오를 하고 그와 접선하지 않았던가. 그가 이번 일에 함께하지 않겠다고 고개를 저었더라면 저자는 이미 이 세상 사람이 아니었으리라. 그런 주제에 갑자기 그의 처지에 대해 공감하고, 걱정하고 있다니…….

'사람 일이라는 건 알다가도 모르겠네요.'

그가 너무나도 흔쾌히 고개를 끄덕였기 때문이 아닐까. 아니면 그가 생각하고 있는 게 우리가 생각하는 것보다 더 가치 있는 일처럼 느껴졌기 때문은 아닐까.

정답이 뭔지는 알 수 없다. 지금은 아픈 머리를 부여잡는 것이 고작이리라.

'복잡해.'

머릿속이 너무나도 복잡했다.

"너무 깊게 생각하는 것도 좋지 않아. 우리는 우리가 해야 할 일만 하면 되는 거니까."

"흔들리고 있는 건 아니에요. 오히려 더욱더 확신을 얻었다고 말씀드리는 게 맞을 것 같아요. 단순히 개인적인 감정 외에도 맞서 싸워야 할 이유를 알게 됐으니까요. 미하일 님 덕분에요. 물론 그게 쉽지는 않겠지만……."

"네 말이 맞아. 우리가 싸워야 할 이유는 그것뿐만이 아니지."

"그렇죠? 지금 이 상태라면 대륙에 미래는 없을 거예요. 하나부터 열까지 그자의 손이 닿지 않은 곳이 없죠. 이제는 뭐가 진실이고 무엇이 거짓말인지 알 수가 없을 지경이에요. 이기영 명예추기경, 아니, 이제는 위원장. 그자의 진짜 모습을 알고 있는 이들이 대륙에 얼마나 될까요. 아마……."

"여기에 있는 사람들이 전부일 거다. 그렇게 생각하는 게 맞아. 대외적인 이미지를 생각하면 그자가 여러 가지 일을 벌였다는 사실 자체를 믿지 못하고, 이해하지 못하는 사람들이 대부분일 테니까. 언론과 미디어에서 만들어낸 그의 모습을 보고 있으니 그자가 대륙의 해악을 끼치고 있는 바퀴벌레 같은 자라는 걸 누가 눈치챌 수 있겠어? 대륙에 악마를 소환하고, 신을 사칭하고 속이며 대륙인 전체를 기만하는 자라는 걸 누가 감히 상상할 수 있겠어."

"어째서 그런 자를 믿고 따르는 건지……."

"민중들의 우매함을 꾸짖기보다는 그자의 비열함을 곱씹는 게 맞아."

"네, 그렇네요."

"정확히 목적이 무엇인지는 알 수 없지만……."

"결과가 말해주고 있는 것 아닐까요. 어쩌면 이 공사 자체가 의미 없는 행동일 수도 있다고 생각해요. 위기를 조장하고, 가상의 외부의 적을 끌어들여 대륙을 조금 더 컨트롤하기 쉽게 만드는 거죠. 손거울의 출시가 제법 교묘하다는 걸 보면 충분히 생각해 봄 직한 이야기라고 봐요. 구태여 파란 길드를 탈퇴하고 위원회로 자리를 옮긴 것 역시 그런 의미라고 생각해 봐도 되고요. 보세요. 말 몇 마디 하면서 기사를 내보냈을 뿐인데 그자는 대륙의 중심이, 지도자가 되어 있어요. 내로라하는 권력자들 역시 그자의 눈치를 보고 있고, 그자의 뜻에 반하는 이들은 소리 소문 없이 사라지죠."

"……."

"대중들의 목소리와 자유 의지도 모두 그에게 컨트롤되고 있어요. 온갖 미디어 매체들이 모두 그자의 손에 있고, 그자는 본인에게 유리한 정보를 꺼낼 수 있고, 숨길 수 있어요. 대륙인들이 어떤 이야기를 하는지 정보들 역시 열어볼 수 있죠. 이기영 그자가 능력이 있다는 건 부정할 수 없지만, 그자는 잘못된 지도자예요. 저 역시 한때는 그에게 지지를 보내는 이들 중 하나였지만 당신들 그리고 미하일 님과의 만남이 제 눈을 뜨여준 것 같아요. 아마 두 분이 아니었다면 저 역시……."

"나는 그렇게 그럴듯한 가치로 움직이고 있는 게 아니야, 라파엘. 내 동료들은 몰라도 최소한 나는 그렇지 않아. 나를 움직이는 건 복수심이지 보기 좋게 만들어낸 가치가 아니야. 어쩌다가 여기까지 오게 됐지만, 네가 생각하는 것과는 많이 달라."

확실히 처음 만났을 때는 그랬을지도 모른다. 하지만 오랜 시간을 함께 지내며, 대륙의 진실에 가까이 가면 가까이 갈수록 달라지는 것을 깨달을 수밖에 없었다.

목적은 달라지지 않았지만, 마음에 든 것이 다르다. 이전까지는 이들을 움직인 게 단순한 복수심이었다면, 지금은 책임감과 숭고함이라고 생각할 정도.

아마 그 누구보다 이들이 더 그 차이점을 깨닫고 있지 않을까. 자신이 잘못 본 게 아니라면 틀림없이 그럴 것이다.

"그런 말씀 하지 마세요. 단장님이 책임감을 느끼고 있다는 건 알고 있으니까요. 다른 분들 모두 마찬가지예요. 그리고…… 단순한 복수심으로 움직인다고 해도 결과는 다르지 않으니까. 이유가 어찌 됐건 저희는 옳은 일을 하고 있어요. 우리 결사단이 하려고 하는 일은 분명히 오랫동안 대륙에 기억될 거예요."

"아니, 우리가 성공한다고 하더라도 우리는 테러범 그 이상, 그 이하도 되지 못할 거야."

"듣기 안 좋은 말이네요. 테러범이라니. 그래도 나름대로의 정의를 가지고 싸우는 사람들인데……."

"하핫. 그렇게 생각하는 건 너밖에 없을 거야, 라파엘."

"그래서 다음은 어떻게 되는 건가요. 만약에 일이 실패한다면 어떻게 할 생각이신가요?"

"달라지는 건 없어. 기회를 기다리고 계속해서 움직일 뿐이야. 하지만 그럴 일은 없을 거다."

"……."

"내가 아는 그자라면 분명히 우리 생각대로 움직여 줄 거야."

"……."

"군사님이 말씀하셨던 것처럼 그자는 책사가 아니야. 연기자고 사기꾼이지. 그자의 무대는 전장이나 집무실이 아니야, 무대

지. 그게 바로 이기영이라는 놈의 본성이야. 가만히 앉아 있을
리가 없지. 이번 일 역시 그자에게는 홍보의 수단이 될 거야.
잃는 것보다는 얻는 게 많을 거라고 느끼고 있을 테니까."

"그럼 그 이후에는……."

"목숨을 걸고 싸운다. 그것밖에는 없어. 사실 이번 기회가
아니면 거의 불가능하다고 해도 과언이 아닐 거다. 파란 길드
를 탈퇴했다고 한들, 그자가 길드에 끼치는 영향력은 그대로니
까. 하나둘 이쪽으로 모이고, 합동 훈련소에 있는 병력까지 자
리를 잡는다면 우리 결사단의 계획은 수포가 될 거야. 어쩌면
꼬리를 잡힐지도 모르지. 최대한 이번 기회를 잡을 수밖에 없
어. 남아 있는 시간이 그리 길지는 않으니까."

"……다른 방법은 없는 걸까요?"

"다른 방법은 없어. 그자의 수명이 다하기 전까지는 상황이
뒤바뀌지 않겠지."

"그래도 뭔가 다른 일이 있을지도 몰라요. 잡지를 만들어 배
포한다든가…… 뜻이 맞는 이들을 모은다든가 하는 방향으로
요. 우리가 알고 있는 진실에 대해 계속해서 목소리를 높인다
면 언젠가는 대륙인들 역시…… 알아줄 거예요. 분명히 알아
줄 거예요. 결사단에 모인 사람들을 보세요. 꼭 그렇게 극단적
인 방법으로…… 일을 해결할 필요는……."

"아니, 이 이상은 위험해. 이 1년 동안 너무 몸집이 커졌어.
지금까지 그자의 눈에 띄지 않은 게 기적이라는 것 정도는 네
가 더 잘 알고 있을 텐데. 우리는 더 이상 움직일 수 없는 입장

이야. 조금이라도 몸을 일으켰다간 곧바로 군대가 이곳으로 들이닥칠 게 분명해. 지금은 다른 방향을 생각하는 것보다 이미 계획되어 있는 걸 실행에 옮기는 게 맞아. 아마 미하일 님이 그자와 만남을 가지는 동안 이곳에 감찰대가 올 거다. 다른 이야기보다 이 건에 대한 이야기를 해보자, 라파엘."

"하지만!"

"다른 선택지는 없어. 이미 미하일 님도 한배를 타셨으니까. 이제 와서 몸을 뒤로 돌렸다가는 모든 계획이…… 크윽……."

"단, 단장. 괜찮으신거죠?"

"하아…… 하아…… 응, 괜찮아. 걱정할 필요 없어. 걱정할 필요 없다, 라파엘."

심장을 부여잡은 채로 고통스러워하는 단장의 모습이 시야에 비친 것은 당연지사. 어깨를 두드려 주는 것 말고는 할 수 있는 게 없다는 사실이 원통하게 느껴진다.

결사단. 궁극적인 목표는 이기영 위원장으로부터 대륙을 완전 해방시키는 것. 옳은 일을 위해 싸우는 이들이었지만 아직은 반정부 세력에 불과했다.

'언젠가는 알아줄 거야.'

이 땅 위에 살아가는 모든 이들이 분명히 이들의 희생과 투쟁을 기억해 줄 것이다. 흔들리는 가슴을 부여잡으며 그런 쓸데없는 생각을 할 수밖에 없었다.

"들어가도 되겠습니까."

"네, 들어오세요. 오랜만입니다. 미하일 님. 도통 연락드리지 못해 죄송합니다. 저도 일이 제법 바빴던 터라……."

"제가 먼저 찾았어야 했는데…… 정말로 죄송합니다."

"일단 앉으시죠."

"네."

"차는 뭐로 드시겠습니까. 없는 종류는 없으니, 드시고 싶으신 것 아무거나 선택해 주시면 됩니다."

"전부 다 괜찮습니다. 기왕이면 위원장님이 추천해 주시는 차를 들고 싶군요."

"그렇다면…… 아, 이게 좋겠군요. 북부 지방에서만 자라는 딸기로 만든 차입니다. 조금 달기는 하다만 기분이 나쁠 정도는 아니고요. 이미 드셔보셨을 수도 있을 테지만…… 굳이 하나를 추천해 준다고 하면 이걸 선택하고 싶습니다. 요즘 제가 빠져 있는 터라…… 분명히 마음에 드실 겁니다."

"감사히 마시도록 하겠습니다."

"그렇게 감사하시니 제가 더 민망하네요. 그래서 어떻습니까? 요즘에는 어떻게 지내고 계셨습니까."

"매일 같습니다. 아마 위원장님과 별반 다르지 않을 겁니다. 아침에 일어나 차나 커피를 마시면서 하루를 시작하고 남는 시간에는 신문이나 책을 읽고는 합니다. 물론 여유를 부릴 수 있는 것도 딱 그 시간까지입니다. 아무래도 현장의 규모가 상당히 크니…… 마치 도시를 운영하는 느낌이더군요. 노동자들의 숫자만 해도 웬만한 소도시를 뛰어넘을 정도니까요…… 자연스럽게 시장이 형성되고 삶의 터전이 되어가는 모습이 무척 인상적이었습니다."

"다른 현장들도 마찬가지일 겁니다, 미하일 님. 특히나 1번 대부터 3번대까지는 거의 대도시라고 불려도 부족함이 없을 정도니까요. 기술자들과 노동자들의 즐길 거리, 먹을 거리, 놀 거리, 감히 말씀드리건대 웬만한 소도시보다도 나을 겁니다. 애초에 도시 계획을 할 생각은 아니었지만, 자연스럽게 형성된 것 같아 기분이 좋더군요. 노동자들이 받는 임금을 꽁꽁 남겨 두고 있었다면 아마 지금보다 더 힘들었을 겁니다. 돈을 벌고, 소비하고, 세금을 내고, 또 그 세금으로 다른 일에도 임할 수 있고 그게 경제가 돌아가는 생리가 아니겠습니까."

"네, 위원장님 말씀이 맞습니다."

"사실 저는 경제에 무지합니다. 다른 부분에서도 마찬가지고요. 하지만 시장이 형성될 거라는 건 알고 있었어요. 돈이 있는 곳에 사람이 모이다는 건 너무나도 당연한 발상이 아닙니까. 그렇기에 정말로 믿을 수 있는 분들에게 현장을 맡긴 겁니다."

"예."

"단순히 건설 책임자를 원했다면 미하일 님에게 연락을 드리지 않았을 겁니다. 종족 차별적 발언으로 들리시겠지만 저 어기 드워프들에게나 맡겼겠죠. 현장 책임의 구성을 건설자가 아니라 행정가들에게 드린 이유가 바로 이것 때문이에요."

"네, 무슨 말씀을 하시고 있는지 이해할 수 있습니다."

"단순히 건설의 진행 상황에 대해서만 보고를 받고 싶은 게 아니었다는 겁니다. 그곳에서 무슨 일이 일어나고 있는지, 어떤 상황이 벌어지고 있는지, 얼마가 들어오고 얼마나 빠져나갔는지 모든 걸 알고 싶다는 뜻이었어요. 아주 사소한 문제까지 전부요. 그래서 미하일 님을 부른 겁니다."

"예."

"혹시나 미하일 님이 오해하시고 있으면 어떻게 하지……라는 생각 때문에 말입니다."

"……."

"저는 당신이 무슨 일을 하고, 무슨 일을 할 수 있는지 알고 있어요. 만약 제가 당신의 능력을 의심했다면 그 중요한 자리에 당신을 앉히지는 않았을 겁니다. 제 자리에서 묵묵히 할 일을 해주실 거라고 생각했기 때문에 미하일 님께 맡긴 거예요."

"면목 없습니다."

"아니요. 미하일 님을 꾸짖거나 압박하기 위해서 드리는 말씀이 아닙니다. 지나가는 이야기처럼 흘려들으셔도 되고요. 쓸데없이 흥분한 것 같아서 민망하군요. 뭐, 그래서 혹시 이와 관련해서 다른 할 말은 없으십니까?"

"죄송합니다만, 정확히 무슨 말씀을 듣고 싶으신 건지 잘 모르겠습니다. 현장의 작업이 늦어지고 있는 건 사실이기는 하나, 충분히 빠른 속도입니다. 물론 내부적인 문제가 아예 없는 건 아닙니다만, 이는 충분히 제 선에서 해결할 수 있다고 생각해 보고를 드리지 않은 것뿐입니다."

"음……."

천천히 얼굴을 살펴보자 평소와 같은 표정이 눈에 들어왔다.

'이걸 솔직하게 말했다고 해야 되나?'

현장에서 일어나는 파업, 태업과 같은 작은 문제들을 본인의 잘못이 아니라고 어필한 것처럼 보이지는 않았다. 그것보다는 해결할 수 있으니 기다려 달라고 말하는 것 같은 느낌. 당연하게도 미하일에게 문제가 있는 것처럼 보이지는 않는다.

'저 말이 맞기는 해.'

권력 구도에서 밀려날까 말하지 않았다는 것보다는 다른 추측이 더 설득력 있다.

대륙에 내놓으라고 하는 행정가 중에서도 손에 꼽히는 사람이었다. 작은 문제가 생겼다고 한들, 해결하지 못할 거라고 생각하는 게 당황스러운 상황이라는 거다.

실제로 시위가 일어나 개판을 치는 종류의 사건이 터졌다면 당연히 보고하는 게 맞겠지만 이제 막 문제가 생긴 시점이 아닌가. 모양새가 조금 우스워져 괜히 말을 꺼낸 것은 아닌지 후회가 될 정도. 부하 직원을 믿지 못해 하나부터 열까지 보고하고, 또 보고하라는 상사와 다를 바 없이 비칠 거라고 생각하니 조금은 얼굴이 붉어진다.

내 사람이 아니지만, 이쪽이 픽한 사람이기도 했고…… 믿고 맡긴 만큼 그만큼의 신뢰도 보여줬어야 했다.

'고작 파업이니까.'

물론 가능성을 완전히 떠나보낸 것은 아니다. 하지만 한차례 정도는 물러서도 상관없는 상황처럼 비쳤다. 어차피 일이 어찌 됐건 간에 결과는 이지혜가 들고 올 거라는 걸 알고 있었으니까.

이 자리에서 주저리주저리 떠들어봤자, 그림만 더 이상해질 것이다. 미하일이 원인이 아니라면 더욱더.

'지혜 누나가 싫어하겠는데.'

정말로 노동자들에게 문제가 있는 거라면 오히려 미하일을 보듬어주는 게 옳다.

괜스레 한차례 얼굴을 바라본 것은 당연지사. 처음 만났을 때 그대로의 얼굴, 멋들어지게 기른 수염과 흔들림 없는 올곧은 눈, 다소 딱딱한 것처럼 보이는 것 같은 외관, 누가 봐도 지식인 같아 보이는 외관은 괜스레 신뢰감이 느껴진다.

'그래, 여기까지만 하자.'

보고에 누락된 내용에 대해서는 이후에 시간이 날 때 언질을 주는 것이 나으리라.

"아무래도 제가 괜한 걱정을 한 것 같군요."

"……."

"순서가 바뀐 것 같지만, 여기서 이러지 말고 식사라도 하시고 가시는 게 좋을 것 같습니다. 바쁘신데 붙잡아두는 건 아닌지 죄송합니다만…… 제가 꼭 대접해 드리고 싶습니다."

"네, 그렇게 하겠습니다."

"어떻습니까, 일은? 이제 1년이 지났는데, 조금은 적응이 되셨을 거라고 생각하는데……."

"사실 아직 적응하는 중입니다. 이런 말씀을 드리는 게 조금 민망합니다만, 확실히 쉽지만은 않더군요. 아무래도 일반적인 도시의 형태를 띠지 않다 보니 여러 가지로 당황스러운 상황에 많이 마주했던 것 같습니다."

"그래도 지금까지는 훌륭히 이끌어주시지 않으셨습니까."

"아직 많이 부족합니다. 문제가 없는 것도 아니고요."

"음, 혼자서 해결할 수 있다고 하시니 자세하게는 말씀드리지는 않겠지만, 사람들을 다루는 게 쉬운 일은 아니지 않습니까. 모두가 같은 목표를 가지고 달리는 와중에도 서로 다른 생각을 하고 있을 수도 있으니까요. 미하일 님이 어떤 생각을 가지고 현장을 이끌어 나가고 있는지는 모르겠습니다만…… 그런 부분이 중요할 것 같습니다."

"네? 어떤……."

"우리가 같은 생각을 하고 있다고 만드는 게 중요하다 이 말입니다."

"그렇…… 군요."

"본래 인간이라는 게 그렇습니다. 인간은 다수에 포함되어 있고 싶어 해요. 자신이 비주류라고, 나는 다른 사람들과 다르다고 생각하는 인간의 경우도 다르지 않은 것 같더군요. 다수에 포함되어 있어야 인간은 안정감을 느낍니다. 특히나 자신이 직접 직면한 문제나 컨트롤할 수 없는 상황에 대해서는 더욱더요. 이를테면 지금과 같은 극한 상황에서 소수에 포함되고 싶어 하는 사람은 없을 거라는 겁니다."

"……."

"저는 그게 인간의 습성이라고 봅니다. 만약 내부적인 문제가 제대로 해결되지 않는다면 제 말을 참고하는 것도 나쁘지 않을 겁니다."

"마음속에 새겨듣겠습니다."

"뭐, 알아서 잘해주실 테니…… 참고만 해주셔도 됩니다. 자꾸만 말씀드리는 것 같아서 저도 민망합니다만, 절대로 미하일 님을 믿지 못하는 것은 아니라는 말씀을 드리고 싶습니다. 제가 문제를 직접 해결하지 않으면 조금…… 스트레스를 받는 성격이라. 고쳐야지, 고쳐야지 하는데 제대로 고쳐지지 않더군요."

"……."

"일단 식사부터 하시죠. 일 이야기 말고 다른 이야기도 좀 하면서 말입니다."

"예."

그렇게 자리에 앉은 이후에는 곧바로 식사를 시작했다.

만약 혼자였다면 금방 끝날 식사였겠지만, 내가 녀석을 대접하고 싶다는 것을 알리기 위한 식사였던 만큼 조금은 공을 들일 수밖에 없었다. 쓸데없는 오해를 했다는 거에 대한 사과이기도 했지만, 아마 녀석은 눈치채지 못할 것이다. 내가 무슨 생각을 하는지도 모를 테니까.

"아내분은 잘 지내십니까?"

"네……. 잘…… 지내고 있습니다."

"혹여나 이곳 생활에 불편함을 겪지는 않을까 생각했었는데, 생각보다 잘 지내고 계신 모양이군요."

"……."

'얘는 왜 호응을 안 해?'

뭔가 살짝 불편한 얼굴, 최근에 가정에 안 좋은 일이라도 있는 것은 아닌지에 대한 킹리적 갓심이 들기는 한다.

싫은 주제를 계속해서 언급하는 것도 좋지 않았기 때문에, 여러 가지 주제로 대화를 이끌어 나갔지만, 생각보다 그 내용이 금방 소진된다는 게 문제. 확실히 머리에 든 게 많은 사람이라 그런지 매사에 진지하고 재미가 없다. 무슨 농담을 해도 피식 웃는 걸로 끝이고…….

'친해지기 어려운 타입이야.'

하지만 탐이 나는 타입이기도 하다.

"합동 훈련소에 있는 인원들은 언제 여기로 들어오는 겁니까?"

"아마 한 달 뒤 정도면 병력이 배치되기 시작할 겁니다."

"그렇군요……."

"미친놈처럼 보이실 거라는 거 압니다. 갑자기 대륙의 북쪽으로 가 막대한 자금을 들여 전진 기지를 만든다는 게 정상인이 할 수 있는 행동은 아니지 않습니까. 분명히 뭔가 다른 뜻이 있겠거니 생각하는 게 당연합니다."

"그렇지 않습니다, 위원장님."

"하하, 괜찮습니다. 베니고어 님의 예언이라고는 하나, 아직 대륙에 살아가는 이들에게는 크게 와닿지 않은 이야기일 테니까요. 미하일 님께서도 그렇게 느끼실 거라는 거 압니다."

"아니요, 저는……."

"굳이 부정하실 필요 없습니다. 말로는 이해해도 마음속 한 구석으로는 의구심이 남아 있을 겁니다. 제가 미하일 님이었어도 같은 걸 느꼈을 거예요. 지금 현장에서 근무하고 있는 노동자들 역시 마찬가지일 겁니다. 아직은 먼 곳에 있을 위협일 테니…… 대부분이 그럴 겁니다. 눈에 보이지 않는 걸 적으로 삼는다는 게 쉬운 일은 아니죠."

"……."

"위협은 실존합니다. 제 목을 걸고 말씀드리건대…… 이건 진실입니다."

"……."

"지금 하고 있는 행동들은 전부 헛짓거리가 아니게 될 겁니다. 그러니 조금 더 힘내주세요. 정말로 모든 일이 끝나고 나면, 단언컨대 좋은 대우를 받으실 수 있을 겁니다."

"감사합니다."

그렇게 이것저것 별별 이야기를 다 했지만, 아직까지 뭔가 어색함이 남아 있는 상황. 기왕 여기까지 부른 만큼 뭔가 같이 할 수 있는 일과 대화할 거리를 찾으려고 했지만, 확실히 어색하기는 하다. 아무 계획 없이 너무 막무가내로 부른 것은 아닌가 하는 생각이 들 정도였으니 오죽할까. '밥 먹었으니까, 이제 그만 가라고 내치기도 애매한 상황……. 식사도 끝나고 대화도 끝났건만 시간은 별로 지나지 않고 있었다. 미하일도 나랑 비슷한 생각을 하고 있지 않을까.

왠지 모를 숨 막히는 어색함. 녀석도 이 어색함이 싫은 모양인지. 천천히 입을 열어오는 모습이 시야에 비쳤다.

"괜찮으시다면 체스라도 두면서 시간을 보내는 게 어떻습니까."

'나랑 게임한 사람은 꼭 그 끝이 별로 좋지 않던데…….'

하지만 괜찮은 제안처럼 느껴지기는 했다. 서로 어색함을 푸는 데에는 간단한 게임만 한 게 없지 않은가.

체스 친구였던 조혜진이 합동 훈련장으로 휘릭 떠나간 이후에는, 집무실에 있는 비싼 체스판이 좀처럼 활용되지 못하고 있는 상황이었다. 대화도 나눌 수 있고, 적당히 시간을 때울 수도 있으니 최선의 선택이라고 여겨졌다.

괜스레 대륙의 공적이 되어 떠나가신 그분이 아릿하게나마 떠오르기는 했지만, 지금은 그때와 상황이 다르다. 어디까지나 친목 다지기의 일환이었고 호랑이 굴에 들어간 것처럼 필사적일 필요도 없다.

"그렇게 하는 게 좋겠군요."

고개를 끄덕인 후 적당한 테이블에 앉아 반대편에 조용히 몸을 앉힌 미하일의 얼굴이 눈에 들어왔다.

김현성이 훈련소에 틀어박히고 난 이후에 선물로 보내온 체스판 위에는 드워프들이 직접 세공한 체스말들이 즐비해 있다.

일반적인 말과는 조금 다른 형태이기는 했지만, 게임을 하기에는 무리가 없을 정도. 고풍스럽고 약간의 판타지성이 가미된 저 모습을 보라. 판을 바라보고 있는 것만으로도 기분이 좋아지지 않는가.

"선물로 받은 겁니다."

안 물어봤다는 얼굴. 민망한 마음에 재빠르게 입을 열자 고개를 끄덕여 오는 모습이 시야에 비쳤다.

"저부터 두겠습니다."

"예."

'확실히 이게 좋기는 좋아.'

숨 막힐 것 같은 어색함이 조금은 사라진 듯한 느낌이었으니까. 원래 이 나이대 남자들은 같이 게임 하면서 친해지는 것이 아니겠는가.

무척 신중한 듯한 녀석의 표정. 조혜진과의 특훈으로 조금은 실력이 늘었다고 생각해 초반부터 맹공을 퍼부었지만…….

'아, 이 새끼 왜 이렇게 세?'

녀석이 생각보다 강하다는 게 문제 아닌 문제였다.

원하지는 않았지만, 점차 전황이 뒤집히기 시작. 어떻게든 말을 빼앗기지 않으려고 발버둥 쳐봤지만 공격 포인트를 쌓고 있는 것도 판을 이끌어 나가는 것도 저쪽이다.

뭐라고 설명을 할 수는 없지만 딱 정석으로 강하다. 딱 본인 같은 이미지의 경기를 펼친다고 하는 게 맞으리라.

뭔가 멋들어지게 한 수를 두고 싶기는 했지만, 기왕 시작한 게임이니 이기고 싶다.

결국에는 개싸움으로 끌고 가는 수밖에 없다고 생각해 본격적으로 폰을 움직이기 시작하자 판에 변화가 오기는 한다. 어떻게든 공격 포인트를 올리고 막아내야 흐름을 끊어낼 수 있을 테니까.

폰들을 앞으로 내몰아 주요 지점에 있는 말들을 어떻게든 처리하고, 폰들을 일사불란하게 움직인다. 먹든 먹지 않든 간에 먹이로 던져보기도 하고 유혹해 보기도 한다. 상대 쪽에서 아무 희생 없이 포인트를 따내는 것을 최대한 지양하는 것이다.

"폰을 잘 쓰시는군요."

'꽤 강해졌다고 생각하는데…… 수준 차이가 보이기는 하네.'

그동안 저명한 인사들을 상대로 많이 싸워서 승점을 따내 자신감이 상승했었는데, 이 새끼들이 접대 게임을 해준 모양이다.

"중요하지 않은 것 같지만 폰은 체스에서 가장 중요한 말입니다. 하는 일이 없이 단순히 앞을 지키고 있다는 이미지가 강하지만, 초반보다는 경기 후반에 더 활약하는 말일 겁니다. 위원장님은 너무 쉽게 폰을 던지시는 것 같습니다."

"음……."

확실히 미하일은 폰을 함부로 내던지지 않는다. 어떻게든 밀집시켜 방벽을 만들어 경기를 고착시키고 있었고, 어떨 때는 주요 말들을 포기하면서까지 밀집된 폰들을 그대로 끌고 가려는 것이 눈에 보일 정도였다.

포인트로 따지면 내가 유리한 위치에 있었지만 좀처럼 흔들리지 않는 것처럼 보였다.

조혜진과의 차이점은 여기서, 딱 이 시점부터라고 할 수 있으리라. 조혜진은 쉽게 흔들린다. 본인이 원하는 진영을 만들기는 했지만, 개싸움으로 끌고 가기 시작하면 당황하는 모습이 느껴진다. 입을 열며 도발하기 시작하면 쉽게 흥분하기도 하고……. 그렇게 방벽을 흔들고 왕의 목까지 내려치는 게 나와 그녀의 경기에 정형화된 패턴이었다.

하지만 미하일은 좀처럼 흔들리지 않는다. 무리하지 않고 방패를 들어 계속해서 경기를 지연시키고 자신의 흐름으로 끌고 온다.

무척 상대하기 까다로운 타입이라고 생각할 수밖에 없었다. 따낸 말의 숫자는 비슷하지만, 저쪽이 구성한 방패가 사라지지 않고 있었기 때문이다.

경기가 후반으로 향하면 향할수록 왼쪽에 있는 방패가 부담스러워지기 시작.

천천히 진군하고 있는 군단을 어떻게 막을 방도가 없다. 최대한 비비려고 했지만 비벼지지 않는 것이 문제. 가짜 체크메이트를 넣어도 폰들은 전진했고, 희생을 감수하며 막으려고 했지만, 결국 폰 하나가 끝까지 닿는 것을 막을 수는 없었다.

'하…….'

경기에서 좀처럼 나오지 않는 승급이었다.

"퀸으로 승급하겠습니다."

"네."

사실상 경기는 여기에서 끝.

"체크메이트입니다."

"졌군요."

아슬아슬한 패배처럼 보였지만, 경기 내용으로만 보면 졸전이다.

"잘 두시는군요, 미하일 님."

"그렇지 않습니다."

'니가 잘 두는 게 아니면 뭔데?'

"운이 좋았을 뿐입니다. 항상 이렇게 운이 좋으면 좋을 것 같습니다만, 매 경기 이렇게 되지는 않을 겁니다."

그건 부정할 수 없다. 매 경기 양상이 다를 테고 애초에 폰이 승급하는 그림은 좀처럼 나오기 힘든 장면이었으니까.

하지만 미하일이 강하다는 것 하나는 부정할 수 없는 사실이리라.

"이거 부끄럽습니다. 조금 늘었다고 생각했는데, 자만이었군요."

"그렇지 않습니다. 이기영 님께서도 충분히 강하십니다. 실제로 게임의 흐름상 제가 밀리는 그림이 많이 나왔으니까요."

"문제점이 뭐라고 느끼셨습니까?"

"앞서 말씀드린 그대로입니다. 사실 문제점이라고 보기에도 힘들 수 있겠습니다만…… 네, 장점이자 단점이라고 말씀을 드리는 게 가장 올바른 표현인 것 같습니다. 위원장님께서는 좋은 거래에 집착하시는 것 같습니다."

"좋은 거래요?"

"예, 말들의 우선순위를 매겨놓고 경기에 임하시는 느낌이라고 하면……."

"아."

"물론 그게 옳지 않다는 것은 아닙니다. 좋은 거래를 한다는 건 곧 내가 남들보다 높은 위치에 서 있다는 뜻이 될 수도 있으니까요. 하지만 기반을 너무 무시하고 있다는 생각이 듭니다. 폰은 기반이고 중심입니다. 별것 아닌 것처럼, 내던져도 되는 것처럼 보이지만, 보시는 것처럼 구심점 역할을 해내기도 합니다. 아마 2할 정도만 더 신경을 써주셔도 지금보다는 훨씬 더 쉽게 경기를 풀어나가실 수 있을 겁니다."

"도움이 되는 말이로군요. 확실히…… 네, 뭐가 문제인지 잘 알겠습니다. 결과적으로 경기를 끝낸 건 퀸이기는 했지만, 중반까지는…… 네, 아쉽군요. 그럼…… 어떻습니까? 한 번 더 하시는 게. 아, 시간이 너무 늦었나요?"

"아마 몇 번을 더 하면 그대로 날을 새버릴 것 같습니다……. 저 역시 위원장님과 함께 시간을 보내고 싶지만, 알고 계신 대로 내부적인 문제 때문에 오래 자리를 비울 수 없는 상황인지라……."

'아, 이 새끼 이기고 튀네.'

'내가 이길 때까지는 여기서 못 나가!'라고 졸렬하게 소리치고 싶었지만, 다음 날을 생각하면 여기서 판을 접는 게 맞는 것 같았다. 한 판, 한 판이 굉장히 오래 걸리는 싸움이었기 때문에 녀석의 말대로 몇 번 더 하다 보면 그대로 날을 새버릴 것이다.

나도 업무가 밀린 상황이었고, 미하일 역시 해결해야 할 문제가 산더미처럼 쌓여 있을 테니……

'그래, 접자'

"그 내부적인 문제가 해결되면 한 번 더 초대하도록 하겠습니다, 미하일 님."

"예, 다시 만날 날을 기다리고 있겠습니다."

"식솔분들께 꼭 안부 전해주시고……. 이럴 게 아니라 다음에는 아내분도 함께 초대하는 게 맞을 것 같습니다, 하하."

"네, 감사히…… 응하겠습니다."

"따로 배웅은 드리지 않을 테니 잘 들어가세요. 그리고 이건 선물입니다."

"이런 건……."

"제 마음이니 꼭 받아주셨으면 합니다. 물론 이런 것에 익숙하지 않다는 건 알고 있지만, 성의를 생각해서라도……."

"……"

"별것 아닙니다. 그저 선물이에요."

"감사히…… 받겠습니다."

"네, 오랜만에 즐거운 시간이었습니다. 오늘만큼 즐거운 소식 기다리고 있겠습니다."

"네, 그럼 안녕히……."

"아, 그리고 그리폰 기수는 저희 쪽에서 준비해 놨으니 편안하게 가시면 됩니다. 편안하게 말입니다."

"……네."

너무 부담을 준 건지 살짝 불안한 얼굴로 문을 나서는 미하일의 모습을 시야에 담을 수 있었다. 하지만 몇 가지만 빼면 예상했던 것보다 더 즐거운 시간이기도 했다.

무엇보다…….

'체스가 재미있었지.'

사람 역시 내가 생각한 이미지 그대로였고…… 문제를 해결할 의지도 있어 보였으니 기분이 좋지 않을 리가 없지 않은가.

괜스레 체스판을 만지작거렸을 때였다.

'간만이네.'

조혜진에게서 전화가 걸려온 것이다.

곧바로 전화를 받은 것은 당연지사. 오랜만에 보는 그녀의 얼굴이 곧바로 시야에 비쳤다.

평소대로 머리를 묶어 내버려 둔 모습, 날카로운 인상에 깔끔한 외모. 당연하게도 조금 피곤해 보이기도 했는데 갑작스레 전화를 건 연유가 궁금해질 수밖에 없다.

또 김현성에게 전언이라도 온 걸까 하는 생각에 입을 열자 화면 안에서 곧바로 목소리가 들려오기 시작했다.

"연락 좀 종종 합시다. 전달 사항 있을 때면 연락하지 말고요."

-바빠서 그렇습니다. 부길드마스터.

"그래서…… 무슨 일입니까? 현성 씨가 또……."

-아뇨, 길드마스터는 관계없이 그냥 안부차 전화드린 겁니다. 또…… 병력 인솔 건으로 보고드릴 내용도 있고요. 사실 통화할 필요도 없는 간단한 내용이기는 합니다만……. 음…… 체스 두셨습니까?

"오랜만에 손님이 와서요."

-처참하게 깨지셨군요.

"내가 졌다는 건 어떻게 알았습니까?"

-그야 부길드마스터 실력을 생각하면 지는 게 이상한 일은 아니지 않습니까. 대충 어떤 흐름으로 패배했는지 대충 눈에 보입니다. 흔들려고 했는데 흔들리지 않았군요.

"혜진 씨는 그런 말 할 자격 없죠."

-네?

"가장 마지막에 뒀던 체스가 기억 안 나시나 봅니다. 아무것도 못 하고 와르르 무너졌던 걸로 기억하는데."

-248승 246패. 전적으로 따지면 단연코 제가…….

"뭐 그런 걸 다 기억하고 그러십니까. 최근 전적만 기억하고 있으면 되지. 내리 세 판을 깨지고 그대로 침몰한 게 어디 사는 누구였더라."

-그 뒤로 하자고 했지만, 꽁지 빠지게 도망친 게 누구였는지는 기억이 안 나시나 보군요.

"수준이 너무 낮은 사람과 하려고 하니 구미가 당길 턱이 있나요. 조금 더 발전하고 오라는 의미에서 쳐낸 거지 도망친 게 아닙니다. 초보자랑 두기 싫은 건 당연한 것 아닙니까. 푸……
푸흐흣."

-…….

"푸흐흐흐흣."

-이…… 이이이익…….

"푸흐흐하핫. 우쭈쭈, 우리 혜진이 그동안 실력 많이 늘었나?"

-그, 그렇게 그만 웃어요. 한 대 치고 싶습니다.

"치려면 체스로 쳐야지 폭력을 쓰려고 하면 쓰나. 이러니까
실력이 안 느는 겁니다. 말보다 주먹이 먼저 나가고 싶어 하는
사람인데 실력이 늘 턱이 있나.

-다시 한번 둬요. 그래, 다시 한번 두자. 무슨 사람이 1년 전
일을…….

"푸흐하헤하허핳헷."

-이번 인솔 때 같이 갈 겁니다. 두고 봅시다.

"응, 초보자랑 안 둬요."

-이, 씨…… 새끼…… 너 이 새끼 진짜 죽었어…….

"뭐라고요?"

-두고 봐, 진짜…… 두고 보자고 찍소리도 못 하게 밟아줄
테니까.

"네, 다음 초보자."

-뚝.

기왕이면 이 패배의 아픔을 조혜진을 통해 잊고 싶었건만,
자신의 멘탈을 위해 곧바로 전화를 끊은 모양.

하지만 이미 흥분한 상태니 손쉽게 요리할 수 있을 거라고 여겨졌다.

'그나저나 보고할 거 있다고 하지 않았나.'

아마 그건 이지혜를 통해서 오지 않을까.

아니나 다를까 문을 두드리는 소리가 들려오기 시작했다.

'어디까지 알고 있는 거지? 도대체 나를 이곳까지 부른 목적이 뭐지.'

안 좋은 생각이 머릿속을 떠나지 않았다.

'악마 같은 자, 아니, 악마의 화신이라는 표현도 부족하지 않은가.'

모든 것을 꿰뚫어 보는 것만 같은 눈, 전부 알고 있다는 듯한 미소, 그리고 의미심장한 대사들. 다시 한번 방금 있었던 일들을 곱씹어보자 자연스럽게 몸이 떨려왔다.

결사단이라고 불리는 이들 덕분에 그자가 어떤 심성을 가지고 있는지, 대륙에 어떤 일들을 일으켜 왔는지는 알고 있었다.

아니, 사실은 결사단과 만나기 전부터 진실을 알고 있었을지도 모른다. 그게 아니었다면 그들이 내게 접촉해 올 리 없었을 테니까.

현재 대륙에서 악마 소환사라고 불리는 그자와 작은 인연을 맺었었지만, 겨우 그것만으로 그들이 움직였을 리가 없다.

결사단이 목숨을 걸었던 만큼 나 역시 목숨을 걸었다. 이번 일에 어려움이 따를 것이라 생각했고, 그자에게 대항하면 곧 처참한 말로만이 기다릴 뿐이라는 사실 역시 눈치채고 있었다.

하지만······.

"후우······."

모든 게 상상했던 것 이상이었다.

'식솔분들께 꼭 안부 전해주시고······. 이럴 게 아니라 다음에는 아내분도 함께 초대하는 게 맞을 것 같습니다, 하하.'

협박이었다. 무엇을 알고 있는지는 모르겠지만, 단연코 협박이라고 말할 수 있으리라.

'저는 당신이 무슨 일을 하고, 무슨 일을 할 수 있는지 알고 있어요. 만약 제가 당신의 능력을 의심했다면 그 중요한 자리에 당신을 앉히지는 않았을 겁니다. 제 자리에서 묵묵히 할 일을 해주실 거라고 생각했기 때문에 미하일 님께 맡긴 거예요.'

무슨 일을 하고, 무슨 일을 할 수 있는지 알고 있다는 표현도 너무나도 의미심장하다.

결사단은 파란 길드가 떨어진 이후에는 꼬리를 밟힌 적이 없다고 말하고 있었지만, 이 대륙에 그들의 영향력이 전부 뻗치고 있다는 걸 떠올려 보면 믿을 수 없는 말이었다.

'아니야, 아직 결사단의 존재가 드러났을 리가 없어.'

그들만큼 자신도 현재 상황을 예의 주시하고 있었지만, 그런 종류의 정황들은 발견되지 않았다. 하지만 그게 아니라면 무슨 이유로 그런 말들을 한 건지 이해가 되지 않는다.

만약 이기영 위원장이 결사단과 그들의 목적을 모르고 있다면 저 의미심장한 대사들은 온전히 자신을 향해 쏟아진 악의일지도 모른다. 현장을 제대로 관리하지 못한 경고였고, 지금의 상황을 빠르게 처리하라는 위협. 기회를 한 번 더 준다는 것 아닐까. 어쩌면 마지막 기회가 아닐까. 아니, 애초에…….

'기회를 주기는 한 건가?'

그에게 대항하다 점차 사라져 간 이들을 생각하면 어쩌면 자신에게도 그런 말로가 기다리고 있을지도 모른다. 돌려보낸 것 역시 기만이며, 자신만의 즐거움을 위한 작은 의식일지도 모른다. 자신의 손으로 죽이게 될 이를 한 번 더 보고 싶어진 것이 분명하리라.

확실하지는 않았지만, 가능성이 전혀 없다고는 할 수 없다. 이기영 위원장이 어떤 사람인지는 그가 지금까지 걸어온 길을 보면 전부 알 수 있었으니까.

전 파란 길드의 중역들, 교국의 황제와 황녀, 악마 숭배자라고 불리는 교국의 검사와 공화국의 군사, 라이오스에서 일어났던 악마 소환 사태와 공화국의 언데드들, 27군단 소환 사태, 그 외에 아직 밝혀지지 않은 수많은 죽음. 양보하지 않는 것은 물론, 자신의 적에게는 절대로 자비를 내리지 않는다.

'목숨을 잃는 게 두려운 게 아니야.'

죽는 것은 두렵지 않다. 절대로 죽는 것이 두려운 건 아니다. 하지만…….

'하지만 내 아내는?'

자신만 믿고 따라와 준 사랑스러운 아내는 어떻게 한단 말인가. 자신의 선택을 후회한 적 따위는 단 한 번도 없었지만, 지금 자신이 가려고 길이 정말로 옳은 길인지 의심이 들 수밖에 없었다.

그리 넓지 않은 집무실에 앉아 여러 가지 생각을 떠올린 것도 벌써 수 시간째. 머리를 부여잡아 봤지만 어떻게 행동해야할지, 신념을 저버리는 것이 맞는 건지 고민될 수밖에 없었다.

'결사단을 저버린다면…….'

운이 좋으면 다시 그의 품 안으로 들어갈 수도 있겠지.

하지만 그것 역시 옳은 선택일까. 대륙을 위해 자신의 목숨을 걸고 행동하는 이들을 배신하는 것 행동을 어떻게 합리화할 수 있단 말인가.

"신이시여…… 신이시여……."

라고 저도 모르게 중얼거리고 있었을 때였다.

철컥.

하는 소리와 함께 집무실의 문이 천천히 열리기 시작한 것. 순간 암살자에 대한 가능성을 떠올려 서랍 속에 든 단검을 집어 들었지만, 시야에 비친 것은 전혀 의외의 인물이었다.

"여보."

모습을 드러낸 것은 사랑스러운 아내, 나탈리. 걱정스러운 표정으로 입을 열어오는 모습이 눈에 보였다.

"오늘따라 유난히 오래 계신 것 같아서……."

"……."

"일에 방해가 될 거라는 건 알지만, 걱정이 돼서 찾아와 봤어요. 괜찮으신 건가요? 오늘 이기영 위원장님을 뵙고 오셨다고 들었는데…… 혹시……."

"아니야, 당신이 신경 쓸 일이 아니니까. 너무 마음 쓰지 않아도 돼. 오늘 이야기한 문제를 처리하느라…… 그래서…… 걱정 많았지? 먼저 들어가 있어. 곧 들어갈게……."

"하지만…… 요즘……."

"정말이야, 여보. 별일 아니니까. 정말로 신경 쓰지 않아도 돼."

"그런 얼굴이 아니세요. 최근에 너무 무리하고 계시다고 생각하고 있었는데……."

"……."

"정말로 말씀해 주시지 않을 건가요?"

"……."

"정말로……."

"……."

"후우, 아무래도 휴식이 필요한 것 같아요, 당신."

"아니야, 이건……."

"긴장도 풀 겸…… 와인이나 한잔하는 게 어떠신가요? 예전처럼……."

"지금은 그럴 기분이……."

"마침 이기영 위원장님께서 보내오신 선물 중에 특별한 와인이 있더라고요."

"그건…… 건드리지 마, 나탈리. 건드리지……."

"왠지 이러고 계실 것 같아서 제가 직접……."

"제길!"

툭. 쨍그랑!

"건드리지 말라고 했잖아. 제기랄! 혹시나 마신 건 아니지? 아니라고 말해줘. 제발…… 신이시여. 신이시여. 제길, 거기에 놔두면 안 되는 거였는데…… 제길, 제길, 신이시여……."

"……."

"빨리 뭐라고 대답 좀 해…… 정말로 마시진 않은 거지?"

"역시……."

"뭐?"

"제가…… 제가 정말로 아무것도 모르고 있다고 생각하셨나 봐요."

"뭐…… 지금……."

"저는 바보가 아니에요. 당신이 뭘 하고 있는지. 무엇 때문에 고민하고 있는지 또 어째서 망설이고 있는지 잘 알고 있어요. 항상 같이 있을 수는 없지만, 가장 가까이 있는 사람이니까……."

"……."

"저는 당신을 사랑해요."

"……."

"신념을 굽히지 않고 항상 올곧게, 자신이 옳다고 생각하는 것을 향해 나아가는 당신을 사랑해요. 무엇 때문에 고민하고 계신 건지, 무엇이 당신의 길을 가로막고 있는 건지 잘 알고 있어요. 그 이유가 제가 생각한 것과 같다면, 부디 돌아보지 마시고 나아가셨으면 해요."

"……."

"저는 짐이 되기 위해서 당신 곁에 있는 게 아니에요. 함께 걷기 위해서 곁에 있는 거랍니다. 다른 곳으로 저를 보내거나 숨기려고 하지 않으셔도 돼요. 당신과 뜻을 함께하는 이들에게 제 안전을 말하지 않으셔도 돼요. 함께 걸으셨으면 해요. 만약 제가 당신과 같은 상황에 있다고 한다면 당신 역시 저를 도우려고 한다는 걸 알고 있으니까. 평생 함께 걷자고 약속했잖아요?"

"나탈……."

"이만 들어가 볼게요. 제가 한 말은 진심이에요, 여보. 고민하지 마시고 자신이 옳다고 생각하는 일을 향해 나아가세요. 그게 내가 아는 미하일이라는 사람이니까."

철컥.

물끄러미 고개를 내려 바라본 바닥에는 잔이 깨진 흔적과 함께 와인이 맺히고 있었다.

멍한 표정으로 얼굴을 들어봤지만, 여전히 보이는 것은 없다. 아무것도 없었다.

아직도 어떤 것이 옳은 행동인지 알 수 없었지만, 마음의 결정을 내릴 수밖에 없었다. 후회할지 후회하지 않을지는 모르겠다. 그건 끝에 다다른 이후에나 확인할 수 있을 테니까.

"신념."

그래, 신념이다. 내가 옳다고 생각하는 일을 하자.

168장
시위

"신념이 밥을 먹여줘? 아니면 뭐 돈을 벌어다 줘. 나는 그런 거에 매달리는 사람들 딱 질색이더라고. 짜증 나네, 진짜."

괜스레 불평불만을 쏟아내자 이지혜가 툭 하고 말을 던져 왔다.

사실 별 기대도 하지 않았지만, 다시금 불발이라는 소식이 기분 좋을 리 없다. 그녀도 왠지 모르게 예상했다는 얼굴을 하는 걸 보니 결과는 크게 기대하지 않았던 것 같았다.

"김현성도 그런 스타일 아닌가?"

"현성이 빼고. 그리고 걔는 은근슬쩍 타협할 줄도 알아, 타협 장인이라고. 그래서…… 누나 말은 결국 그 늙은 영감들이 고집부리고 있다 이거네? 하여튼 드워프 영감들 고집은 알아 줘야 한다니까. 아니, 무슨 마법의 도움을 안 받는다고 난리야? 시간을 얼마나 단축할 수 있는데."

"퀄리티에 문제가 생길 수도 있다고 주장하고 있어서, 계속 저희 뜻을 밀어붙이기도 조금 그래요. 애초에 마력석이라서…… 드워프 영감님들의 주장이 맞는 것 같기도 하고…… 제대로 시간 안에는 맞출 수 있다고도 하니……."

"아……."

"드워프 건설 역사상 마법으로 건물을 올린 적이 없다고 하는데 어쩌겠어요? 그럴 바에는 엘프들과 함께 작업해 달라고 하네요. 이건 저희 쪽에서 살짝 양보하는 게 맞는 것 같은데…… 속도만 맞으면 되는 거 아니에요?"

"아무리 그렇다고는 해도……."

"그리고 실제로 작업도 빠르고…… 무엇보다 장인 정신을 가지고 임하는 게 더 효과적이지 않을까 싶어서요. 저도 더 이상 그쪽 영감님들 상대하기 지쳐요. 오빠가 한번 가봐요."

"나는 드워프들하고는 안 맞아."

"그쪽에서는 오빠 좋아하는 것 같은데……. 그럼 할 수 없죠, 뭐."

"그건 일단 나중에 생각해 보자. 나중에 덕구라도 한번 보내봐야지."

"아, 왠지 잘 맞을 것 같은 느낌이기는 하네요. 아무튼, 다음 보고 들으셔야죠, 이제 메인인데."

'그래, 이게 메인이지.'

"오빠는 조금 어땠어요?"

어땠느냐고 묻는다면 괜찮았다고 대답하고 싶다. 생각보다 크게 켕기는 게 없다고 생각했기 때문이다. 내부적인 문제는 본인이 해결한다고 호언장담했고, 선물도 받고 서로 하하 호호 웃으며 이야기를 잘 마무리 지었다.

'체스도 뒀으니까.'

이전보다는 훨씬 더 가까워졌다고 하는 게 옳다. 나중에 한 번 보자고 했으니 아마 기다리고 있지 않을까.

"뭐, 그렇게 나쁘지는 않았는데…… 내 의견이 중요한 건 아니니까. 좀 어땠어?"

"글쎄요?"

"응?"

"딱히 뭔가가 발견되지는 않았어요."

"왠지 그럴 것 같기는 했는데……."

"근데 한 번 더 찾아보려고요."

"……?"

"털어서 먼지가 안 나오니까 조금 이상하더라고요. 분명히 뭔가 숨기고 있는 것 같은데…… 표면적으로 드러나지 않으니까 조금 답답해서요. 정확하게 콕 집어서 이야기할 수는 없지만, 그쪽 현장에는 뭔가 이유가 있을 거예요. 실제로…… 파업까지는 아니지만, 태업이 진행 중이기도 했고……."

"응."

"노동자 대우 자체가 다른 지역이랑 차이가 있더라고요."

"……."

"한 가지만 확실하게 말할게요. 미하일 그 사람한테 문제가 있기는 있어요. 다른 건 몰라도 그것 하나만은 확실해요."

"……."

'사랑했다, 미하일. 시바…….'

잠깐이나마 우정을 나눴던 체스판이 괜스레 눈에 밟혀왔다. 그리고 우리가 나눴던 따뜻하고 깊이 있던 대화들도.

'이 개새끼.'

"뒤져보면 분명히 구린 구석이 나올 거예요. 아니, 저희보다 그쪽 내부에서 먼저 터져 나올걸요."

"내부에서?"

"상황이 점점 더 심각해질 가능성이 있다는 뜻이에요. 그렇게까지 커다란 문제가 될까 싶지만, 노동자들이 받아야 할 복지를 받지 못하고 있거든요. 태업은 점점 더 심해질 거고, 어쩌면 극적인 시위로 치달을 수도 있겠네요."

"아직 조금 더 찾아봐야 한다고 한 거 아니었어? 그렇게 확정 지을 수 있는 단계에 있는 게 맞아?"

"네, 확정 지을 수 있어요. 어찌 됐건 관리를 개판으로 하고 있다는 건 부정할 수 없는 사실이고…… 정황상 미하일에게 문제가 있다는 것도 확정된 사안이거든요. 문제는 증거예요."

"증거……."

"정황은 있는데, 증거는 없다는 거죠. 기술자와 노동자들이 먹어야 할 파이가 갑자기 사라졌다면 어딘가로 파이가 빠져나갔다는 증거들이 나와야 하는데, 그런 게 전혀 없다는 거예요.

누가 그 파이를 꿀꺽했는지는 너무 뻔한데…… 나타나지 않는다는 게 말이 돼요? 너무 자연스럽게 정리가 되어 있어서 저도 놓칠 뻔했다니까요."

"누나가 그렇게 느꼈다면 확실히 능력은 있다는 거네."

"다른 건 몰라도 비자금 숨기는 능력만은 기가 막힌다고 봐야죠. 자금 흐름을 최대한 추적하고 있는데…… 세탁을 얼마나 잘했는지 제대로 잡히지도 않네요. 이 정도면 세탁소 차려도 되겠다, 싶더라고요."

"욕심이 많은 사람처럼은 안 보였었는데, 의외야."

고유 기벽과 성향 자체가 완벽하게 정상적이었기 때문에 더욱더 당황스러웠다. 상태창에 나오는 성향을 신봉하는 것은 아니었지만, 맞아떨어지는 부분이 있었기 때문이다.

선한 사람도 범죄를 저지를 수 있다는 걸 간과하고 있었다. 상황만 만들어지면 인간은 언제든지 실수를 저지를 수 있다. 아마 녀석에게도 어쩔 수 없는 상황이 마련된 거겠지, 뭐. 거절할 수 없는 제안이나…… 급하게 돈이 필요한 상황이 닥쳤을 수도 있다.

'능력이 좋다고 해야 되는 건지, 멍청하다고 해야 되는 건지.'

조금씩 빼돌렸다면 티도 나지 않고 좋지 않은가. 그 커다란 현장에 직접적인 타격이 올 만한 자금을 빼돌린 주제에 증거까지 완벽하게 은폐했단다. 시간이 짧기야 했지만, 지혜 누나가 저렇게까지 말할 정도라면 거의 허점이 없다 봐도 무방할 것이다.

'사람 하나는 잘 봤네.'

그만큼 능력 있는 사람이었다는 걸 알아본 셈이었으니 한편으로는 뿌듯한 마음이 들기도 한다. 물론 그 능력을 쓸데없는 곳에 사용하고 있다는 게 문제였지만 말이다.

"내가 신경을 너무 안 썼나 보네. 쥐새끼들은 전부 다 처리한 줄 알았는데."

"오빠가 뭐 신도 아니고 이 넓은 대륙을 어떻게 다 관리해요? 이건 오빠의 문제가 아니라 우리가 만들어놓은 시스템의 문제라고 봐요. 급하게 대륙 보호 관리 위원회를 구성한 것으로 모자라 돈 뿌려가며 급하게 건물 올린 부작용이요. 미하일은 그 허점을 잘 파고든 거고요. 사실 저도 이런 상황이 터질지는 예상하지 못했으니까요. 오빠 혼자만의 문제는 아니라고 봐야죠."

"아무리 그래도……."

"자책하지 않아도 된다니까. 저희 눈을 벗어났는데 누가 이 일에 대해서 알고 있었겠어요? 어쨌든 개인적으로는 너무 궁금해서 참을 수가 없네요. 이유도 너무 궁금하고, 그 돈이 어디로 새어나갔는지는 더 궁금해. 지금까지의 이력을 봐도 그런 것들은 찾아볼 수 없어서 더 의외인 것 같다니까요. 물론 아직 제대로 파고든 건 아니지만……."

"결과가 나올 것 같기는 해?"

"안 나오면 만들어서라도 나오게 해야죠. 최선은 직접 흐름을 파악하는 거지만 차선도 나쁘지는 않다고 봐요. 굳이 머리

아프게 이것저것 잴 필요 없으니까. 달려가서 뚝배기만 깨면 만사 해결이라고요. 물론 이 정도로 치밀한 경우라면 검찰 소환이나 대륙 국정 감사에도 대비하고 있을 가능성이 크지만요. 뒷말이 안 나오게 하려면 정식으로 처리하는 게 베스트이기는 한데…… 어떻게 하는 게 좋겠어요? 시간을 들여서라도 대응하는 게 좋을까요? 아니면 확 터뜨려 버릴까요?"

"일단 조금 더 뒤져봐. 작정하고 쥐 잡듯이 잡으면 뭐 하나 나오겠지. 돈세탁을 어디서 어떻게 했는지 모르겠지만, 그 새끼가 예전에 활동하던 지역까지 범위를 넓히고…… 가족들은 조사해 봤어?"

"대충 수박 겉핥기식으로요. 어디 보자……. 자식은 없고, 와이프 이름이 나탈리……. 나탈리랑은 예전부터 한 고향에서 자란 친구 사이였네요. 이 사람들 연애 사정은 별로 궁금하지는 않지만, 와이프가 불임증이라는 게 흥미롭기는 해요. 그런데도 아직 두 번째 부인을 들이지 않은 그 사람도 신기하고요. 이런 사회 환경이라면 쉽지는 않았을 텐데…… 어디 사는 누구랑은 딴판이네요."

"……"

"이 여자는 그저 그런 여자예요. 뒤에서 내조나 하고 다니면서 집안에서 남편만 기다리는 그런 스타일이요. 전형적인 옛날 스타일 있잖아요? 뭐가 나올 것 같지는 않지만…… 그래도 한번 뒤져보기는 할게요."

"그렇게 해봐. 보통 윗대가리에 문제가 없을 경우에는 그 주변 사람들이 개판 치는 경우가 더 많거든. 어쩌면 그런 경우일 수도 있어."

"만약 그런 거면 어떻게 하게요?"

"답은 이미 정해져 있는데 굳이 말할 필요 있어? 조금 더 보는 데 얼마나 걸릴 것 같은데?"

"글쎄요, 확실하게 언제라고 말씀드리기가 조금 그래서요. 최대한 빠르게 캐볼게요."

"아니, 이거는 내가 직접 한번 보는 게 좋을까? 순찰하는 것처럼 한 바퀴 돌고 오는 건 어때?"

"굳이 그러실 필요는 없을 거예요. 괜히 왔다 갔다 하는 그림보다는 중요할 때 한번 등판해서 해결해 주는 그림이 더 어울리잖아요? 어차피 갈등은 심화될 가능성이 커요."

"글쎄, 그쪽에서도 냄새를 맡았다고 생각하면…… 이쪽 눈치를 보지 않을까 싶은데……. 무엇보다 일이 커지는 게 마음에 들지 않기도 하고……."

"으음, 조용히 처리하고 싶다는 뜻이에요?"

"현장에 지장을 줄 수 있는 행동은 최대한 지양하고 싶어. 사실 터져도 상관은 없지만……."

"차선보다는 최선이라는 뜻이죠? 그렇게 한번 움직여 볼게요. 증거 모으고 기소하는 방향으로……."

"응, 그렇게 한번 해봐."

사실 억지로 터뜨리는 방법도 나쁘지 않은 선택으로 느껴졌다. 대륙에 조금 더 영향력을 행사할 수 있다는 뜻이었고,

다른 이들에게도 경고 차원의 메시지가 보내질 가능성이 있었으니까.

하지만 현시점에서 대규모 파업이니 시위니 하는 그림이 그려지는 건…….

'기분 좋은 상황은 아니지.'

2보 전진을 위한 1보 후퇴라고는 하나, 현재로서는 그 1보 후퇴 자체도 마음에 들지 않는다.

알맞은 시기에 경고가 들어갔으니 미하일은 나름대로 최선을 다해 이 문제를 수습하려 할 터. 녀석이 현장의 문제를 수습하는 동안 이쪽은 증거를 모으고 녀석을 기소할 준비를 마치는 것으로 해결할 수 있다.

한꺼번에 여러 가지 일을 할 수는 없을 테니, 그쪽에서도 대응하기 어려워질 거고…….. 반대로 이지혜는 움직이기 쉬워질 테니 기소할 증거를 모으기 더 원활해지지 않을까?

'조금 자존심 상한 것 같기도 하니까…….'

나에게는 신경 쓸 필요 없다고, 시스템의 문제라고 말했지만, 지혜 누나의 성격이 그렇게 웃으면서 넘어갈 성격은 아니지 않은가. 마음먹고 뒤를 캐봤는데도 나오는 것이 전혀 없다는 사실에 제법 자존심이 상한 듯한 표정이었다.

"당분간 다른 일은 빼줘요. 여기에만 집중하고 싶으니까."

"응, 우리 지혜 하고 싶은 거 다 해."

"뭐예요? 갑자기."

"아니야, 아무것도."

"그럼 지금부터 바로 시동 걸게요. 혼자 처리하고 싶으니까. 구태여 도움 주려고 하지 않으셔도 돼요."

"응, 나도 그쪽만 신경 쓸 수는 없으니까. 이런 거 보면 사람 좀 더 뽑아야겠다 싶어."

"김미영 팀장님 데려오는 건 어때요?"

"그 사람은 파란 행정 관리하기도 바빠."

"아깝네요. 훨씬 편해질 텐데."

그건 부정할 수 없다.

하지만 안 그래도 이곳의 업무를 조금씩 떠맡기고 있다. 이상희와 선희영, 황정연이 고군분투해 주고는 있었지만, 김미영 팀장이 없는 파란 길드의 행정팀은 역시나 상상이 가지 않는다.

내 욕심에 그녀를 이쪽으로 끌어들였다가는 아마 외부적이든 내부적이든 무조건 잡음이 나오지 않을까. 탐이 나기는 했지만, 이 부분은 어쩔 수 없다고 생각했다.

아무튼 그렇게 이지혜는 빠르게 집무실을 빠져나가기 시작. 본인은 아무렇지도 않은 척했지만 확실하게 가슴 한구석에 상처를 받긴 받은 모양인 것 같았다. 입도 안 맞추고 그대로 나가 버리는 것 보니까…….

아마 다른 문제는 없을 것이다. 얘가 이렇게까지 물고 늘어진다면 출처 정도야 나오는 게 당연하지 않은가.

하지만…….

"조금만 더 기다려요."

하루가 지나고.

"씨발. 씨발 새끼, 짜증 나 죽겠네. 이 새끼⋯⋯."

사흘이 지나⋯⋯.

"와, 진짜 어디다 숨긴 거지? 돌았나? 없을 리가 없는데? 분명히 어디서 새고 있는 게 맞는데⋯⋯."

며칠이 지나도 성과가 없는 것이 문제였다.

이지혜의 말로는 발견했다고 생각하면 꼬리를 자르는 식으로 탈출한다고 하니 짜증이 나는 것도 무리가 아니리라.

분명히 보물 지도를 발견해 흥분된 마음으로 파볼 때마다 계속해서 허탕을 치니 멘탈이 남아날까. 시간이 지나면 지날수록 짜증이 늘어나고 있는 것은 물론 혼자서 욕을 하는 빈도도 계속해서 늘어나기 시작했다.

그 와중에 미하일은 계속해서 현장을 안정시키는 중이다. 이대로 안정권에 들어온다면 이지혜의 움직임은 제한될 수밖에 없다.

그런 만큼 그녀 역시 눈에 불을 켜고 세탁물을 뒤지기 시작했고, 정확히 2주가 지나서야 만족스럽게 웃음 짓는 그녀를 확인할 수 있었다.

"정식으로 기소 조치 밟고 소환 작업 가시죠."

"찾았어?"

"조금 늦었지만 찾긴 찾았어요. 초심으로 돌아가 다시 한번 뒤져보니까. 놓친 부분이 있더라고요. 나탈리예요."

"뭐?"

"얌전한 것 같아서 바보로 알고 있었는데⋯⋯. 미하일도 미하일이지만 그 여자도 제법이란 말이야."

"돈이 정확히 어떤 식으로 빠져나간 거야?"

"자세한 건 문서 확인하면 다 나와 있어요. 너무 복잡하게 처리해 놔서 일일이 설명하기도 지친다니까요. 나탈리가 연합 쪽 고인물들이랑 인연이 있었던 것 같더라고요. 미하일의 지시 아래 움직인 건지 아니면 독자적인 행동인지는 알 수 없지만, 아니, 어쩌면 미하일이 장난을 쳐놓은 거일 수도 있겠네요. 아무튼, 증거라고 부르기에 확실한 정황이에요. 지금까지 해먹은 자금을 전부 환산하니까 양이 꽤 나오겠던데요? 생각보다 담이 큰 성격이었나 봐. 사실 조금 마음에 걸리는 게 있어서 시간을 더 들이고 싶기는 한데……. 일단은 소환하시고 구속 수사하시는 게 빠를 것 같네요. 그쯤 되면 자금의 일부가 아니라 전체를 뒤질 수 있을 것 같거든요."

"꿀이네. 마음에 걸리는 부분은 뭔데?"

"고생한 거에 비해 무난하게 흐름을 따라갔다고 해야 해냐? 혹시나 다른 목적이 있는 건 아닐까…… 하는 그런 걱정이에요. 크게 신경 쓸 정도는 아니지만, 조금 더 덩치를 키워봐야 저도 정확하게 파악할 수 있을 것 같더라고요."

"흠……."

"아무튼, 이제 고생은 끝. 저도 오늘은 쉴게요. 지금 바로 언론 움직여서 기사 내보내고 정식으로……."

똑똑.

하는 소리가 들려온 것은 바로 그때였다.

조금은 의아한 표정을 이지혜와 주고받은 것은 당연지사. 정말로 급한 일이 아니면 둘이 있을 때는 출입하지 말라고 못을 박아뒀기 때문이다. 이지혜가 나와 함께 있는 것을 알고 있음에도 불구하고 저렇게 문을 두드린 거라면 현재 뭔가 상황이 터졌다는 이야기가 된다.

"들어와서 보고해요."

"회의하시는 도중에 죄송합니다."

"……."

"저…… 5구역에서 파업 시위가 터졌습니다."

'뭐야, 그거 안정화되고 있었잖아.'

"현재 5현장의 책임자들은 강제 진압의 형태로 시위대를 해산시키고 있으며……."

'뭐야, 왜 그렇게 갑자기 일이 터져?'

"노동자와 기술자들 역시 물러서지 않고 맞서고 있는 상태입니다."

'아니, 시바, 이게…….'

너무나도 갑작스러운 상황에 정신을 차릴 수 없었던 것도 잠시.

이윽고 전령이 가지고 온 영상을 본 이후에는 저도 모르게 표정이 구겨졌다.

-우리는 노동자들의 정당한 권리를 찾을 거요! 오늘 이 자리에서! 우리가 노예가 아니라는 사실을 증명할 거요! 미하일은

각성하라! 각성하라!

민주 투사, 아니, 이제는 노동 운동의 중심이 돼버린 바쿠더쿠가 시야에 비쳤기 때문이다.

'이 새끼는 시바 지가 무슨 운동권이야, 뭐야……'

분명히 어디선가 쓸데없는 일을 하고 있을 거라고 생각하기는 했다. 오지랖이 넓은 녀석의 성격상 내가 있는 곳으로 조용히 올라오기를 바라는 것 자체가 무리수였으니까.

'시바……'

하지만 고작해야 동네 이장이 내려주는 심부름 같은 퀘스트를 하고 있지 않을까 생각했었던 것이 사실. 어느새 메인스트림에 해당되는 큼지막한 곳의 중심이 되어 있을 줄 누가 알았겠는가. 머리에 붉은 띠를 감은 채 군중들을 사로잡는 모습은 가관이었다.

마법사는 또 어디서 구했는지 모르겠다.

민주 투사 바쿠더쿠인지 아니면 물리 마법의 바크 세르게이인지는 모르겠지만, 한 가지 확실한 것은 덥수룩한 수염이 녀석의 얼굴을 가리고 있었다는 것. 터질 듯한 근육으로 덮인 상체는 누가 봐도 고된 일로 만들어진 것만 같은 노동 실전 근육이다. 저 새끼는 300m 떨어진 곳에서 확인해도 5현장에서 오랫동안 일해온 토박이로 보일 것이다.

그 옆에 함께 있는 아르기르모는 또 어떠한가. 녀석 역시 굳은 얼굴로 무너지지 않을 것 같은 부패한 권력의 군대와 대치하고 있었다.

'김예리 쟤는 또 왜 저기에 있어? 아니, 시바. 다들 저기서 왜 정모를 하고 있는 건데? 한날, 한시에 저기서 모이자고 약속이라도 했어?'

매혹의 춤, 예트니코바. 조혜진, 김현성과 함께 합동 훈련소에 있을 거라고 생각했던 그녀는 어느새 노동자들을 아끼는 투쟁의 여신이 되어 있었다.

'쟤네들은 그냥 못 뭉쳐 다니게 해야 돼. 아주 신났네.'

하지만 이미 똘똘 뭉쳐 있는 그림이 보인다.

아직 확실치는 않았지만, 태업의 형태를 띠던 게 어째서 갑자기 이런 시위로 전환되었는지 이해되기 시작했다. 안 그래도 터질 것처럼 부풀어 올랐던 5현장이, 뭉칠 수 있는 구심점을 만나, 들고 일어선 게 분명하리라.

미하일 이 새끼도 얼마나 당황했을까. 지가 살기 위해 어떻게든 이번 일을 수습하려고 했건만, 어처구니없게 일이 커져 버렸으니 지금쯤 불안함에 덜덜 떨고 있지 않을까.

물론 이 사태에 기분이 나쁜 것은 녀석뿐만이 아니었다.

'하, 이거 시바……'

기왕이면 조용히 처리하는 게 베스트라고 생각한 그림이 망가져 버렸다. 나는 그나마 고개를 끄덕일 수준이라고 생각했지만, 지금까지 열심히 노력했던 이지혜의 표정이 구겨진 것은 당연지사.

물론 그녀가 한 일이 전부 쓸모없는 일이 되는 것은 아니었지만, 이런 식으로 일을 해결할 거였다면 굳이 여러 가지 내용을 수집하고 파고들어 기소, 재판, 소환 준비를 하지 않았어도……

'별로 상관없었겠지.'

지난날의 고생이 생각났는지 볼살이 파르르 떨린다. 최대한 조용히 일을 처리하기 위해 뛰어다녔던 이지혜의 지난날이 한순간에 물거품이 되어버렸다.

지금까지 이지혜가 무섭게 느껴진 적은 없었지만, 지금의 이지혜는 조금 무섭다. 소식을 전하려고 찾아온 전령 역시 분위기가 심상치 않다고 느꼈는지 조용히 집무실을 나가 버렸고.

"씨발!! 씨발!!!"

콰직!

큰 소리와 함께 이지혜가 유리컵을 바닥으로 집어 던졌다.

보여줘선 안 되는 모습을 보여줬다고 생각했는지, 잠깐 내 눈치를 살피기는 했지만, 이미 전부 목격한 이후다. 안 그래도 평상시 이미지 관리에 신경 쓰던 그녀였다. 지금 모습이 얼마나 의외였는지 무슨 설명이 더 필요할까.

"손이 미끄러졌네요."

"아, 응."

'성질이 있기는 있네.'

깜빡 잊고 있었지만, 확실히 1회차 가면녀 짬밥이 어디로 가는 것은 아니다. 아마 혼자 있었다면 방 안에 있는 물건들을 전부 박살 내지 않았을까.

"크흠……."

"진짜로 손이 미끄러졌을 뿐이니까. 마음에 담아두지 마세요. 방금 본 건 잊는 게 좋겠네요, 오빠."

"아, 응……."

"저 잠깐 화장실 좀 다녀올게요. 영상 보고 계세요."

"알겠어."

자신의 나이가 더 많다는 것조차 숨기려고, 이쪽을 꼬박꼬박 오빠라고 부르는 이지혜였으니, 자신도 모르게 벌인 작은 사건에 당황할 만도 하다.

머리를 식히려고 화장실에 간 건지, 미처 풀지 못한 분을 풀러 간 건지는 확인할 길이 없지만, 일단 흘러나오는 영상에 집중해야 될 것 같아 시선을 고정시켰다.

대치하고 있는 노동자들과 현장 경비대원들. 커다란 구호를 외치는 이들은 절대로 물러서지 않겠다는 단호한 얼굴로 전방을 응시하고 있었다.

-우리는 노예가 아니요!

-우리는 노예가 아니다!

-정당한 권리를 요구해야 한다니까! 미하일은 각성하라! 각성하라!

-각성하라! 각성하라!

-임금 및 복지 지원금이 다른 곳으로 흘러 들어가고 있다는 정황이 있었다니까. 다른 지역에서는 다 받을 수 있는 기본적

인 복지들을 어째서 우리 현장에서만 찾아볼 수 없단 말이요! 현장 관리자는 지금 당장 자금이 어떻게 사용되었는지 투명하게 공개해야 한다니까!

-공개하라! 공개하라!

-미하일은 처벌되어야 한다니까!

-처벌하라! 처벌하라!

-지금 당장 우리 노동자들의 목소리를 들어야 한다니까!

-각성하라! 각성하라!

-우리는 노예가 아니요!

-우리는 노예가 아니다!

'시바, 이거 생각보다 센 거 같은데…….'

이미 분위기가 달아올라도 단단히 달아올랐다. 시위 초기라고는 이해할 수 없을 정도의 단합력 역시 눈에 띈다. 분노한 노동자들이 계속해서 소리치고 있었고 당연히 작업은 중단되어 있다. 어서 빨리 자기 위치로 돌아가라고 외치는 현장 경비대원들도 무척이나 당황한 모습이다.

하지만 태업하던 노동자들이 잠자코 돌아갈 리가 없지 않은가. 저 자리에 서기까지 굉장히 오랜 시간이 걸렸던 만큼 시위대 역시 결코 물러날 생각이 없어 보였다.

-지금 당장 불법 시위를 해산하고 정해진 위치로 돌아가 주시기 바랍니다.

-우리는 돌아가지 않을 거요!

-다시 한번 말씀드립니다. 시위에 참여하신 노동자 여러분들은 지금 당장 불법 시위를 해산하고 정해진 위치로 돌아가 주시기 바랍니다. 더 이상의 시위는 대륙 보호 관리 위원회에 반하고 있다고 판단, 강제 해산 조치하겠습니다.

'무슨 시바⋯⋯. 새끼야, 이거 나랑은 상관없는 이야긴데⋯⋯. 위원회 핑계 대지 마라, 이 새끼야.'

-빨리 해산시켜!

-절대로 물러서면 안 된다니까! 우리의 권리는 우리 스스로가 쟁취해야 하는 거요!

-지금 당장 해산시켜! 해산시켜!

-현장 책임자는 당장 나타나서 내역에 대한 투명한 공개를 해야 한다니까!

-여러분이 지금 하고 계신 시위는 신고 되지 않은 불법 시위입니다. 대륙 보호법에 따라 지금부터 불법 시위를 강제 해산시키도록 하겠습니다. 다시 한번 경고합니다. 현 시간부로 일어나고 있는 모임을 불법 시위라고 판단 강제 해산 조치할 수 있도록 하겠습니다.

-애초에 신고를 막고 있는데, 무슨 불법 시위요? 말도 안 되는 소리 하지 말고 빨리 책임자 불러오라니까!

-뭉쳐! 뭉쳐!!!

-마법사들은 뭐 하고 있는 거야! 빨리 시작해!

-절대로 물러서지 맙시다! 우리의 뜻을 보여줍시다!

이 장면을 여기서 또 볼 수 있을 거라고 누가 상상했겠는가. 마법사들이 쏘아낸 물대포가 시위대를 정면으로 강타하고 있는 모습은 어딘가에서 많이 봤던 그 장면.

순식간에 물대포에 휘말리는 시위대의 모습. 경비대는 커다란 마차들로 시위대를 가로막고 있다. 시위대는 물대포에 맞으면서도 커다란 마차를 뒤흔들기 시작했고, 방패를 든 경비대원들이 이게 무슨 난리냐는 듯이 전방을 바라본다.

-쫘! 쫘!

이곳에 와서 수많은 공성전을 겪어봤지만, 지금 이 현장에서 벌어지고 있는 공성전도 만만찮지 않다. 아니, 오히려 더 박진감이 넘친다. 마냥 구경할 수 있는 입장이었다면 남 일 바라보듯 바라봤겠지만, 작금의 사태를 그렇게 바라볼 수 있을 리만무하다.

'저딴 식으로 진압하면 어쩌자고.'

애초에 명분이 저쪽에 있는 만큼 저런 방식의 진압이 달가워 보일 리가 없었다. 혹시나 사망자라도 나오는 순간 헬게이트가 열릴 거라는 건 두말할 필요도 없으리라.

자꾸만 대륙 보호 관리 위원회, 혹은 대륙 보호법을 운운하며 시위대를 해산시키는 꼴은 가관이다. 저 멍청한 사태가 나 때문에 일어난 것 같은 그림이 그려지고 있다.

시위대는 미하일을 겨냥하고는 있었지만, 간접적으로 피해를 볼 수도 있다는 것은 부정할 수 없는 사실이 아닌가.

물론 저 멍청한 돼지가 이런 것까지 염두에 두고 일을 벌였을 리는 없다. 아마 본인이 보기에도 문제가 있으니, 직접 해결해서 도움을 주겠다는 쓸데없는 생각을 하고 있겠지.

'이거 가만히 있을 때가 아닌데.'

이런 식의 행태가 방송된다면 베니고어 넷의 여론도 좋지 않아질 것이다. 주위 노동자들이 영향을 받는 것도 너무나 당연한 수순이고…….

"어떻게 할 거예요?"

때마침 다시 돌아온 이지혜가 슬그머니 말을 건넸다.

"선택의 여지가 없는데. 수습해야지. 뭐, 어쩌겠어. 사실 이런 그림도 크게 나쁘다고는 생각하지 않는데…… 누나가 조금 짜증 나겠네."

"아니요. 별로…… 뭐. 준비한 게 다 물거품이 됐지만, 아예 망친 건 아니니까요. 곧바로 쓸 수 있는 내용이기도 하고, 별로 상관없어요. 제가 뭐, 이런 데 열 내는 사람인가요."

'아까 열 냈잖아.'

"오히려 잘됐어요. 이번 기회에 오빠 쪽으로 힘을 더 쏠리게 할 수도 있고…… 전면적으로 나서서 수습하는 그림을 보여줄 수도 있으니까요. 작업에 제동이 걸린 게 아쉽지만, 2보 전진을 위한 1보 후퇴라고 생각해요. 사건 수습하는 즉시 그 연놈들 감방에 처넣고, 노동자들에게 배상해 준 이후에 적당한 관리자 하나 집어넣으면 되겠죠. 다른 현장에 경고도 될 테고…… 오랜만에 얼굴마담 할 수 있으니까, 지지율도 올라가겠네. 좋아요. 잘된 것 같네요. 네, 잘된 것 같아."

'아직 화난 것 같은데…….'

"곧바로 나갈 준비 해요. 피드백은 빠르면 빠를수록 좋으니까."

"응, 뭐…… 그렇게 하자. 잠깐 복장 좀 갖추고……."

"네, 일단 즉시 현재 같은 시위 진압 행태를 멈추라고 전달할게요. 그쪽에서 얼마나 내 말을 알아들을지는 모르겠지만…… 아마 미하일 사단에서도 냄새 맡지 않았을까요? 곧 위원장님이 행차하실 텐데, 이거를 그냥 두고 봐야 하는 건가, 말아야 하는 건가…… 생각하고 있을 거예요. 카운트다운이 몇 시간 안 남았는데 도망치지나 않았으면 좋겠네요."

"도망쳐 봤자 갈 곳이 어디 있겠어?"

"병력도 준비할게요. 혹시 모르니까."

"응, 여론 반응은 확인해 봤어?"

"좋을 리가 있나요. 아직은 미하일에 대한 부분이 상당한데……. 이건 책임을 아예 안 질 수는 없겠는데요. 그래도 실드 쳐주는 사람들이 많아서 괜찮을 것 같아요. 일단 빨리 가죠. 4번이랑 5번에서도 병력 지원 요청해 놓고…… 그리폰 타고 열심히 가다 보면 비슷하게 도착할 거예요."

실제로 먼 거리지만, 그리폰을 타고 가면 금방 닿을 거리이다. 병력 전체가 그리폰을 타고 갈 수 없다는 게 문제였지만, 주요 친위대 정도는 전부 움직일 수 있으니 안전상에도 별문제는 없다.

몸이 달아오른 이지혜 역시 그리폰 위에 안착, 이륙장을 떠난 후 시간이 얼마 지나지 않아 난장판이 된 5현장에 도착할 수 있었다.

"시위대는 누나가 정리해 줘. 최대한 안정시키고 말 좀 잘해줘."

"그렇게 할게요. 안쪽은 오빠가 정리하게요?"

"그렇게 해야지."

현장 경비대원들이 하늘에서 떨어지는 그리폰 부대를 경계하던 것도 잠시, 깃발을 확인하고는 곧바로 착륙장으로 안내했다.

한참이나 시위를 이어나가던 시위대 측에서도 환호성이 튀어나온다. 현재 일어나는 상황이 정리될 거라고 느끼는 것이다.

"우와아아아아아아!!!"

"위원장님이 오셨다!"

"위원장님께서 우리 목소리를 들어주시려고 오셨어!"

조금 오그라들기는 했지만, 당연한 반응이었다.

169장
반동분자

"죄송, 죄송합니다. 여기까지…… 행차하게 하다니……."

"굳이 경비대장님께서 죄송하실 필요는 없습니다. 시위대는 저희 쪽에서 수습할 테니 강제 진압 명령 멈추세요. 최소 병력만 남기고 나머지 인원들 역시 전부 대기 조치합니다."

"명, 명령에 따르겠습니다."

"추가로 사제들 곧바로 투입해서 부상자 치료 부탁드리겠습니다. 벽처럼 쌓인 마차들도 치워주시고요. 후우……."

"죄송합니다."

"아니요. 계속 죄송할 필요 없습니다. 경비대장님은 명령만 잘 듣고 매뉴얼대로 처리한 게 전부일 테니, 뭐……. 정말로 죄송할 일이 없는지 있는지는 이후에 확인해 보면 될 테고……. 그보다 미하일 님은 어디에 있습니까?"

"위원장님께서 들어오셨을 때 전갈을 넣었습니다. 아마 곧 나오실 겁니다."

'이 개새끼, 진짜.'

환호성 소리를 뒤로하고, 청사의 착륙장으로 내려오자 경비 대장이 곧바로 이쪽을 반겼다.

무척이나 떠는 모습은 가관, 갑작스럽게 일이 커졌으니 저렇게 떠는 것도 이해는 간다. 불법 시위가 일어났고, 책임자 입장에서 진압을 하기는 해야겠고…… 위에서도 진압 명령이 내려오니 여러 가지로 정신이 없지 않았을까. 나였어도 멘탈이 반쯤 나갔을 게 분명했다.

혹시라도 처벌을 받거나 꾸지람을 받을까 싶어 눈치를 보는 모습은 꽤 인간적이라고 할 수 있는 모양새. 정말로 이 일과 어떤 관련이 있는지는 조사해 봐야겠지만, 개인적으로 판단하건 대 저 자식과 커다란 연결점이 있는 것 같지는 않았다.

"최근에 이곳에 많은 일이 일어났던 걸로 알고 있습니다."

"네."

"시위도 그 때문에 일어난 것으로 알고 있고요."

"저, 저는 그런 일은 자세히는…… 그저 명령에 따랐을 뿐입니다."

"정말로 그렇길 빌겠습니다. 일단 제가 말씀드린 것 처리하세요."

"충성을 다하겠습니다! 위원장님."

사실 메인은 눈앞에 있는 경비대장이 아니라 배신자 미하일이 아닌가.

'이 개새끼가 마중도 안 나와?'

분명히 보고를 받았을 텐데도 나오지 않은 걸 뭐라고 생각해야 될지 모르겠다.

괜스레 먼 곳을 바라보자 시위대가 한곳에 모여 통제에 따르는 모습이 시야에 비친다. 아마 높으신 분들의 대화가 시작될 테니 잠자코 기다려 보자는 여론이 형성된 모양이다. 물론 바크 세르게이와 아르기르모, 예트니코바가 내 모습을 봤을 테니 그들의 입김이 들어간 결과겠지.

마음 같아서는 곧바로 박덕구 이 새끼를 만나 뒤통수라도 한 대 치고 싶었지만, 시위대의 중심에 있는 녀석에게 친한 척 다가가기도 쉽지가 않았다. 아마 일이 대충 수습되면 먼저 찾아오지 않을까.

그렇게 약 3분 정도를 기다리자 한 인형이 시야에 비치기 시작했다.

젊어 보이는 여성, 본 적은 없었지만 이름이 뭔지는 금방 확인할 수 있었다.

'나탈리…….'

"처음 뵙겠습니다, 위원장님. 그리고…… 여기까지 오시게 해서 정말로 죄송합니다. 미하일 님의 아내되는 사람입니다."

"뭐, 이것저것 자기소개하실 필요 없습니다. 그보다…… 미하일 님은 어디 가시고……."

"미하일 님께서는 지금 위원장님을 맞을 준비 중이십니다.

이렇게까지 급하게 찾으실 줄은 몰랐다고……."

"……뭐라고 변명할지 기대되네요."

"드릴 말씀이 없습니다."

"굳이 여러 가지 준비할 필요 없을 텐데, 아무튼 들어나 봅시다. 저도 궁금하기도 하니…… 이렇게까지 개판이 됐는데 변명도 하지 않으면 오히려 제가 섭섭했을 겁니다. 앞장서세요."

"제가 직접 모시겠습니다.'

"아니요, 그러실 필요 없습니다. 그 자리에서 멈추십시오. 더 이상 가까이 다가오시면 베겠습니다."

직접 모시겠다는 말에 베겠다고 대답한 것은 내가 아니다. 곧바로 옆쪽으로 붙는 믿음직한 우리 존재, 쌍검의 박리안.

'열일 하네…… 열일 해.'

미하일과 나탈리에게는 전투 능력이 없다. 이 청사 안의 다른 이들이 박리안 이상의 전투 능력을 보유하고 있지 않다는 걸 생각해 보면 이렇게까지 할 필요는 없다고 생각했다.

하지만 아무래도 목적이 목적인 만큼 최소한의 경호 조치는 필요하다고 여긴 모양이다.

이런 것 필요 없다고 외치고 싶기도 했지만, 혹시 모를 사태에 대비하여 이런 포지션을 유지하는 것도 나쁘지 않다는 생각이 들었다.

안전하다고 외친 이후에 뒈질 위기에 처하는 것은 너무나도 흔한 클리셰가 아닌가. 당연히 이쪽은 그런 종류의 클리셰의 희생양이 될 생각은 없다.

'안전이 최고여……'

박리안 역시 그건 마찬가지라고 생각하는 모양. 몇 미터 이상은 붙지 말라는 신호를 보낸 후에야 마음을 놓은 듯한 모습이 시야에 비쳤다.

덕분에 제법 요상한 그림이 만들어지기는 했지만 서로 대화를 주고받는 데는 커다란 지장이 없다.

친위대 중 한 명은 나탈리의 뒤를 조용히 따라가고 있는 형국이었는데…… 아마…….

'위협이겠지, 뭐.'

혹시라도 다른 짓거리를 할 시에는 곧바로 조치하겠다는 의지의 표현이 아닌가.

만족스럽게 고개를 끄덕인 나와는 반대로 괜스레 딱딱하게 굳은 나탈리의 얼굴이 눈에 보였다.

"앞장서서도 됩니다."

"네, 그, 그럼 편히 모시도록 하겠습니다."

"언제 한번 뵈어야 한다고 생각했는데 이제야 뵙게 되는 것 같습니다. 조금 더 좋은 일로 만났으면 좋았을 텐데 말입니다."

"지금 알고 계시고, 예상하시는 일에 대해서는 전부 설명해 드릴 수 있습니다."

"미하일 님께서? 아니면 당신이? 참…… 재미있더군요. 며칠 사이에 여기서 일어난 일들이 당황스러워서 참을 수가 없어요. 제가 분명히 따로 불러 말씀드렸는데도 불구하고 일이 이 지경까지…… 오게 한 건지…… 물론 어쩔 수 없는 변수가 있었다고는 하나, 일만 제대로 수습하셨어도 여기까지 오는 일은 없었을 겁니다."

"……."

"지원 자금을 뒤로 빼돌린 것도 용서할 수 없지만, 그것보다 더 용서가 안 되는 건 당신네들의 무능이에요, 무능."

"그건……."

"북부 전체에 퍼져 있는 전진 기지들이 털면 먼지 하나 안 나올 거라고 생각하십니까? 털면 먼지 하나 안 나오는 사람이 이 세상에 어디 있겠습니다. 중앙에서도 그건 전부 알고 있어요. 어떻게 모든 인간이 깨끗할 수 있겠습니까. 제가 아무리 관리한다고 한들, 권력을 얻은 이들이 부패하는 걸 전부 막을 수는 없는 노릇 아닙니까. 다만 당신네들은 정도가 너무 심했고, 수습하는 과정도 형편없었어요. 가지고 있는 걸 숨기느라 은폐하는 데 바빴지. 그 힘을 다른 곳에 썼으면 얼마나 좋았을까. 이쯤 되면 일부러 저를 여기로 부르기 위해서가 아닐까…… 하는 쓸데없는 생각도 했다는 거 아닙니까."

"무언가 오해를 하고 계시는 것 같습니다, 이기영 위원장님. 일단은 이야기를 들어주시고……."

"제가 언제 이야기를 듣지 않는다고 했습니까……. 이야기 정도는 들어주려고 여기까지 온 건데……. 박리안 씨."

"네, 부길드마…… 아니, 위원장님."

"4구역과 6구역에서 온 병력 동원해서 청사 안에 있는 인원들 전부 제압하라고 전달해 주세요. 너무 소란스러워지는 건 별로 좋아하지 않으니, 제가 지나간 이후에 작업해 주시면 됩니다."

"명령에 따르겠습니다."

"아, 그리고…… 두 명 정도 먼저 뽑아서 미하일 님 좀 회의실로 데리고 오세요. 도통 나오실 생각을 하지 않으니 제가 직접 모셔야 할 것 같아서……."

"뜻에 따르겠습니다."

"고마워요."

"일일이 표현해 주지 않으셔도 됩니다, 위원장님."

'뭐라고 하려나…… 진짜로 궁금하네.'

창백하게 굳은 얼굴을 보니 내가 다 웃음이 터져 나올 것 같다.

'이래서 사람은 죄를 짓고 살면 안 돼…….'

마음속에 켕기는 게 있는 것들은 언제나 저런 표정을 짓게 마련이다. 이제야 조금 상황 파악이 됐는지 식은땀이 흘러내리는 것도 보인다.

'이 여자도 참 성향이랑 기벽은 좋은데 말이야.'

어쩌다가 이런 일에 연루되었는지 도무지 알 수가 없었다.

아무튼 간에 그렇게 계속해서 청사를 나아갔다.

가는 길에 여신의 손거울이 울려 이지혜인지 확인해 봤지만, 조혜진이라는 이름 석 자가 떡하니 박혀 있어서 가볍게 무시했다. 마지막 통화가 도발 아닌 도발로 끝났으니 보나 마나 쓸데없는 이야기이지 않을까.

그렇게 나탈리와 함께 자리한 곳은 커다란 회의실. 무척 긴장한 표정의 미하일이 눈에 띄어왔다.

시간이 얼마 걸리지 않아, 우리가 먼저 도착하지 않을까 싶었는데 그건 기우에 불과했던 모양이다. 누가 봐도 창백한 표정으로 나를 바라보는 녀석을 보니 괜스레 우리가 함께 나눈 추억들이 떠오른다.

'시바…… 우리 즐거웠잖아.'

간만에 마음이 맞는 친구가 결국 나를 배신하고 말았다는 생각이 갑자기 훅 하고 치고 올라온다.

"오랜만입니다, 위원장님. 번거롭게 해서 죄송합니다. 면목 없습니다."

"다들 그렇게 말하더군요. 중앙 정부에 너무 오랫동안 틀어박혀 있었던 모양입니다. 거참…… 제가 말씀드리지 않았습니까, 미하일 님. 신뢰의 대가가 이런 식으로 되돌아오니 속이 쓰립니다, 속이 쓰려."

"저…… 잠, 잠깐 차를 준비하러……."

"움직이지 마십시오."

"아뇨, 아뇨, 괜찮습니다. 막지 않으셔도 돼요, 박리안 님. 안 그래도 입이 심심했는데…… 잘됐네요."

불안한 얼굴로 회의실로 빠져나가는 나탈리를 힐끗 바라보자 친위대 중 한 명이 그녀를 따라나섰다.

그리고 그 뒷모습을 불안한 얼굴로 바라보는 미하일의 얼굴 역시 눈에 띈다. 시선을 돌리다 잠깐 눈을 마주치자 황급히 고개를 숙이는 모습을 볼 수 있었다.

"여러 가지로 조사해 봤습니다. 물론 당신을 믿지 못하는 건 아니었습니다만, 절차상 어쩔 수 없는 부분이니까요. 무척 재미있더군요. 흥미롭기도 했고요. 지원 자금이 연합 쪽으로 계속 새어나가고 있던데…… 뭐 빚이라도 지셨는지, 아니면 처해 먹을 수 있을 때 해 먹자는 심정이었는지, 제 알 바 아니지만 속된 말로 × 나게 해 드셨더라고요."

"……"

"덕분에 제법 고생했었습니다. 이 정도 자금을 뒤로 빼돌리고, 세탁하는 것도 능력이라고 생각하기도 했고요. 역시 시발, 세상 사람들이 하는 말은 다 거짓말이라니까. 부패의 상징인 사람한테 청렴결백이라는 수식어가 붙는 게 말이 되나 몰라."

"……"

"할 말이 없으신 것도 이해는 됩니다. 그래도 준비한 게 있다고 하니 한번 들어나 봅시다. 결과야 달라지지 않겠지만, 어떻게 발버둥 치는지는 보고 싶은데……"

"오해이십니다."

"그런 말 말고 뭔가 체계적인 변명 없어요? 없으면 제가 질문 좀 합시다. 그 돈 다 어디로 갔어요?"

"……"

"연합 쪽으로 흘러갔다는 건 알겠는데, 아무리 생각해도 조금 이상한 점이 많더라고……"

"……"

미하일이 막 뜸을 들이고 있을 때였다.

철컥.

하는 소리와 함께 문이 열려온 것.

찻잔과 다과상을 들고 온 미하일의 와이프가 덜덜덜 떨리는 손으로 찻잔을 건네왔다.

친위대 한 명이 계속 붙어 있었기에 무슨 장난을 칠 시간이 있었을까 생각했지만, 습관적으로 마음의 눈을 켜 안에 든 내용물을 확인했다.

'하…… 씨바.'

"아, 이제야 조금 이해가 가네요."

[무색무취의 독이든 차-전설 등급]

[일반적은 방법으로는 구별할 수 없는 엘더 아라크네의 독이든 차.]

"이 반동분자 새끼들."

그리고 콰앙 하는 소리와 함께 옆쪽 벽면이 터져 나왔다.

예상했던 대로 모습을 드러낸 것은 이쪽을 급습하기 위한 암살자. 내가 입을 열자마자 곧바로 들이닥친 것을 보니 이쪽의 상황을 지켜보고 있었던 것 같았다.

'골 때리네, 이 새끼들 이거…….'

어처구니가 없어 웃음이 튀어나왔다. 완벽하게 뒤통수를 맞았다는 사실을 인지했기 때문이다.

'조금 이상하기는 했어.'

빠져나간 자금 사용 출처가 정확하지 않았으니까.

일이 터진 뒤에야 어떻게 된 일인지 이해되기 시작했다. 잘 맞춰지지 않았던 퍼즐이 완벽하게 짜 맞춰진 느낌. 이지혜가 말한, 조금 더 파보면 뭐가 나올 것 같다는 건 아마 이런 상황을 염두에 둔 게 아닌가 싶다. 아마 현재 상황을 보면 분을 터뜨리면서도, 이거였다고 말하지 않을까.

성향과 기벽에 반대되는 행동, 조금은 고개를 끄덕이게 되는 미하일의 대사. 애초 시위를 수습할 생각이 없었을 것이다. 이 반동분자들이 원하는 그림은 나를 이곳까지 끌어들이는 것이었을 테니까.

'성공은 했네.'

아주 오래전부터 기를 모아온 빌드업이었다. 이지혜가 말한 그대로 우리가 만든 시스템의 허점을 노린 계획.

주변에 신경을 쓸 시간이 조금 더 있었다면 눈치챌 수도 있었겠지만, 지금 와서 하는 반성은 의미가 없다. 통수가 얼얼한 것은 부정할 수 없는 사실이었고, 나는 지금 녀석들이 원하는 식탁에 제 발로 찾아온 손님이었으니까.

크게 당황하지는 않았지만, 그래도 기분이 나쁘기는 하다.

'미하일, 이 개새끼⋯⋯ 무능한 줄 알았는데 ×나 유능한 새끼였네.'

박덕구가 아니었으면, 여기 올 일도 없지 않았을까 하는 생각도 해봤지만⋯⋯.

'아니야, 차라리 잘됐어.'

일이 터진 타이밍이 지금이라는 게 상당한 의의가 있지 않은가. 사특한 무리를 지금 바로 잡을 수 있다는 건 충분히 메리트가 있는 일이다. 바깥 신 양반이 들어온 이후에 이 반동분자들이 날뛰었다면 지금과는 비교가 되지 않을 정도로 위협적으로 다가왔을 것이다.

마침 박기리 삼 남매가 밖에서 멀뚱멀뚱 기다리는 상황, 일이 터졌다는 것을 인지하면 곧바로 달려 들어오겠지만, 사실 애들까지도 필요 없다.

"모시겠습니다."

"네, 갑시다."

폭음이 터짐과 동시에 질 좋은 보호 마법이 내 주변을 뒤덮는다.

곧바로 밀집 대형으로 뭉친 우리 귀여운 친위대는 곧바로 전투 준비를 하며 이후에 덮쳐올 적들에 대비하기 시작했다.

예상한 것처럼 무기를 든 무리가 폭발이 일어난 곳에서 뛰쳐나왔고 친위대와 각자 무기를 부딪쳤다. 사방에서 목소리들이 튀어나와 누가 어떤 말을 하는지도 구분하기 힘들 정도.

"죽여라!"

"죽여!"

"나탈리 님과 미하일 님의 보호를 우선시해."

"두 분의 안전은 확보했습니다."

'그래. 이 연놈들아. 너희 반동분자 새끼들이 숨기고 있는

게 이놈들이었구나.'

깜짝 선물 하나가 더 튀어나올 거라는 건 예상했지만. 익숙한 얼굴을 눈으로 확인하니 입꼬리를 올릴 수밖에 없지 않은가.

그 와중에도 피를 흘리며 쓰러지는 놈들의 얼굴이 눈에 보인다.

내가 생각해도 스스로가 너무 냉정한 것 같았지만, 이런 반응을 보이는 게 당연했다. 27군단 납치 사건 이후로 사랑스러운 회귀자가 가장 신경 쓴 것이 바로 내 안전이 아니었던가. 쌍검의 박리안을 비롯한 친위대가 괜히 내 주변을 둘둘 싸고 있는 것이 아니다.

평균 연령이 그리 높지는 않지만, 한 명, 한 명이 대륙에 나간다면 곧바로 이름을 날릴 수 있을 만한 실력자. 특히나 박리안은 파란 길드에서도 상위권을 노려볼 수 있을 정도의 무력을 지녔다.

호랑이들의 사이에 있는데 강아지 새끼 몇 마리가 달려들었다고 눈 하나 깜짝할까. 아직도 내 주변을 덮은 보호 마법이 유지되고 있지 않은가.

몸을 일으켜서 발걸음을 옮기자 분주하게 움직이는 친위대가 나를 둘러싸고 있는 것이 눈에 보였다.

쌍검의 박리안은 거대한 검을 두 개로 나눠 김현성에게 배운 검술을 선보이고 있었고…… 그 외 다른 이들도 각자의 영역에서 할 수 있는 최선의 행동을 보여주고 있다.

'강은혜가 좀 눈에 띄네.'

반동 놈의 새끼들의 뚝배기가 갈라지는 것을 실시간으로 보는 것은 조금 인상이 찌푸려졌지만, 피 한 방울도 보호막에 닿지 못한다.

'알고는 있었지만……'

"괜찮네요."

확실히 직접 체험해 보니 승차감이 다르다. 완벽하게 물 흐르듯이 움직이는 모습은 지난 시간 동안 이들이 얼마만큼의 훈련을 견뎌냈는지를 절로 깨닫게 만들었다.

물론 이쪽 역시 적재적소에 도움을 준 것은 당연지사. 손가락을 튕길 때마다 거대한 용의 팔이 솟아올라 녀석들을 짓누르거나 길을 열고 있다.

"놓치지 마! 밖으로 나가지 못하게 해야 한다!"

"죽여! 대륙의 미래를 위한 싸움이다. 절대로 놓쳐서는 안 돼."

"막아라! 막아!"

'대륙을 위한 싸움이기는 개뿔…… 이 많은 놈이 어디서 튀어나온 거야?'

"죄송합니다…… 부길드마스터."

"아니요. 그렇게 생각하실 필요 없습니다. 저도 사전에 눈치채지 못하고 있었으니까요. 밖으로 나가기 전까지 얼마나 걸릴 것 같습니까."

"확실하게는…… 최대한 빠르게 길을 열 수 있도록 하겠습니다."

"네."

"더러운 개자식! 이 대륙의 암 덩어리야! 이곳이 너의 무덤이다. 절대로 너를 용서하지 않을 것이다."

'개소리한다, 또……'

마음 같아서는 쌍욕을 하고 싶은 심정이었지만 지금부터라도 이미지를 챙기는 게 옳다. 이것도 써먹을 수 있을 테니까.

물론 어느 정도 이죽거리는 화풀이는 하도록 하자. 나도 사람이 아닌가.

"누가 보면 제가 악인 줄 알겠습니다. 대륙의 질서를 어지럽히고 있는 게 누구인지는 뻔히 보이는데 말입니다. 이상을 위해 싸우는 척, 숭고한 척은 그만하셔도 됩니다. 존경하는 공화국의 잔당 여러분. 옛날에 한 번 베푼 자비와 용서가 이런 식으로 되돌아오다니, 누가 상상이나 했겠습니까. 어울리는 표현은 아니지만 검은 머리 짐승은 거두지 말라는 표현이 이래서 생긴 모양입니다."

"닥…… 닥쳐라! 네 이놈!"

"저도 참 마음이 약해서 탈입니다…… 그래도 당신들의 그 끈끈한 모습은 박수를 보내 드리고 싶네요. 그런데 무엇 때문에 다시 돌아오셨습니까. 대충 예상은 갑니다만 그의 죽음은 저로서도 어쩔 수 없었습니다."

"그 썩은 입으로 군사님을 입에 담지 마라! 더러운 개자식!!"

"제가 여러분들에게 기회를 드린 것은 여러분이 악마 소환사에게 세뇌되었다는 사실을 알고 있었기 때문입니다. 다시 말씀드리겠습니다. 진짜 악이…… 진짜 악마가 누군지…… 다시 한번 생각해 보세요. 여러분들은 아직 가능성이 있습니다. 진청과는 다르게 말입니다."

"네놈이!!!"

대화의 대상이 누군지는 모르겠지만 내 목소리에 대답하는 남자의 목소리가 계속해서 귀로 내리꽂힌다. 별것 아닌 도발에 흥분하는 것을 보면 짧은 대화가 성공한 것 같기는 했지만 그만큼 공세가 거세지는 게 느껴졌다.

'모두가 한마음, 한뜻이네.'

"군사님을 위하여! 대륙의 평화와 안전을 위해. 저 독재자 놈의 목을 쳐라."

"피하셔야 합……."

콰아아아아아아앙!!

박리안의 말이 끝나기도 전에 귀를 울리는 굉음.

'하…… 이 미친 새끼들.'

폭발 마법을 건 채로 달려들고 있는 자살 특공대.

"보호 마법 외워! 부길드마스터의 몸에 상처 하나라도 생겨서는 안 돼!"

'그 말이 맞다.'

아픈 게 싫어서가 아니라 정말로 내 몸에 다른 상처가 나서는 안 된다.

'큰일 나, 이 새끼들아…….'

아까지만 해도 없었던 초조함이 갑작스레 솟아났다. 자신의 목숨을 버리면서까지, 주변에 있는 다른 동료들의 안전까지 내팽개치고 마력 폭발을 일으키며 다가올지는 누가 알았겠는가.

'아, 이거 시바 진짜 위험한 거 아니야?'

절로 입술을 꽉 깨물게 되고, 괜스레 식은땀이 흘러나온다.

콰아아아아아아아아앙!!

"뒤를 부탁합니다, 결사단의 동지들이여. 저를 기억해 주십시오!"

콰아아아아아아아아아앙!!

"뒤를 부탁한다. 나를 기억해 줘!"

계속해서 굉음이 터져 나오는 만큼 우리를 감싸고 있었던 보호 마법에도 대미지가 누적되기 시작한다.

심지어 폭발음과 연기 때문에 제대로 된 시야를 확보하기가 어려운 상황. 내게는 문제가 되지는 않았지만, 조용히 자리를 지키고 있는 친위대들이 혼란스러워하는 게 눈에 보이기 시작했다.

"당황할 필요 없습니다. 아직은 닿지 못할 겁니다. 계속해서 움직여요. 위쪽으로 올라가는 게 좋을 것 같습니다."

"네, 명대로 하겠습니다. 부길드마스터를 모시고 위쪽으로 간다."

용 숨결 물약을 던지고 계속해서 연금 소환 마법을 쏟아붓는 와중에도 터지는 굉음.

보호 마법이 흔들리기 시작하는 것이 보여 용의 팔이나 꼬리를 소환해 친위대들이 있는 쪽까지 가로막았다. 이래도 얼마나 버틸 수 있을지는 알 수 없지만, 최소한 박기리 삼 남매가 이곳으로 도착하는 시간까지는 벌 수 있지 않을까. 아니…….

'외부에서 도움을 기다리면 안 돼.'

안은 이렇게 개판이 되어 있지만, 외부에서는 이곳의 상황이 보이지 않을 수도 있다. 눈치가 있다면 와줄 수도 있겠지만, 원군이 이곳으로 오지 못할 가능성도 생각해 봐야 한다.

'이렇게까지 해야 돼? 이 개새끼들은…… 아니, 그보다 왜 병력이 줄어드는 것 같지가 않은 거지?'

계속해서 꾸역꾸역 밀어붙이고는 있지만, 병력이 줄어드는 게 느껴지지가 않는다. 쌍검의 박리안 역시 조금 당황한 듯한 표정.

연기에 휘말려 한 치 앞밖에 볼 수 없는 장내에서 익숙한 목소리가 터져 나온 것은 바로 그때였다.

"상급 언데드입니다."

확실히 사용할 수 있는 수단은 전부 들고 온 것 같다. 이미 죽은 병력까지 사용해 끝까지 목적을 완수하고야 말겠다는 의지는 소름이 돋을 정도. 폭음에 휘말려 조각조각이 난 이들마저 끝까지 기어들어 와 손을 뻗고 있다.

적이지만 칭찬해 주고 싶다는 생각마저 들었으니 오죽할까. 아직 숨기고 있는 게 있는 것 같아 더욱더 놀랍다고 느껴진다.

'이거 하루 이틀 준비한 게 아닌데…….'

이쯤 되면 명분 따위도 없다. 무슨 수를 써서라도 이쪽을 죽이고야 말겠다는 악의가 눈에 보인다.

곧바로 입을 연 것은 당연했다.

"더러운 흑마법사 놈들까지…… 공화국 쪽의 흑마법사들은 씨를 말렸다고 생각했는데, 이 사특한 무리가 아직도 숨어 있었을 줄이야. 이것이 당신들의 방식인 겁니까? 정녕 당신들까지 악의 길을 걷기로 결심한 것입니까?"

"……."

"꼭 타락한 군사와 같지 않습니까."

"군사님은 악마 소환사가 아니다! 이 더러운 놈!"

"적의 말에 귀를 기울이지 마! 흥분하지 말고 차근차근 작전대로 진행한다."

"자신의 수하들까지 언데드로 만들어 고기 방패로 내모는 자가 악마 소환사가 아니라면 무엇이 악마 소환사란 말입니까. 그대들의 모습을 보세요. 그와 다르지 않습니다. 같은 길을 걸어서는 안 됩니다. 그 무자비하고 잔인한 사람처럼…… 변하시면 안 됩니다. 눈을 뜨세요!"

대사를 치는 와중에도 표정은 최대한 띠껍게. 그러자 곧바로 반응이 온다.

"그…… 그 더러운 입으로 군사님을 입에 담지 마!!!!!!"

"평정심을 유지해! 함정이다! 함정!! 도발에 걸려들지…… 메이퀸!! 제기랄! 제자리를 지켜! 움직이지 마!"

'한 놈밖에 안 걸렸나 보네.'

폭발로 뒤덮인 공간을 뚫고 쇄도하는 녀석이 한 명. 붉어진 눈을 하고 장검을 든 인형 하나가 곧바로 내 쪽으로 달려왔지만, 박리안이 녀석의 앞을 가로막는다.

검을 휘둘러 왔지만 박리안은 왼쪽 검의 손잡이 끝으로 검을 막아낸 이후에 그대로 그녀의 목에 검을 밀어 넣었다.

푸확! 하는 소리와 함께 혈액이 튀어나온다. 전투력이 꽤 높아 보였던 인원 한 명이 여기서 리타이어.

'손해 보는 장사는 아닌데…….'

소소한 이득을 봤다고 생각하며 입꼬리를 올렸을 때, 목에 검이 꽂힌 녀석이 스스로 꽂힌 검을 빼내 돌진해 오는 모습이 시야에 비쳤다.

'시발, 저거 뭐야.'

언데드가 아니다. 붉은 눈과 이질적인 피부, 뭔가 인간이라고 생각할 수 없는 분위기.

위기라고 할 수 있는 상황이었지만…… 그녀의 정확한 상태를 본 후 곧바로 답을 찾아낼 수 있었다.

'이 더러운 악마 계약자 놈들이…….'

"기어코 영혼까지 팔아넘기셨군요……."

170장
악마 계약자

'계약한 게 맞아.'

거의 확실하다고 봐도 될 것 같았다.

답변을 바라고 던진 대사가 아니었지만, 곧바로 대답해 오는 녀석의 목소리가 들려왔다. 마력의 방어막을 붙잡으며 이를 가는 녀석의 얼굴이 괜스레 더 무섭게 다가온다.

"그래, 네놈을 죽이기 위해. 영혼까지 팔아넘겼지."

"……."

"우리의 목숨. 그리고 영혼과 자존심까지 모두 다 팔아넘겼다. 네놈 하나를 죽이기 위해."

이를 가는 소리가 들려온다. 그리고 분노에 찬 숨소리도.

"왜 아직도 빛은 언제나 승리한다는 걸 모르십니까. 지금 당신들의 행동이 진청 군사에게 더 불리하게 작용할 거라는 건 알고 계시는 겁니까? 그의 명예를 되찾고 싶은 것이 아니었습니까."

"군사님께서도 이해해 주실 거야. 그 더러운 입으로 군사님의 이름을 부르지 마……."

"진청 군사는 악마 소환사이기도 했지만, 그 어떤 것보다도 자신의 프라이드를 소중히 하는 사람이었어요. 그걸 모를 리가 없을 텐데……. 아마 이해하지 못할 겁니다."

"군사님의 이름을 그 더러운 입에 담지 마!!"

"제가 누구 이름을 부르던 그게 무슨 상관이랍니까."

"이 쓰레기 같은 독재자 놈이!"

'안 그래도 이후에 뒤처리를 어떻게 해야 할지 걱정했었는데, 이렇게 알아서 판을 깔아주니 너무나도 감사할 지경이네.'

"죽어어어!"

친위대 몇이 입을 여는 녀석의 온몸에 칼을 쑤셔 넣었지만, 별다른 반응을 보이지 않는다. 오히려 나를 똑바로 바라보며 보호막을 두드리는 모습, 어느 악마랑 어떤 계약을 한 건지 궁금해질 정도였다.

'메이저 군단이라고 봐도 되는 건가?'

당연히 벨리알은 아닐 거라고 생각했다. 27군단에게서 느껴졌던 특유의 기운이 느껴지지 않았으니까. 죽음까지 초월한 상태의 힘을 내려주는 걸 보면 아마…….

'더 상위는 아니겠지?'

어떤 악마와 어떻게 계약했는지는 지금 당장 알 수 없었지만, 사실 얘네 입장에서는 합리적인 선택이기는 하다.

아무것도 없이 들이박아 봤자 계란으로 바위 치기라는 사실을 모를 리 없은가. 이쪽과 자신들의 전력 차를 메우기 위해서는 무언가 방법이 필요하다고 생각했을 것이고, 결국에는 저기까지 닿은 것 같았다.

그 선택이 조금 의외이기는 했지만 다른 방법을 찾지 못한 것이 아니었을까. 순간적으로 커다란 힘을 받아들이기에는 저것보다 나은 게 없었으니까.

어차피 청사 건물 내에서 이기영의 죽음을 도모하자는 계획이었을 게 분명하다. 굳이 밖에 있는 대륙인들에게 현재 일어나고 있는 사실을 알리지 않아도 된다고 생각했을 것이고…….

알게 되든, 아니든 그다지 상관하지 않았을지도 모른다. 어차피 계획이 성공으로 끝나든 실패로 끝나든 간에 이 자식들이 죽는 건 확정된 이야기였으니까. 이후 본인들의 평판이 어떻게 될 거라는 건 신경 쓰지 않았을 확률이 높다.

목숨과 영혼까지 걸었다는 이야기는 거짓말이 아니다. 계약에는 대가가 따른다. 심지어 소환에도 마찬가지다.

나야 조금 특수한 경우라고는 하지만 다른 이들까지 그런 종류의 특혜를 받는 것은 아니다.

애초 정하얀의 마력이 아니면 메이저 군단급의 소환이 불가능하다는 걸 생각해 보면, 소환 의식에서도 뭔가를 희생했을 것이었다.

'누군지는 몰라도 실적 하나는 확실히 채워서 갔겠네.'

대가로 건 것은 영혼과 목숨, 얻은 것은 일반적으로 죽지 않는 신체와 상위 모험가를 상회할 수 있을 정도의 거대한 힘.

'결사단인가 뭔가 하는 놈들이 전부 다 계약한 건 아니고……'

아마 간부급에 해당하는 놈들과 힘을 받아들일 수 있는 녀석들만이 저런 종류의 힘을 받았을 것이다.

'이거 머리 아파지는데……'

겉으로는 아무렇지 않은 척했지만, 은근슬쩍 불안감이 치솟기 시작한다. 강아지 새끼들인 줄 알았던 녀석들이 알고 보니 늑대, 아니, 어쩌면 호랑이일지도 모른다. 지금 가진 전력만으로 이곳을 안전하게 나갈 수 있을지, 나조차도 확신이 서지 않은데 무슨 말이 더 필요할까.

박리안과 친위대가 유능한 것은 사실이지만, 그들로서도 본인들 능력 이상의 일은 해줄 수가 없다. 언제나 무표정이었던 쌍검의 박리안 역시 조금은 불안한 얼굴, 혹시라도 본인의 임무를 제대로 수행하지 못하면 어떡하지 하는 초조함이 그녀의 얼굴에 깃든다.

계속해서 맞상대하는 건 불가능하다고 생각한 것인지 계속해서 친위대와 나를 이끌고 이동하고는 있었지만, 상처가 쌓이는 것까지는 막을 수 없는 모양이다.

한참 동안 유지될 것 같았던 보호막 역시 자살 폭탄 테러에 그 수명이 다하고 있었고, 우리가 몸을 피한다기보다는 상대방이 원하는 곳으로 이동되는 것 같은 기분이 들기 시작했다.

"몰이당하고 있는 것 같습니다."

"저도 느끼고 있기는 합니다만…… 딱히 방도가 없어 보이는군요. 최대한 시간을 끄는 게 좋을 것 같은데……."

"죄송합니다. 저…… 부길드마스터."

"네?"

"이렇게 된 이상 부길드마스터만이라도……."

"아니요. 그러실 필요 없습니다. 제가 걱정하는 건 이곳에서 덫에 걸려 죽는 상황이 아니니까요. 최소한 여기서는 아무도 죽지 않을 겁니다. 위험한 보험이기는 하지만, 보험이 있으니 그런 생각은 하지도 말고 전하지도 마세요. 말씀드렸던 대로 최대한 이동하는 시간을 늦춰봅시다. 상처나 체력은 조금 괜찮습니까?"

"그렇게 좋은 상황이라고는 볼 수 없습니다."

"솔직해서 좋네요."

곧바로 빛 폭탄 물약을 손 위에 떠우자 화아아아아아아악! 하는 소리와 함께 거대한 빛이 사방으로 퍼지기 시작했다. 그러자 폭음이 걷히는 것은 물론, 앞을 가로막았던 언데드들이 곧바로 빛이 되어 사라진다.

'눈 부시다, 눈이 부셔.'

화아아아아아아아악!

범위가 넓은 만큼 통로를 따라 끊임없이 뻗어가는 거대한 빛. 잠깐 제동이 걸렸던 친위대들의 상처와 체력이 일순간에 모두 회복되는 것을 보니 확실히 등급이 아깝지 않은 임팩트가 있지 않은가.

악마 계약자 놈들까지 싸그리 쓸어버릴 수 있을 거라는 작은 기대를 해봤지만, 칠흑과도 같은 어둠의 기운이 녀석들을 감싸기 시작했다. 저항할 거라고 생각은 했지만, 생각보다 더 영향이 없다.

'상위 악마가 맞나 보네.'

온건파가 나를 적대할 리 없을 테니, 아마 급진적인 성향을 가진 놈이 분명하리라.

잠깐 여유가 생길 거라고 생각했건만, 어디에서 튀어나왔는지 다른 이들이 그 자리를 메운다. 조금 움츠리게 될 거라는 계산 역시 미스, 빛 폭탄 물약에 사용 제한이 있다는 것도 알고 있다. 애새끼들의 눈빛에 할 수 있다는 자신감이 생긴 것을 보니 생각보다 빠르게 물약을 뺐다고 생각하는 것 같았다.

'너무 빠르게 쓴 건가.'

하지만 아끼다 똥 되는 것보다는 낫지 않은가.

'이거 안 좋은데.'

이 새끼들이 그리고 있는 그림 그대로 판이 만들어지는 듯한 느낌.

간부급에 해당되는 악마 계약자 놈들은 확실히 빛 폭탄을 경계하고 있다. 지금 이곳에서 이 짓거리를 하고 있는 것 역시 빛 폭탄 물약을 전부 빼낸 이후에 들어오기 위함일지도 모르고……

아니, 어떻게 생각해도 목적이 그거라고 판단하는 것이 맞다. 녀석들이 마지막 무대가 될 거라고 생각하는 장소에 도착할 때까지…….

"물약을 전부 빼놓겠다, 이거네."

"방금 뭐라고……."

"아무것도 아닙니다. 혹시 외부에 연락은 되고 있습니까?"

"아니요, 닿지 않고 있습니다."

"지난 공화국과의 전투에서 악마 소환사가 사용했던 방해 전파가 있는 모양이군요."

"네, 정확히 전파가 퍼져 나오는 위치를 찾으려고 하고 있지 만……."

'지금 와서 동선을 바꾸는 건 말도 안 되지. 아, 이거 짜증 나는데…….'

"……."

"계속 밀어! 최대한 체력을 소진 시켜라! 최대한!"

"지원 부대! 지원 부대!"

"전방 막아…… 전, 아아아아악!"

"이 더러운 놈! 쓰레기 같은 놈! 대륙의 암!"

"절대로 물러서지 마라. 겁먹지 마라! 군사님을 생각해. 처절하게 비명을 지르며 죽어간 군사님을 생각해라."

"결사단은 오늘 이 자리에서 죽는다. 하지만 결코 혼자 죽지 않을 것이다. 저 독재자와 함께 눈을 감을 것이다. 움직여라!"

"악마랑 계약한 반역자 놈들이 못하는 소리가 없네요. 누가 정의고 누가 악인지, 어느 쪽이 빛이고 어느 쪽이 어둠인지…… 분간조차 못 하고 있군요. 자각하셔야 합니다. 당신들은 지금 제정신이라고 볼 수 없어요, 악마 계약자 여러분들."

'반응이 별로 없네.'

수뇌부들은 조금 더 냉정해졌다.

'안 좋은데……'

다시 한번 꽉 막혀 버린 상황, 시간이 어느 정도 지났는지 정확하게 알 수 없었지만, 다시 한번 빛 폭탄 물약을 사용할 타이밍이라고 생각할 수밖에 없는 상황이다.

'아까 괜히 썼나. 하……'

화아아아아아아아악!

하는 소리와 함께 다시금 뻗어 나가는 빛.

효과는 곧바로 나타났지만, 다시 한번 빈자리를 메우는 인간과 상급 언데드들이 보인다.

계속해서 몰이를 당하고 있다고 생각했지만, 딱히 저항할 방도가 없지 않은가. 아직 둠기화라는 패와 빛 폭탄 물약이 한 발 더 남아 있었으나, 수적 열세에다가 분위기를 타고 있는 적 병력을 당해낼 수가 없었다.

"조금만 더!"

"조금만 더 밀어붙여라! 조금만 더!"

정신없이 뛰어다니고는 있지만, 이 개자식들이 이끄는 대로 갈 수밖에 없는 상황이다. 일단 이 청사의 구조가 익숙하지 않다는 게 첫 번째 패착. 물량을 견딜 수 없다는 게 두 번째 패착. 몰이당하는 걸 알고 있으면서도 결국에는 범의 아가리로 들어갈 수밖에 없었다.

결국에는 녀석들이 원하는 장소에 도착한 시점.

'시바……'

누가 봐도 악마랑 계약한 모습인 악마 계약자 놈들이 커다란 동공에서 나를 둘러싸는 모습이 시야에 비쳤다. 중2병이라도 걸렸는지 커다란 망토를 입고 있는 모습은 가관, 이 사달을 만든 개자식들이 전부 이 자리에 있다.

'미하일, 나탈리만 빼고.'

"드디어……."

친위대는 점점 더 내게 가까이 붙기 시작했지만, 딱히 방도를 찾을 수가 없는 모양인지 마른침만 삼키고 있었다.

이 묘한 대치를 끝내는 것은 저쪽. 곧바로 공격해 올 거라고 예상한 내 생각과는 다르게 이 순간을 즐기고 싶은지 입을 열어왔다.

"드디어 여기까지 왔구나. 더러운 사기꾼 자식."

"방금까지 터져 나왔던 빛을 보지 못했나 봅니다. 사기꾼 자식이라는 말은 조금 가슴 아픈데……. 저는 신에게 선택받은 신의 사자입니다. 눈으로 직접 거대한 빛을 마주하시지 않으셨습니까. 사기꾼은 말과 행동이 일치하지 않은 당신들이지, 제가 아니에요."

"네가 어째서 빛의 힘을 사용하는지는 모르겠다만, 이곳에 있는 전부가 네가 쓰레기 같은 사기꾼이라는 사실을 알고 있다."

"그래서 악마랑 계약까지 하셨나 봅니다."

"대의를 위한 어쩔 수 없는 선택이었지. 그에게 힘을 빌린 건 너를 죽이기 위해서지, 다른 어떠한 이유가 있는 것이 아니다."

"모든 범죄자와 악인도 원래 그럴듯한 사연 하나씩은 가지고 있습니다. 그런데 그거 알아요? 아무리 눈물 빼는 사연이 있어도 범죄자는 결국 범죄자라는 거. 당신들이 믿고 따르는 진청 군사 역시 마찬가지예요. 이유야 어찌 됐건 그는 전범이고, 본인이 저지른 정당한 죗값을 치른 겁니다."

"더러운 사기꾼 자식! 네놈이 정말로 그렇게 말할 자격이 있다고……."

"보이는 게 너무나도 명확하지 않습니까. 빛과 어둠, 정의와 악. 1㎞ 떨어진 곳에서 봐도 당신들은 정상이 아닌 것으로 보여요. 눈은 붉어져 있고, 신체는 뒤틀려서 칠흑 같은 어둠에 둘러싸여 있는데, 누가 당신네들을 대륙을 위해 결사한 단원들이라고 생각하겠습니까. 지금이라도 회개하세요. 어차피 당신들이 무슨 짓을 해도 저는 죽지 않을 테니까."

"웃기지 마라! 네놈의 그 검은 속을 모를 것 같으냐. 진짜 악마는 네놈이다. 그 사이하고 더러운 입으로 민중들을 속이고 기만한 네놈의 그 헛바닥이야말로 진짜 악마야. 빛의 탈을 쓰고는 있지만 네 그 더러운 계획을 우리가 정녕 모를 줄 알았더냐. 다른 대륙인들은 모를 수 있어도, 우리는…… 우리만은 현실을 제대로 직시하고 있다. 이 대륙은 네놈의 무대가 아니야. 이 대륙에 살아가는 이들 역시 네놈의 장기말이 아니란 말이다."

"뭘 말씀하시는지 잘 모르겠습니다만…… 저는 대륙을 지배하려고 이 자리에 있는 게 아닙니다. 지키기 위해 있는 거라는 걸 왜 몰라주시는지 모르겠습니다."

"인간쓰레기 같은 자식. 그 더러운 혓바닥을 더 이상 놀리지
못하게 뽑아버리겠다."

"대륙의 수호자를 자처하고 있는 사람으로서 악마와 계약
한 사특한 무리들이 날뛰는 것을 더 이상 바라볼 수만은 없을
것 같습니다. 아아…… 위대한 베니고어시여. 부디 제 선택을
용서해 주시길."

'선택의 여지가 없겠는데……'

천천히 전방을 바라보자 이쪽을 둘러싼 이들의 표정이 조
금씩 변하는 것이 시야에 들어왔다.

입술을 꽉 깨문 채로 바라보고 있는 모습. 자신들의 생각이
맞았다는 듯이 옳은 건 자신들이라는 듯이 느끼고 있는 모습
들도 눈에 띈다.

"부길드마스터…… 그건……."

"알고 있습니다. 세 시간."

[준신화 등급의 특성 직업 전환이 발동됩니다.]
[빛의 연금술사를 서브 클래스로 전환합니다.]
[어둠의 역병군주를 메인 클래스로 전환합니다.]

다른 말은 필요하지 않다.

"뼈의 무덤."

주문을 외우자 거대한 뼈의 가시가 사방에서 쏟아지기 시

작했다.

콰드드다드다다닥! 콰지지지지지지지직!

"피…… 피해!"

동공을 꽉 채운 뼈의 가시는 다른 형식이나 패턴 없이 무작정 뻗어 나가기 시작했다. 차마 말로 표현하기 힘든 여러 굉음이 동공의 벽을 긁어 나가고, 보이는 모든 것들을 꿰뚫기 위해 전방으로 나아간다. 누가 봐도 제법 커다란 스케일이 아닐까.

얼굴을 구긴 악마 계약자 놈들이 사방으로 흩어져 피했지만, 한 명은 미처 피하지 못하고 휩쓸렸다.

"쿨럭…… 쿨럭……."

하는 소리와 함께 계속해서 피를 내뱉고 있음에도 불구하고 아직도 살아 있는 모습에 괜스레 인상을 찌푸린 것은 당연지사.

하지만 더 이상 움직일 수 없는 것처럼 보인다. 드럼통 같은 구멍이 팔과 다리는 물론 몸까지 꿰뚫었는데 어떻게 살아 있을 수 있을까? 지독하다는 생각 외에는 다른 생각이 들어오지 않았다.

'일반적인 역병은 사용이 불가능할 것 같고…… 쟤네들을 인간으로 분류할 수 있나?'

몸이 녹아내리는 종류로 준비하는 게 더 좋을 듯싶어 급하게 주문을 외우자 희미한 유령들이 내 주변을 감싸기 시작했다.

설정상 하루에 세 시간 정도밖에 사용할 수 없는 둠기화였지만, 전투력 자체는 나쁘지 않았으니…… 현시점에서 사용하는 게 맞다.

물론 페널티가 아예 없는 것은 아니다.

'직접적으로 죽일 수 있는 건 순도 높은 신성력 정도가 끝인가?'

빛 폭탄 물약을 무척 경계했던 것이 바로 그 이유, 일반적인 방법으로는 녀석들을 죽일 수 없다. 분위기로 보건대 목이 달아나도 몸을 움직일 수 있지 않을까.

'확실히 전투 불능으로 만드는 수밖에 없어.'

애매한 상처를 주는 건 별다른 영향을 주지 못한다.

'인원은 약 40명…… 좀 많은 것 같은데…….'

빛 폭탄을 소모시키기 위해 사지로 밀어 넣은 떨거지들은 제외. 이 동공에 들어오지 못한 떨거지들도 제외. 악마와 계약한 즉시 전력감이라고 판단한 인원이 약 40명? 아니, 50명 정도……. 그 50명 모두가 일시적으로 전설 등급의 힘을 손에 넣은 상위 클래스라고 보면 될 것 같았다.

'3명 정도는 그 이상.'

아마 리더격으로 분류할 수 있으리라.

'전력은 불리해.'

남아 있는 빛 폭탄 물약은 한 발, 친위대 역시 대륙에서 상위 클래스로 분류할 수 있는 이들이라고는 하지만, 상대는 죽지 않는 괴물들이다. 전투 경험으로 압도할 수 있다고는 해도 무슨 일이 벌어지지 않으리라는 보장은 없다.

가장 문제가 되는 부분은 수적 열세. 바깥에 있는 병력, 심지어 자신들의 몸까지 상급 언데드로 변화시킬 수 있다는 걸 생각해 보면 먼저 체력적 부담을 느끼는 건 이쪽이 될 것이다.

'여기는 진흙탕이야.'

어떻게든 포위되고 있는 이 형국을 빠져나가는 게 옳다.

뼈의 무덤으로 잠깐 동안 소강상태가 된 장내에서 녀석들 역시 나처럼 전력을 분석하던 중, 얼굴 위에 천천히 가면이 생기는 모습을 보고서는 괜스레 입술을 깨무는 얼굴들이 눈에 들어왔다.

"드디어 본색을 드러냈구나. 이 더러운 사기꾼 자식!"

"닥쳐라! 이 악마의 계약자 놈들. 부길드마스터께서는 스스로 악마와의 계약을 선택한 네놈들과는 다르다!"

"저희가 부족해…… 죄송합니다. 부길드마스터."

'너무 열정적으로 변호해 주는 것 같은데…….'

박리안은 물론 친위대 역시 둠기화에 대해서는 이미 알고 있다. 그리고 이 변화가 가져올 페널티 역시도 알고 있다.

분위기를 살펴보면…….

'자기들 때문이라고 생각하는 것 같네.'

현재 내가 직업을 전환한 이유가 본인들 때문이라고 생각하는 모양이다.

조금 의아했지만, 충분히 그렇게 생각할 만했다. 실제로 위기에 몰린 상황이었고, 일반적인 방법으로 시간을 끈다면 친위대 내에서도 사상자가 나올 가능성도 있었으니까.

딱히 노리고 들어간 것은 아니었지만 적당한 액션 정도는 취해주는 것도 나쁘지 않을 것이다.

자동으로 얼굴 위에 덥히는 가면을 살짝 부여잡은 채로 비틀거리자 이쪽을 걱정하는 듯한 박리안의 얼굴을 확인할 수 있었다.

"부…… 부길드마스터!"

"괜찮습니다. 잠깐 두통이 생긴 것뿐입니다."

"하지만……"

"지금은 이곳을 빠져나가는 것만 생각합시다. 다른 것은 생각하실 필요 없어요. 단 한 명도 남김없이 이곳을 빠져나가는 겁니다."

"목숨을 걸고 지키겠습니다."

'그러니까 굳이 그럴 필요 없다고.'

하지만 저 의욕은 마음에 든다. 눈에 살짝 맺혀 있는 눈물도 말이다. 감정을 좀처럼 드러내는 법이 없다고 생각했었는데, 생각보다 내면에 품고 있는 감수성이 풍부한 것 같았다.

겨우 이 정도로 저런 반응이었다면 제1차 둠기영 사태 때는…….

'오열이라도 했겠는데…….'

딱 봐도 오열 각이 나온다. 심지어 다른 친위대원들 역시 상당히 동요하고 있는 모습.

'평소에 이미지 챙기길 잘했네.'

쓸데없는 말을 하는 녀석도 보인다. 원래 다른 말을 잘 하지 않는다는 걸 생각해 보면 충분히 이례적인 일.

'강은혜?'

김예리와 같이 대륙에서 태어나 공화국과의 전쟁에서 부모님을 여의고 친위대로 발탁된 케이스로, 지금의 파란 유소년 프로그램을 있게 한 인재였고 성과다. 이를테면 김현성과 나를 부모처럼 생각하고 따르는 아이라고 표현하는 게 맞으리라. 파란 길드가 아니었다면 어디 노예 시장으로 팔려가지 않았을까.

본인 역시 그 사실을 가장 잘 알고 있었기 때문에 충성심이 대단했고, 그런 마음에 반해 친위대를 축소시키는 과정에서도 제외하지 않은 1인이었다.

친위대에 들어온 이후에는 말을 아끼는 편이었기에, 솔직히 얘가 앞서서 커다란 목소리를 내는 건 처음 본다.

"너희들 역시 속고 있다. 정신을 차리고 저자의 모습을 똑똑히 봐라. 저 모습이 정말로 너희들이 지키려고 하는 자의 모습이 맞는지 두 눈을 뜨고 똑똑히 보란 말이다."

"그 입 다물어라. 더러운 반동분자 새끼들……."

"너희들은 세뇌된 것이다. 길들이기 쉬운 말이라고 생각해 곁에 둔 것에 불과해."

"네놈들이야말로 악마 소환사에게 세뇌된 것이다, 반역자 놈들아. 이기영 님은 대륙의 구원자이시며, 새 시대를 이끌어갈 위인이시다. 갈 곳 없는 우리들을 받아주시고 키워주신 은인이시다. 결코 네놈들과 똑같은 취급을 받으실 분이 아니야. 지금도 대륙을 지키기 위해 스스로를 고문하고 계신 모습을 봐라.

정녕 이 모습을 보고서도 어떻게 그런 말을 쏟아낼 수 있단 말이냐. 눈을 떠야 할 것은 너희 반동 놈들이야! 이 반동분자 새끼들…… 전부 다 죽여 버리겠어. 전부 다 죽여 버리겠다."

"……."

"저희가, 저희가 부족해서 죄송합니다, 부길드마스터……."

평균 나이가 어린 만큼 이런 상황에 잘 동요하게 되는 모양. 괜스레 양심이 찔려와 가면을 만지작거릴 수밖에 없었다.

"마지막 경고다. 불쌍한 놈들…… 지금 당장 무기를 버리고 밖으로 나간다면 네놈들만은 살려주도록 하겠다."

"닥쳐라! 구더기 같은 놈들! 우리는 부길드마스터와 이곳에서 함께 죽을 것이다."

'죽을 마음 없어요. 죽을 마음 진짜 없어.'

"죽여라!! 저 더러운 사기꾼의 목을 가져와! 대륙의 안전과 군사님의 복수를, 우리 결사단의 숙원을 풀 때가 왔다."

"부길드마스터!"

"당황할 필요 없습니다. 동요할 필요도 없어요. 방진을 탄탄히 유지하며 이 장소를 빠져나가는 것부터 생각하시면 됩니다. 충분히 가능할 겁니다. 무리하게 밖으로 나가지 마시고 기회가 와도 방진을 계속해서 유지하세요. 적들이 악마와 계약해 저주받은 힘을 얻었다고 한들, 아직 저들은 저 힘에 익숙하지 않습니다."

"네."

"여러분을 믿습니다."

"……."

"네."

"위원장님을 지켜!"

"적들의 손가락 하나도 닿게 만들지 마라! 우리들의 일이 무엇인지 기억해!"

"와라! 악마의 계약자 놈들!"

"죽어라! 개자식들!"

"보호해! 보호!"

"보호막을 부숴! 화력을 퍼부어라! 거추장스러운 뼈들도 전부 부숴 버려!"

콰드드드드드득! 콰아아아아아아아앙!

'이거 생각보다 빡센데.'

사방에서 솟구치는 불길한 마력. 뼈와 보호막으로 가로막는 데도 한계가 있다.

그 와중에 출동한 역병 유령 하나가 진청의 잔당을 껴안기 시작.

"아아아아악!"

비명 소리와 함께 순식간에 몸이 녹아내리는 모습이 눈에 보였다.

효과가 꽤 좋다고 생각했지만, 그 와중에도 꿋꿋이 화살을 날리고 있는 모습을 뭐라고 표현해야 할까. 녀석들도 보이지 않는 유령에 대해서 알아차렸는지 조금 더 조심스럽게 움직이고 있었지만, 그다지 달라지는 것은 없다. 거대한 촉수를 소환해 한 녀석을 감싸봤지만, 순식간에 지원이 들어와 촉수가 별다른 힘을 보이지 못하고 있었다.

물론 그 안에 숨겨둔 역병이 놈의 호흡기로 침투했지만…….

'저것도 리타이어되기 전까지 시간은 좀 걸리겠고…… 시바, 확실히 벨리알이 현세에 있을 때랑은 화력 차이가 있네.'

지난 시간 동안 그 갭을 많이 줄였다고 생각했지만, 아직까지는 부족한 모양이다.

수가 밀리니 친위대 역시 점차 움츠러들기 시작했고, 그 반동으로 나 역시 이들에게 점점 시선이 갈 수밖에 없었다.

손을 들어 올려 뼈와 촉수로 지원을 보내는 것도 한두 번, 내가 전체적인 방진의 밸런스를 잘 맡아두고 있었기 때문에 무너지지는 않고 있었지만…….

'아, 위험한데.'

정말로 위험해질 수도 있는 상황이었다는 건 여기 있는 그 누구도 이견이 없으리라.

보통 영화에 나오는 클리셰처럼 이쯤에서 딱 하고 일 년 동안 얼굴을 보지 못한 박기리 삼 남매가 튀어나오면 얼마나 좋을까.

하지만 그런 영화 같은 일이 일어날리 만무, 저도 모르게 출구 쪽을 바라보자 웬 인형이 튀어나오는 것이 시야에 비쳤다.

"어?"

'그리고 그 상상이 현실이 되고 말았…….'

시야에 비치는 것은 창 한 자루를 들고 있는 조혜진.

'네가 왜 거기서 나와.'

뭐라 제대로 이해조차 할 수 없는 동작으로 창을 휘두르고 있는 모습은 잠깐 동안 멍하니 바라볼 수밖에 없었다.

마치 삼국지에 나오는 장수 같지 않은가. 적들한테 둘러싸인 형국에 있음에도 불구하고 창을 휘두르며 공간을 확보하고 정확히 찔러 넣는다.

화살이나 검들이 쏟아지고 있지만, 커다란 막대기 하나로 흘려보내는 모습은 뭐라고 표현해야 할지 모르겠다. 뒤에서 창을 휘둘러 오는 적의 공격은 창을 지렛대 삼아 피하고, 순간적으로 위로 쏟아지는 공격은 몸을 비틀어 벗어난다.

'박기리 얘네는 노동 운동이랑 혁명만 할 줄 알았지……'

김현성처럼 속도가 빠르다거나 차희라처럼 근력이 강한 것도 아니다. 천재가 되지 못한 범재가 보여줄 수 있는 절정의 기술, 스텟으로는 설명할 수 없는 재능.

그 와중에 나를 걱정스러운 눈으로 바라보는 저 표정까지 마치 한 편의 무협 영화를 보는 것처럼 느껴졌다.

발을 한 번 튕긴 이후에는 곧바로 이쪽의 앞에 떨어진다. 이후, 열어온 입에서는 평소와 다른 분위기의 목소리가 흘러나왔다.

"괜찮으신 겁니까?"

"혜진 씨가…… 왜 여기에 있어요?"

"제가 먼저 묻지 않았습니까. 부길드마스터. 정말로 괜찮으십니까?"

'그래…… 걱정해 줘서 고맙다. 혜진아, 진짜 너밖에 없다.'

"후우……. 네…… 괜, 괜찮습니다."

"별로 괜찮아 보이는 것 같지는 않습니다만. 최대한 빠르게…… 빠르게 빠져나가겠습니다. 박리안 씨."

"네, 실장님."

"부길드마스터의 안전만 신경 쓰세요. 길은 제가 열겠습니다."

"네."

그 와중에 날아들어 온 화살을 한 손으로 잡는 잡기까지.

'누나, 진짜…… 왜 이렇게 멋있어.'

이 자리에 없는 김현성을 떠올리게 할 정도였다.

'심장 쿵쾅거리잖아, 혜진아.'

"따라오세요."

'아암요, 그래야죠. 당연히 따라가 드려야죠. 끝까지 함께하겠습니다요.'

흐뭇한 미소를 지으며 조혜진을 바라보는 것이 당연했다. 살면서 이렇게 따뜻한 표정으로 누군가를 바라본 적이 있을까.

'진짜 말로 다 표현 못 하겠다, 야.'

뭔가 마음이 통한 것 같은 느낌.

어째서 그녀가 이 자리에 있는지는 모르겠지만, 본능적으로 친우의 위기를 눈치챈 것이 분명하리라. 티격태격하면서도 마음속으로는 나를 챙기고 있었다는 증거가 아니겠는가.

이래저래 혼란스러운 장내에 갑작스레 훈훈한 바람이 불어오는 것 같은 느낌.

'이거 감사의 인사라도 건네는 게 좋을 것 같은데…….'

아무리 친하다고 한들, 말로 표현하는 것보다 더 좋은 것은 없다는 생각에 말을 잇던 찰나였다.

"저기……."

조혜진이 먼저 선수를 쳐온 것.

충분히 내 감정이 전달됐을 거라고 생각했건만, 들려오는 목소리는 상당히 의외, 솔직히 한 대 후려치고 싶은 대사였다.

"괜찮으신 게 맞습니까? 무척 기분 나쁜 표정을……. 혹여나…… 두통이 심해지신다면 꼭 말씀해 주셔야 합니다."

"기분 나쁜 표정이라뇨……."

"아니요……. 잠깐 악마…… 같은…… 아니, 죄송합니다. 뭔가 말로는 설명할 수 없는 소름이 등 뒤를 타고 올라와서……. 제 착각일 겁니다. 하지만 이상이 생길 것 같으시면 곧바로 조치를 취하셔야 합니다."

'얘는 못하는 말이 없네.'

"네, 그렇게 하겠습니다."

"이럴 게 아니라 지금 당장 그 모습부터 바꾸는 게 좋을 것 같습니다. 제한 시간이 있다고는 하나…… 그 힘은 틀림없이 부길드마스터의 정신을 갉아먹을 겁니다."

"아니요, 괜찮습니다. 아직까지는 여유가 있어요. 혜진 씨가 와서 조금 안심이 되기는 하지만, 저는 이곳에 있는 모두와 함께 빠져나가고 싶습니다."

"위원…… 위원장님."

"저희는 걱정하실 필요 없으십니다, 위원장님."

"부길드마스터의 안전을 위해서라면 저희의 안전은 아무렇지도 않게 내놓을 자신이 있습니다. 저희의 본래 역할을 생각하시고 부디 자신의 몸을 소중히 여겨주세요."

"저희가 목숨을 던져서라도……."

'그러니까 너네 목숨 안 던져도 된다고…… 애들 도대체 왜 이래. 너희가 얼마나 중요한 자원인데…….'

"……후우…… 제한 시간은 두 시간 반으로. 약속하는 겁니다. 만약 그래도 그 상태가 유지된다면 제가 직접 조치를 취하겠습니다."

"네, 오히려 부탁드리고 싶습니다."

아마 김현성이라면 말도 안 된다며 성화를 내지 않았을까.

쓸모없는 설정까지 만들어 길드원들을 안심시켰지만, 그래도 둠기화라면 자다가도 벌떡 일어나는 것이 바로 김현성이었으니까.

오히려 원인 제공자였던 정하얀은 은근슬쩍 이 모습을 원하는 것 같았지만, 우리 사랑스러운 회귀자는 트라우마를 넘어 기벽까지 생성됐을 정도로 이 모습에 민감해졌다.

아니, 애초에 김현성이 있었다면 이런 모습을 유지할 필요도 없었으리라.

조혜진이 강하기는 하다만 어디까지나 인간계에 한정된 이야기가 아니던가. 지금도 계속해서 화력을 퍼붓고 있는 저 반동 놈 쉐끼들은, 김현성의 등장과 함께 사지가 분할되고 땅바닥을 뒹굴게 될 확률이 높다.

객관적으로 말하건대 조혜진 홀로 저 악마 계약자 놈들을 모두 상대하는 것은 무리다. 그녀 역시 그 사실을 알고 있기에, 둠기영과 함께하겠다고 잠정적으로 합의한 것이 아닐까. 나 혼자였다면 그녀 혼자 구출에 성공할 수도 있었겠지만, 지금은 딸린 입이 한둘이 아닌 상황.

'아니, 아무리 그래도 그건 무린가.'

지금 길을 열고 있는 것을 보면 가능할 것 같기도 하다.

명실상부 파란에서 다섯 손가락 안에 드는 강자. 무력 순위 1, 2위로 이미 인간으로 분류하기 힘든 김현성과 정하얀을 제외하고서는 파란에서 가장 강하다 해도 무리가 없는 인물. 대륙을 전부 뒤져봐도 이 정도로 창술에 조예가 깊은 사람은 없다. 우리 현성이가 괜히 그녀를 불러와 캐스팅한 게 아니다.

'와, 쟤 진짜 잘 싸운다. 진짜 잘 싸워.'

항상 간결하게 일을 처리하는 김현성에 비해서 동작이 크다는 느낌이 들기는 했지만, 그만큼 화려해 보이게 하는 착각을 불러일으키게 한다.

사방에서 쏟아지는 마법을 어떻게 흘릴 수 있을까. 아까도 이해가 되지 않은 장면이 많았지만, 지금은 더욱더 이해가 되지 않는다.

처음 조혜진에게 화력을 집중했었던 반동분자들 역시 이대로라면 가망이 없다고 생각했는지, 마법을 범위형으로 전환한 지 오래. 한곳에 힘을 집중하지 못한 방사형 마법은 아군에게 커다란 대미지를 주지 못하고 있었다.

'이 정도면 충분히 커버할 수 있지.'

이미 인간을 벗어난 놈들을 상대하는 만큼, 집중형은 뼈나 촉수로 막기에는 무리가 있지만, 한곳에 집중하지 않는 저런 종류의 마법은 충분히 막아낼 수 있다.

콰아아아아아앙! 콰드드드드득! 하고 요란한 소리를 내고는 있지만, 아군 진영 전체를 감싸 안은 뼈의 갑옷은 쉽사리 부서지지 않았다.

빠져나가기 힘들어질 수도 있다고 생각했건만, 의외로 무척 순조롭게 진행되고 있다.

그 와중에도 역병 유령들이 스멀스멀 날아다니며 적들에게 대미지를 주고 있으니 무슨 말이 더 필요할까.

'힘내라, 얘들아. 어이쿠! 그래 잘하고 있다. 잘하고 있어.'

같이 죽자고 달려들었던 녀석들에게 변화가 생기고 있었다.

'장기전을 바라보겠다, 이거네.'

급하게 병력을 운용하여 틈을 보이느니 끝까지 발목을 물어뜯는 것을 선택한 것이 분명해 보인다.

"급하게 달려들지 마. 이점은 우리 쪽에 있다. 약한 부분부터 공략하면서 최대한 갉아먹는다. 창잡이는 무시해."

"창잡이는 무시하고 후방을 노린다. 전위들은 창잡이를 막아내는 데 집중하고 직접 공격은 자제한다. 최대한 움직임을 제한시키는 것만 생각해! 저주나 디버프 중첩시켜. 묶어놓고 후방을 노린다. 후방을 노려!"

'그래, 그렇게 더럽게 나올 수밖에 없겠지, 뭐.'

"정화 주문으로 혜진 씨에게 쏟아지는 저주만 해제해 주세요. 제가 말씀드린 저주만 해제해 주시면 됩니다. 신성력은 최대한 아끼는 게 좋으니……."

"죄, 죄송합니다…… 부길드마스터."

"아니요. 여러분들이 죄송할 일이 아닙니다."

'마음의 눈이 이래서 좋아.'

조혜진에게 어떤 종류의 저주들이 쏟아지는지 눈에 보인다.

'이동 속도 감소는 해제. 근력 감소는 조금 더 두고 봐도 될 것 같고…… 무력화 저주 저것도 해제. 정신 계열도 모조리 해제. 아니, 쟤는 정신력 단단하니까…… 신성력을 조금 더 아끼는 게 좋으려나.'

이런 종류의 수 싸움에서 잘 버틸 수 있게 되니까.

'후방 향해서 암흑 계열 주문 다수. 이건 내가 막으면 되겠고, 왼쪽으로 치고 들어오는 병력은 박리안이 마크, 구석에서 큰 주문 외우고 있는 놈은 화살이랑 원거리 공격으로 견제, 이것도 내가 할 수 있겠는데.'

명령에 잘 따르게 훈련된 병력 역시 현재 상황을 잘 풀어나갈 수 있게 해주는 요소 중에 하나.

내 말에 그 어떤 의문도 품지 않고 믿음으로 움직이고 있다. 어째서 저쪽에 원거리 견제를 해야 하는지, 어째서 왼쪽에 더 힘을 줘야 하는지 스스로 판단하지 않는다. 완전히 이쪽에 자신들의 운명을 맡긴 것이다.

'이게 맞아.'

어떻게 생각해도 이 방법이 가장 합리적이지 않은가. 이런 정신없는 상황에서 전황을 객관적으로 바라보기가 쉬운 것은 아니지만, 마음의 눈이 쏟아내는 정보는 그걸 가능하게 만든다.

보라. 시간이 얼마 지나지 않아 성과가 올라오는 것이 눈에 보이지 않은가.

'상대 병력 리타이어 13명 정도……'

약 50명 정도에서 13명이 줄었다. 이쪽은 친위대 한 명도 죽지 않았고 말이다. 저들이 힘에 익숙해지지 않은 까닭이기도 했지만, 전력적으로 우리가 열세라는 걸 고려해 본다면 족히 대승이라고 불러야 함이 옳다.

딱 이대로만 흘러간다면 누가 승자의 자리에 서게 되는지는 뻔했다.

'이렇게만 가자, 이렇게만……'

"포기하지 마라! 결사단 동지들아, 절대로 포기하지 마. 우리가 어떤 한을 품고, 어떤 생각을 하고 있는지 저 더러운 사기꾼에게 깨닫게 해야 한다."

"움직여! 움직이자! 마법을 시전하다가 죽어도 좋으니 계속해서 퍼부어! 멈추지 마라! 손을 쉬지 마. 계속 움직이면서 압박해!"

"제기랄, 어째서…… 어째서 닿지 않는 거냐. 어째서…… 어째서!"

"우리가 여기서 전부 죽더라도 기필코 네놈만은 데려가고 말겠다. 기필코 네놈만은 데려가고 말 것이다."

여기서 한마디 정도는 박아주자.

"대륙의 빛은 꺼지지 않습니다. 당신들이 아무리 빛을 꺼뜨리려고 한들, 절대로 꺼지지 않아요."

"그…… 모습으로 잘도 지껄이는…… 크억."

'촉수 형, 개이득.'

점점 더 초조해지는지 상대적으로 얇아진 방벽과 조금씩 이성을 잃어가는 악마 계약자들. 적 진영 내부에서도 뭔가 다른 선택을 해야만 하는 시점이다.

곧 아껴왔던 상급 언데드를 투입시키는 게 눈에 보인다.

'할 줄 아는 게 이것밖에 없나 보네.'

물론 저건 눈속임.

지금 와서 언데드들을 투입시킨다는 건 시간을 끄는 것 외에는 다른 목적이 있어서라고밖에 설명할 수 없었으니까.

예상했던 대로 더 이상 전투를 진행할 수 없다고 생각한 계약자들의 마력이 폭발적으로 팽창하기 시작했다.

'이건…… 화력이…… 아까랑 다르겠는데.'

하지만 굳이 정면으로 받아낼 필요는 없다. 폭발 시점까지 가능할지 모르겠지만…… 충분히 해볼 만한 도박.

리타이어한 13인의 결사단이 의미 없는 폭탄 테러를 준비하는 동안 남은 인원들도 이곳은 빠져나가고 있지 않은가. 필연적으로 생긴 공간을 가리키자 이미 길을 뚫어내고 있는 조혜진이 눈에 보였다.

"빠져나갑니다. 지금 빠져나갈 수 있습니다."

"네."

"박리안 씨도 지원해서 길을 여세요. 마법사들은 폭발 피해를 최소화시킬 수 있는 방어 마법에 집중해 주시고요."

"빠져나가! 지금이야! 위원장님께서 지금이라고 말씀하셨다. 발을 쉬지 마! 달려!"

"밀어! 밀어어어!"

"크아으아아아아악!"

'븅신들.'

"제기랄! 저거 막아! 저거 당장 막아!"

"저희까지 폭발에 휘말릴 겁니다. 이미 늦었……."

"제기랄! 빠져나간다! 더러운 사기꾼 무리가 빠져나간다! 지금 당장 막아!!"

후드드드드득.

콰아아아아아아아아아아아아아앙!!

"달려요! 달려! 달립니다! 달려! 혜진 누나 달려! 달려! 누나아아! 달려!"

콰지지지직! 콰아아아아아앙!

'중첩, 중첩, 중첩.'

콰드드드득! 퍼어어어엉! 퍼어어어어엉!

달리면서도 계속해서 주문을 외운다. 당연히 이동 속도가 느린 이쪽은 조혜진이 반쯤 업고 뛰는 중. 모양새는 제법 추하지만, 효율은 나온다.

출구 쪽으로 터져 나오는 폭발의 영향을 막아내기 위해 만들어진 뼈의 방패가 허무할 정도로 쉽게 박살이 났지만, 새로운 방패가 빈자리를 계속해서 메운다.

폭발 속에서 간발의 차로 빠져나가는 주인공 일행. 이 황당한 클리셰를 담은 헐리웃 영화들을 지금까지 얼마나 비웃었던가. 하지만 막상 내가 그 자리에 있으니 그저 다행이라는 생각밖에 들지 않았다.

폭음과 연기로 뒤덮인 곳을 간신히 빠져나가자, 굉장히 오랜만에 맡는 듯한 바깥 공기 냄새가 코를 찌른다.

미처 주변을 둘러보기도 전에 들려온 목소리는 가관. 이 청사 안에서 마무리를 짓고 싶었던 녀석들의 계획에는 없었던 외침이었겠지만, 저들로서는 최선이기도 한 절규였다.

"보⋯⋯ 보⋯⋯ 보라! 이 모습을 봐라! 대륙인들이여! 이것이 바로 네놈들의 빛의 헌신이라고, 베니고어 여신의 재림이라고 말했던 명예추기경의 진정한 정체다. 그는 악마와 계약해 대륙을 기만하고 있으며, 이에 우리 결사단은 우리가 살아갈 이 땅을 위해, 당신들이 살아갈 삶의 터전을 위해. 진정으로 자유롭고, 정의로우며 평등한 사회를 위해 목숨을 걸고 이 자리에 있다."

'⋯⋯.'

"믿기 힘들다는 것은 알고 있다! 하지만 우리가 말하는 것은 절대로 대륙에 밝혀지지 않은 진실이며, 어둠이다. 이기영 위원장은 대륙의 독재자이며 모두를 속이는 사기꾼이자, 기만

자다. 그래, 그는 기만자다! 두 눈을 들고 똑바로 직시해라. 이 가면을 쓴 모습이 이자의 진짜 모습이다!"

'여기 설득력 없는 설득을 하는 사람들이 있습니다.'

역할에 너무 취하신 것 같네. 아저씨 정신 차려요, 진짜.

청사를 빠져나온 순간부터 이 자식들은 악마 계약자 그 이상도 그 이하도 아니다.

사실 굳이 내가 나서서 변명할 필요도 없다. 직업 전환을 미리 하지 못한 건 아쉬웠지만, 그래도 나는 우리 사랑하는 대륙인 여러분들을 믿고 있으니까.

'어느 쪽이 진짜 악인지는 우리 국민 여러분이 판단해 주실 겁니다.'

꼴에 어두운 기운을 모두 숨긴 결사단의 모습이 눈에 들어왔다.

혹시 모르니 각혈 정도는 해주도록 하자.

"쿨럭."

"위원장님."

"부길드마스터, 괜찮으신 겁니까?"

"네, 괜…… 괜찮습니다."

항상 그랬듯이 주변을 살펴보자 어안이 벙벙한 눈으로 위쪽을 바라보는 이들의 눈들이 시야에 비쳤다.

아래에 있는 군중들은 도대체 이게 무슨 상황인지 혼란스러워하는 눈치. 어째서 갑작스레 청사에서 폭음이 들려왔는지, 커다란 망토로 몸을 휘감고 있는 결사대는 도대체 무엇인지,

어째서 이기영 위원장의 모습이 저렇게 변해 있는지, 스스로 답을 찾고 있는 것처럼 보였다.

아마 금방 답을 찾을 수 있지 않을까. 이미 한쪽이 완전히 무너져 내린 청사의 밖에서 시위에 참여했던, 수많은 노동자가 아까까지만 해도 내게 환호를 보내고 있었으니 말이다.

사실 지금 당장 둠기화를 풀면 모든 게 해결될 수 있는 상황이었지만, 굳이 급하게 일을 진행시킬 필요는 없다. 어떤 방향으로든 이후에 뒷이야기가 나올 수 있는 만큼, 조금 다른 노선을 선택하는 것도 나쁘지 않으리라.

전혀 다른 이야기이기는 했지만, 지금의 대륙인들이 현재의 모습을 어떻게 받아들일 수 있을지 궁금하기도 했고······.

솔직히 이기영이라는 인물이 어느 정도까지 대륙인들의 가슴 속에 박혀 있는지 시험해 보고 싶기도 했다.

'그나저나 안에서 전투가 벌어지고 있다는 건 정말로 모르고 있었던 건가.'

그만큼 청사 내에서 벌어지는 소음과 마력을 완벽하게 차단했다는 이야기가 되니, 미하일 자식이 일 하나는 제대로 처리한 셈이다. 심지어 그 사달이 일어났는데도 불구하고 저 청사의 반쪽은 여전히 원형을 유지하고 있다.

최소 전설 등급, 혹은 그 이상으로 추정되는 13인의 자살 특공대가 만든 거대한 폭발이었다. 일반적인 소재로 지어진 건물이었다면 부지 자체를 날리고도 남았으리라.

'기뻐해야 되는 건지, 짜증 내야 하는 건지.'

198 회귀자
사용설명서 24

재빨리 시선을 돌려보니 혁명 삼 남매는 창백하게 얼굴이 질려 있다. 황급하게 뒤쪽으로 빠지는 걸 보니 본인들의 정체를 드러낸 이후에 합류하지 않을까 싶었다.

'이건 끝났네.'

현재의 전력으로도 녀석들과 어떻게든 비볐다는 걸 떠올려 보면 상황은 이미 정리된 거나 다름없다. 파란의 1군이라고 불리는 이들이 합류한 이후에는 전투가 어떻게 진행될지는 불 보듯 뻔한 일, 아니, 그 이전에 녀석들은……

'완전히 망해 버렸네.'

최대한 조용하게 일을 도모하고 싶었겠지만, 이미 대륙의 모든 사람이 현재 상황을 보고 있지 않은가.

애초에 녀석들은 일의 실패를 가정하지 않았다. 자신들이 죽을 때까지 싸워 대륙의 빛을 죽이고야 말겠다는 의지가 곳곳에서 보인 것만 봐도 그 사실은 쉽게 유추할 수 있다.

아무도 주목하지 않은 싸움에서, 내용이 밝혀지지 않을 싸움에서, 쌍팔년도 영웅물의 주인공처럼 모든 것을 떠안고 가라앉아야 할 싸움이…… 결국에는 모두가 바라보는 희극이 되어버렸다.

일이 점차 불리해지는 것을 느끼고 있는지 몇몇 이들은 벌써부터 똥 씹은 표정을 한 지 오래. 군사님께서 이해해 주실 거라고 말은 했지만, 저들이 진청을 신경 쓰지 않을 리가 없지 않은가. 저 외침은 그저 발악이라고 생각했다.

'발악이네요, 발악이에요.'

절벽 끝에 서 있는 일행들이 제발 자신들을 알아달라고, 제발 우리의 싸움에 정당성이 있음을 알아달라는 절규. 대의가 우리에게 있음을, 우리는 당신네들을 위해 싸우고 있음을 바라봐 달라는 외침.

저렇게까지 목에 핏대를 세우는 것을 보면 감성까지 악마에게 팔아넘기지 않은 모양이다. 이미 모든 걸 버릴 준비를 했다고 다짐했겠지만 그래도 마음 한편으로는 저들이 자신들의 편이 되어주길 원하고 있는 것 같았다.

'뭘 그렇게 다 가지려고 그래. 하나를 선택했으면 하나를 포기해야 하는 법인데, 안 그래?'

두 가지를 다 가질 수 있는 사람은 선택받은 소수뿐이라는 걸 왜 모를까.

"악마에게 쓰인 독재자 이기영의 모습을 바라보십시오. 여러분은 속고 있습니다. 우리가 알고 있는 그의 모습은…… 만들어진 배역 그 이상도 그 이하도 아닙니다. 저자의 진짜 목적은 대륙을 자신의 손아귀에 넣는 것이며…… 겨우 그것을 위해 보이지 않는…… 알려지지 않는 수많은 피를 만들었습니다."

'그래, 어디 마음대로 지껄여 보세요.'

"라이오스의 악몽이라고 불리는 마법과 악마 소환에 관련된 자 역시 공화국의 인물이 아닌 이기영 위원장입니다. 당시에 있었던 모든 현장을 은폐한 것도 이기영이며, 그 죄를 공화국의 진청에게 뒤집어씌운 것 또한 이기영입니다. 공화국과의 전쟁에서 언데드를 이용해 아군 적군을 가리며 공격하지 않은 악마 또한 그자이며 손바닥만 한 물건으로 대륙 전체를 통제하고자 하는 이도 그자입니다."

'더 지껄여 봐.'

"눈을 뜨십시오. 같이 검을 들자고 이야기하지는 않겠습니다. 하지만…… 하지만! 적어도 거짓과 날조로 만들어진 저 더러운 협잡꾼의 모습을 한 분이라도 너 많은 사람이 자각해 주셨으면 합니다. 저자는 악마입니다. 진짜 악마는 바로 이기영입니다. 저자야말로 여신이 말하는 대륙의 적이며 대륙의 위협입니다. 우리는 정의를…… 정의를!!! 위해 싸우고 있습니다."

'백번 외쳐봐라. 그게 먹히나.'

애초에 노선을 잘못 선택하지 않았는가. 말로만 백번 떠들어서 무슨 의미가 있는지 모르겠다. 저렇게 설명하더라도 알아듣지 못하는 사람들이 태반일 텐데 뭐…….

할 말은 많았지만, 밸런스가 붕괴되는 것 같아 굳이 다른 말은 하지 않기로 다짐했다. 대신 한 가지 노선으로 밀고 나가도록 하자.

"도망…… 쿨럭…… 도망치세요! 모두 이 자리를…… 피하셔야 합니다!"

"어?"

"위험…… 위험합니다. 콜록…… 위험…… 합니다."

"뭐…… 무슨 개짓거리를!"

"악마와 계약한…… 이미 인간이기를 포기한 무리입니다. 지금 당장 도망치세요. 어서 이 자리를 피해서…… 멀리 달아

나세요…… 현재 5구역에 있는 모든 인원은 지금 당장…… 지금 당장 빠져나가세요!"

"너…… 너!"

"쿨럭! 쿨럭!"

"부길드…… 부길드마스터. 괜찮으신 겁니까!"

"위원장님! 위원장님!"

"지금 당장 모습을 바꾸세요. 부길드마스터. 더 이상은 위험할 겁니다. 아무리 봐도…… 정상으로 보이지가 않……."

"더 이상은 괜찮습니다, 위원장님……. 저희는 괜찮으니 제발 그 저주받은 힘을 거둬주세요."

"부길드마스터…… 이제는 괜찮습니다. 그러니……."

"아니요. 최소한 저분들이 이곳을 빠져나갈 때까지는…… 아직 시간은 조금 더 남아 있습니다."

그 조혜진마저 불안한 표정으로 만들 정도의 명연기. 적군을 속이려면 아군부터 속여야 한다는 어딘가의 격언은 언제나 내 기대를 배신하지 않는다. 이렇게 감성이 살아 움직이는 장면이 더욱더 명장면처럼 느껴지지 않는가.

"지금 당장 위원장님을 보호해! 지금 당장!"

때마침 이지혜의 앙칼진 목소리가 들려온다.

상황 판단을 못 하고 있었던 경비병들 역시 모조리 창을 들고 이쪽으로 향하기 시작한다.

"위원장님! 위원장님!"

"제기랄…… 빌어먹을 악마 놈들…… 기다리십시오, 위원장님. 제가 곧 달려가겠습니다."

"올라오지 마! 올라오지 말고 등을 돌려 현장을 피하세요. 위험합니다. 저들은…… 콜록…… 이미 악마와의 계약을 통해 일반인으로는 범접할 수 없는 힘을……."

"이기영, 이 더러운 사기꾼놈이! 그런 모습을 하고 그따위 말을 내뱉을 자격이 있다고 생각하는 것이냐!"

'자격이 있지, 왜 없어요.'

"베니고어 여신님께…… 용서를 구해야 되는 일이라는 것은 이미 알고 있습니다. 하지만…… 저는 제 몸보다는…… 이곳에서 살아가고 있는 분들 한 분, 한 분이 더 소중합니다. 당신들은…… 당신들은 이해하지 못할 겁니다. 당신같이…… 영혼을 팔아넘긴 이들은 절대로 이 감정을…… 이해하지 못할 겁니다."

"당신들은 속고 있는 것입니다. 진짜 대륙의 악마는 우리가 아니라 저놈이다. 이기영이야말로…… 그야말로 진짜 위협이란 말이다!"

목이 터지라 외치고 있지만, 이미 대세가 된 흐름을 어떻게 바꿀 수 있을까.

저주받은 악마의 힘을 온몸으로 견디면서도, 끝까지 시민 집단들과 우리를 분리시키려는 빛은 그 어떤 색보다도 밝게 빛나고 있다.

가빠지는 호흡을 계속해서 몰아쉬며, 주기적으로 손을 뻗는 모습은 노벨 평화상 수상자들도 이마를 탁 칠 정도로 숭고

한 모습. 메소드 연기에 들어갔기 때문인지 눈에서는 자꾸만 왈칵 눈물이 튀어나온다.

'지켜야 해.'

지켜야 한다.

'대륙을 저 악마 계약자들의 손에서 지켜내야 돼.'

속으로는 이미 나름대로 결심을 한 지 오래였지만 다시 한 번 마음을 다잡는다.

"허억, 허억. 제가 오늘 이 자리에서 죽더라도…… 저들에게는 손가락 하나 대지 못하게 할 것입니다."

무리수가 아닐까 생각했었던 대사. 하지만 진심이 담긴 목소리와 눈빛은 다르다.

단순히 말로만 지껄일 때보다 가끔은 행동으로 보여주는 게 더 임팩트가 있지 않은가. 상처는 나지 않았지만, 상처가 난 것만 같은 외관, 그 무엇보다 정신적, 체력적으로 한계를 맞이한 것 같다는 표정, 당장에라도 쓰러질 것 같은 몸놀림.

오죽했으면 적 진영에서도 저런 목소리가 튀어나올까.

"더 이상 설명할 필요 없다, 가브엔. 군중들이 믿든, 믿지 않든 간에 우리는 우리가 해야 할 일만 하면 되는 거야. 처음부터 바라지도 않았던 일이다. 네 마음은 충분히 이해하지만 우리는 오늘 우리가 할 일을 완수해야만 해. 그게 군사님이, 그리고 우리를 위해 희생된 동지들이 원하는 바일 거다."

"하지만…… 하지만…… 단장!"

"여기서 우리는 악인이다. 누군가가 이해해 줄 거라는 기대

따위는 하지도 않았어. 모두 다시 전투 준비한다. 이기영이 지쳐 있다. 당장 서 있기도 힘들어 보이는 상태로 보이니까⋯⋯."

'저는 전혀 지치지 않았습니다, 단장님.'

"잘 들어라. 내 형제, 자매, 동지들이여. 적의 말에 동요하지 마라! 군중들의 반응에 동요하지 마라! 우리가 악인으로 기억될 것이라는 건 예상했던 바가 아닌가. 우리가 역사에 악인으로 기억될 것은 너무나도 당연하다. 지금 당장 환영받지 못한다고 해서 무너질 정도로 우리의 의지는 약하지 않다. 그렇지 않은가."

"단장⋯⋯."

"개인적인 복수심이라고 해도 상관없다. 하지만 저 신의 탈을 쓴 악마가 죽어야 할 존재라는 것은 모두가 알고 있을 것이다. 단 한 사람⋯⋯ 단 한 사람이라도 우리의 희생과 결사를 기억한다면 그것만으로도 우리가 검을 들어 올릴 이유는 충분하다. 대륙을 위해서 싸우자. 결사단 동지들아! 오랫동안 숨겨왔던 우리의 숙원을, 우리의 분노와 우리의 화를, 우리가 믿는 정의를 후회 없이 쏟아내자."

"네, 단장."

"네⋯⋯ 단장님."

"한 명 정도는 알아주는 사람이 있을 겁니다, 단장."

"처음에 제의해 왔을 때는 단장이 미친 사람인 줄 알았지만, 솔직히 지금은 여기 있어서 다행이라는 생각이 듭니다. 고맙습니다, 단장."

"어차피 아무 데도 갈 데가 없는 범죄자였던 게 바로 나요. 한번 정의를 위해 싸워보자는 말에 속아 얼떨결에 결사단에 들어오기는 했지만…… 결국에는 악인으로 기억될 팔자인가 봅니다. 하지만 원망하지는 않습니다. 짧은 시간이었지만 이곳에서 함께했던 결사단 동지들을…… 절대로…… 죽어서도 잊지 못할 겁니다."

"그럼 한번 악인이 되어봅시다, 단장. 우리한테 딱 어울리는 말이 아닌가."

"결국에는 여기가 내 무덤이네요. 남자 잘못 만나서 이게 무슨 꼴람."

"단장…… 저희는 언제나 단장을 믿고 따르고 있습니다. 오늘의 선택을 절대로 후회하지 않겠습니다. 우리는 분명히 기억될 겁니다, 단장. 분명히……."

'너네가 어떻게 천국을 가냐, 이 악마 계약자 새끼들아.'

"모두…… 모두…… 고맙다."

'아…… 얘네 진짜 감성팔이 너무 심한데…….'

순간적으로 나도 속을 뻔하지 않았던가.

마지막 결전을 준비하는 정의의 용사들처럼 기를 모으고 있는 모습은 왠지 모르게 보기 거북하다. 정의가 정말로 자신들에게 있을 거라고 믿는 것 역시 꼴 보기 싫다.

하지만 점점 본색을 드러내는 악마 계약자 무리의 모습에는 고개를 끄덕이기에 충분.

여기저기에서 경악에 찬 비명과 함께 군중들의 뜨거운 옹

원 소리가 들려오기 시작했다.

"위원장님을 지켜! 대륙의 희망을 절대로 놓아서는 안 돼!"

"대륙의 빛을 지켜라!"

"위원장님! 이겨내실 거라고 믿고 있습니다."

만약 내가 원기옥을 사용할 수 있었다면 모두의 힘이 하나로 모이지 않았을까.

이미 한계에 다다른 비틀거리는 몸. 하지만 군중들의 응원은 나를 자리에서 기어코 일어나게 만든다.

대륙의 빛은 어떤 상황에서도 꺼지는 법이 없으니까.

171장
숭고한 희생

'너만은 살아남아라. 라파엘.'

단장······.

'너를 무시하는 게 아니야. 절대로 너를 탓하는 것도 아니다, 라파엘. 엄밀히 말하면 너 때문이라기보다는 내 개인적인 생각 때문이다. 나는······ 나는 무서워. 나는 무섭다, 라파엘.'

단장님.

'우리의 진짜 모습을 기억하는 사람들이 없어질까······ 그게 무섭다. 그저 악마에게 영혼을 판 더러운 계약자들이라고 생각할까······ 그게 무섭다. 단 한 사람, 단 한 명도 우리를 이해하지 못하게 될까······ 그게 너무 두려워. 그렇기에 네가 살았으면 한다. 너라도 살아남아 우리의 마지막을 지켜봐 줬으면 해. 힘든 일이겠지만, 네가 그 역할을 맡아줬으면 한다.'

그렇지 않아요, 단장님. 그런 생각하지 않으셔도 돼요. 모두는 아니겠지만, 분명 어딘가에서는 분명히 저희를 이해하는 사람이 있을 거예요. 이 일을 기억하고 기리는 이들이 분명히 있을 거예요. 결사단원들의 숭고한 뜻을 이해하는 사람들이 분명 나타날 거예요.

 '아니, 우리는 악으로 기억될 거다. 일이 성공, 실패 여부와는 상관없이 세상은 우리를 악으로 치부하며 저주할 거야. 그건 절대로 변하지 않는 일이야. 하지만 라파엘, 단 한 사람이라도 좋다. 단 한 사람이라도 우리를 기억해 준다면…… 그래, 이 의미 없는 위안이 분명 결사단원들에게 커다란 의미가 되어줄 거라고 믿는다.'

 하지만…….

 '네가 우리의 마지막 모습을 지켜봐 줬으면 좋겠다. 끝까지 눈에 담고, 가슴 속에 담아 우리 이야기를 전해줬으면 좋겠어. 시작은 단순히 복수심으로 벌인 일이었지만 그래도, 그래도…… 우리가 살아갈 터전을 위해서 싸운 이들이 있었다는 걸, 대륙의 정의를 위해서 싸운 이들이 있었다는 걸 기억하고, 기록해 줬으면 좋겠구나. 부탁한다.'

 저도 같이 싸울 거예요, 단장님. 많은 동지의 죽음을…… 단장님의 죽음을…… 그저 지켜만 볼 수는 없어요.

 '마지막 부탁이다. 내 마지막 부탁이야.'

"단장님……."

격전이 벌어지고 있는 현장을 조용히 바라볼 수밖에 없었다. 저 숭고한 이들의 모습을 계속해서 지켜볼 수밖에 없었다.

무슨 말이 더 필요할까. 출발점은 서로 다르고 시작도 좋지는 않았지만, 결국에는 옳은 목표를 향해 나아갔던 저 결사단의 모습을 뭐라고 표현할 수 있을까.

아마 그 어떠한 표현도 저들의 모습을 대변할 수 없으리라. 그 어떤 미사여구도 저들의 심정을 대변해 주지 못하리라. 무기력하게 상황을 바라볼 수밖에 없는 자신이 저주스러울 지경. 손은 떨려오고 식은땀이 흘러나온다.

감정이 흔들려 입술을 꽉 깨물었지만, 저도 모르게 눈에서는 계속해서 눈물이 튀어나오기 시작했다.

거대한 폭발이 터질 때마다 절로 고개를 돌리고 싶다. 끝까지 저 격전을 바라볼 자신이 없다. 하지만…….

눈을 똑바로 뜨고 모두의 마지막을 바라보자. 그게 결사단원으로서 자신이 할 수 있는 마지막 임무였으니까.

"물러서지 마! 물러서지 마! 조금만 더…… 조금만 더…… 조금만 더 손을 뻗는다면 분명히 닿을 수 있다. 지난날을 생각해라. 몸을 움직여! 우리가 무엇 때문에 이 자리에 있는지 생각하자."

'나도 저곳에 있었어야 했어요…….'

다혈질의 성격이지만, 사실은 그 누구보다 따뜻한 마음씨를 가지고 있었건 전사 가브엔. 뒤늦게 합류했지만 결사단의 마법사로서 항상 중심이 되어주었던 루시엘라. 빵을 훔쳐 범죄자로 낙인이 찍히기는 했지만, 사실은 힘든 동생들을 먹여 살려야 했던 공화국의 장발잔. 묵묵히 뒤에서 우리들을 서포트했었던 사제 시르비올라. 모두의 모습이 한눈에 들어온다.

이미 한계를 넘어섰다. 저들의 육체는 이미 옛날 옛적에 붕괴하기 시작했다. 몸으로 낼 수 있는 출력 따위는 한참 전에 넘어섰다.

고통스러울 것이다. 모두 말은 하고 있지 않았지만 괴로울 것이다. 다리를 움직이는 게, 검을 휘두르는 게, 수인을 맺는 게, 심지어 커다란 목소리를 외치는 것까지 고통스러울 것이다.

대충 보기에도 눈에 보인다. 한껏 찡그린 표정으로 지옥불 같이 타는 감각을 느끼면서도, 끊임없이 몸을 움직이는 게 시야에 비친다.

누가 저 모습을 보고 악마와 계약한 이들이라며 욕할 수 있을까. 자신의 몸을 희생하면서까지 절대 악에 대항하려는 저들의 모습을 감히 누가 더럽다고 꾸짖을 수 있을까.

아마 그 누구도 저들의 숭고함을 부정할 수 없을 것이다. 분명히 그럴 것이다. 분명히 알아줄 것이다. 저 격전의 현장을 바라보고 있는 모두가 종국에는 결사단을 이해하게 될 것이다.

옆에서 목소리가 들려온 것은 바로 그때였다.

"이런 쳐죽일 놈들!"

"저 더러운 악마 계약자들 때문에 위원장님께서…… 이기영 위원장님께서…… 흐윽……."

"위원장님, 힘내세요. 제발 힘내세요!"

"힘내라, 이기영 명예추기경. 힘내라!"

"기도하겠습니다. 명예추기경님께서 이 시련을 벗을 수 있도록 기도드리겠습니다. 여러분 기도드립시다. 보잘것없는 저희를 위해 저항하고 계시는 이기영 명예추기경님을 위해 기도드립시다."

손이 부들부들 떨려온다. 사방에서 들려오는 목소리에서 알 수 없는 적의가 느껴진 탓이다.

"저런 쳐죽일 악마 계약자 놈들! 대륙은 네놈들의 것이 아니다! 절대로 빛은 지지 않는다, 절대로!"

'그게 아니야. 당신들이 응원해야 할 사람은 저 사기꾼이 아니야……'

"스스로 영혼을 팔아넘긴 저 역겨운 모습을 보게나. 꿈에 나올까 두려울 정도야. 저런 연놈들이 도대체 어디서 튀어나온 건지…… 말세야, 말세. 아직도 악마 놈들이 이렇게 판을 치고 있으니 우리 위원장님께서 이 공사에 공을 들이는 것도 당연해. 이 모든 게 위원장님의 혜안이 아닌가. 저 더러운 악마 놈들이 우리가 만든 청사 일부를 무너뜨렸어!"

'대륙을 위하는 것은 그가 아니야. 진정으로 대륙을 위하는 건…… 우리…… 우리 결사단이야.'

"힘내라, 조혜진! 머리통을 부숴 버려!"

"기도드립니다. 기도할게요. 꼭 명예추기경님을 지켜주세요, 조혜진 님. 제발 부탁드립니다."

"이렇게 구경만 하고 있을 수만은 없습니다. 싸울 수 있는 분은 직접 무기를 듭시다. 더 이상 위원장님께서 고통스러워하시는 모습을 바라볼 수 없습니다. 네, 더 이상 바라볼 수 없어요. 언제까지 위원장님의 뒤에서만 숨어 있어야 한단 말입니까. 우리도…… 미약한 힘이라도 보탠다면 커다란 힘이 될 수 있다는 걸 이 자리에서 증명합시다, 여러분."

'당신들의 검이 향해야 하는 곳은 결사단원들이 아니야. 저 쳐죽일 사기꾼 자식이라고.'

"옳습니다. 미약한 힘이지만 우리도 싸울 수 있습니다. 이 자리에서 죽더라도 꼭 대류과 명예추기경님을 위해 보탬이 되고 싶습니다. 저는 싸우겠습니다. 나아갑시다. 바라보지 말고 행동합시다."

'그게 아니야. 그게…… 그게 아니라고.'

"저희가 가겠습니다, 위원장님!"

"올라가는 게 오히려 방해야. 지금 저 모습을 보게……."

"……."

"혹여나 우리가 다칠까…… 제대로 집중하지 못하고 계시지 않은가. 이 먼 곳에서 지켜보며 기도를 드리는 것만이 우리가 할 수 있는 전부야. 어설픈 힘이라도 보태려고 했다가는…… 오히려 악마 계약자 놈들에게 기회가 될 걸세. 어째서…… 어째서 명예추기경님이 저 타락한 힘을 손에서 놓지 못하고 계시는지 한번 생각해 보게."

'단장님은 악마 계약자가 아니야.'

"저, 저희는 어떻게 해야 한단 말입니까."

"기도드리게나. 언제나 그렇듯 여신님께서는 명예추기경님을 바라보고 있지 않은가. 기도드리세."

울컥울컥 피를 토하면서도 끝까지 발과 손을 쉬지 않고 있는 단원동지들이 시야에 비친다.

이질적이다. 자신이 생각하는 이 풍경과 다른 이들이 생각하는 풍경이 무척이나 이질적이다. 무엇이 정말로 정의인지 자신조차 헷갈릴 정도였으니 무슨 말이 더 필요할까.

결사단원들을 빌어먹을 악마 놈들이라고, 저주받을 자식들이라고 매도하며 악의에 찬 욕설을 내뱉는 이들은 어떤 방향으로 생각해도 이해할 수 없었다.

단장님과 결사단원들에 대해서 아무것도 모르는 이들이다. 명예추기경이 가지고 있는 비밀과 진실에 대해서 아무것도 모르고 있는 이들이다.

'당신들이 뭘 알아.'

정말로 이런 이들을 위해 목숨을 바칠 가치가 있나. 이런 대륙을 지키기 위해서…… 이런 자들을 위해서…….

"어째서 싸워온 거야……."

한 명, 한 명 쓰러지는 것이 눈에 보인다. 한 사람, 한 사람이 쓰러질 때마다 사방에서 환호성이 튀어나온다.

"어째서…… 이런 사람들을 위해…… 그 많은 노고를 겪어온 거냐고……."

"잘한다!"

"믿고 있었습니다!"

"저 더러운 악마 계약자들을 전부 쓸어버리라니까!"

"조심하세요!"

지금 단원들은 어떤 생각을 하고 있을까. 저 목소리들을 들으며 무슨 생각을 하고 있을까.

'힘내요, 단장.'

목소리가 닿을까. 닿을 수 있을까.

'그런 더러운 사기꾼한테 지지 마세요. 절대로 지지 마요.'

"힘…… 힘내요."

'쓰러지지 마세요.'

"힘내세요! 쓰러지지 마! 힘내세요! 응원하고 있습니다. 힘내세요!"

군중 사이에 서서 커다란 목소리를 보내봤지만, 닿을 수 있을 리가 없지 않은가.

"저 쳐 죽일 놈들이 다시 일어선다. 비열한 악마 계약자 놈들이 다시 일어서고 있어."

"더러운 놈들…… 어떻게 심장이 뚫려 있는데도 움직일 수 있는 건지……. 진짜 괴물들이구만……."

"검붉은 타액을 뱉어내는 꼬라지를 보게나. 혹여나 명예추기경님이 저 기운에 노출될까 두렵네."

"저…… 저 악마 놈들이 다시 일어서는 걸 보세요. 쓰러졌던 놈들도 전부 다 몸을 일으키고 있습니다."

닿았을까. 정말로 목소리가 닿은 건가. 단원들을 다시 움직이고 있는 게 자신의 목소리라고 확신할 수는 없다.

아마 착각일 것이다. 수많은 군중 사이에 섞인 자신의 목소리를 어떻게 단원들이 구별할 수 있단 말인가.

하지만 목이 터지라 외치는 것밖에는 할 수 있는 말이 없다. 닿을 거라고 믿고 지지를 보내는 것만이 자신이 할 수 있는 전부다.

'기적을⋯⋯.'

신이 정말로 존재한다면 저 불쌍한 이들에게 기적을. 상처받고 버림받고 세상에 버림받은 저들에게 단 한 톨의 작은 기적을.

'닿을 수 있기를.'

어려운 게 아니잖아요.

'닿을 수 있기를.'

저들에게 조금이라도 더 움직일 수 있는 힘을.

'닿을 수 있기를!'

대륙의 절대 악에게 대항할 수 있는 힘을.

"힘내⋯⋯ 힘내세요. 힘내세요!"

"힘내라! 이기영 명예추기경!"

"힘내세요. 끄윽⋯⋯ 힘⋯⋯ 힘내세요. 끄윽⋯⋯ 힘내세요!"

"잘한다! 조혜진! 잘한다!"

"허어어엉⋯⋯ 힘내세요. 힘⋯⋯ 내세요."

"기도드립시다. 명예추기경님을 위해, 위원장님을 위해 다 같이 목소리를 보냅시다."

"허어어어어엉⋯⋯ 일어서세요. 끄윽⋯⋯ 신이시여⋯⋯ 제발…… 제발 그들에게 작은 기적을……."

"위원장님께서 다시 일어서십니다. 조금만 더 응원합시다!"

"힘내세요!!!!!"

그 직후. 천천히 고개를 돌려 군중 속에 섞인 자신을 발견한 단장의 모습을 확인할 수 있었다.

눈물에 가려진 시야 때문에 제대로 보이지는 않았지만, 틀림없이 미소를 보내고 있는 모습을 확인할 수 있었다. 응원을 보내줘 고맙다고 네 목소리를 틀림없이 들었다고 그러니 이제 괜찮다고, 말하는 듯한 얼굴이 확실하게 눈에 보인다.

'닿았어.'

"감사합니다."

'닿은 거야.'

"흐으윽…… 감사합니다……."

다시금 몸을 일으켜 똑바로 검을 붙잡는 단장의 모습이, 서로 손을 붙잡으며 마지막 남은 힘을 전해주는 단원들의 모습이 시야에 비쳤다.

"이기세요, 꼭…… 이기세요."

이 길었던 여정의 마지막이다. 두 눈을 똑바로 뜨고 끝까지 지켜보자. 고개를 돌리지 말고 그들의 마지막 모습을 바라보자.

"꼭…… 이기셔야 해요."

정확히 뭐라고 표현해야 될지 모르겠지만, 왠지 악당이 된 것 같은 기분이었다.

'이 새끼들 눈빛이 마음에 안 들어.'

정말로 자신들이 정의라고 믿고 있는 놈들이었기 때문에 조금 더 꺼림칙해질 수밖에 없었다.

이유는 알 수 없다. 하지만 개인적으로 판단해 보건대……지금 저들이 보여주는 모습 자체가 클리셰의 왕도이기 때문일지도 모른다고 생각했다. 세상에 외면받았지만 본인들이 정의라고 믿는 행동을 끝까지 밀고 나가는 아름다운 모습이 아닌가. 끈끈한 동료애와 더불어 서로가 서로를 의지하고 있는 모습은 내가 봐도 박수를 쳐줄 만하다.

종국에는 본인들의 정의를 관철시키고 아름다운 마무리를 짓는 그림을 보여주고 싶은 것 같았지만, 아쉽게도 나는 클리셰의 희생양이 될 생각은 없다. 상황이 불리해지면 언제든지 몸을 뒤로 뺄 준비도 되어 있고…… 무엇보다…….

'질 리가 없지.'

대륙의 빛이 꺼질 리가 없다.

'나도 노력 좀 해야겠네. 저게 메소드 연기지. 나도 아직 멀었다니까.'

정말로 본인들이 정의라 착각하고 있지 않은가.

생각해 보면 우스운 모습이다. 누가 봐도 더럽고 혐오스러운 악마의 모습을 한 이들이 저런 뜨거운 눈빛을 보여주고 있으니 말이다.

자기 얼굴에 침 뱉는 느낌이 들기는 했지만, 저런 모습으로 자신들을 알아달라고 외친다고 한들 대중의 공감을 얻기 힘들다.

은발을 휘날리는 둠기영의 모습과는 다분히 비주얼적 차이가 존재한다. 입에서 흉물스러운 타액을 흘리고, 붉은 안광을 뿌리며 달려오는 모습은 정의의 용사라기보다는 악마의 후예. 어느 시점을 기점으로는 인간처럼 보이지도 않는다.

지루한 싸움이 계속되는 와중에 하나둘 처절하게 쓰러지는 모습을 보니 절로 입꼬리가 올라가기는 했지만, 계속해서 거친 숨을 내뱉으며 이 밸런스를 이어나간다.

"힘내…… 힘내세요. 힘내세요!"

"힘내라! 이기영 명예추기경!"

"힘내세요. 끄윽…… 힘…… 힘내세요. 끄윽…… 힘내세요!"

"잘한다! 조혜진! 잘한다!"

"허어어엉…… 힘내세요. 힘……내세요."

"기도드립시다. 명예추기경님을 위해, 위원장님을 위해 다 같이 목소리를 보냅시다."

"허어어어어엉…… 일어서세요. 끄윽…… 신이시여…… 제발…… 제발 그들에게 작은 기적을……."

"위원장님께서 다시 일어서십니다. 조금만 더 응원합시다!"

"힘내세요!!!!!"

여기저기서 들려오는 응원 소리에 기분이 무척 좋아진 것은 당연하지 않겠는가.

마음 같아서는 손이라도 한번 흔들어주고 싶었지만, 그럴 여유는 없다. 뭔가 분위기가 뒤바뀐 적 진영의 모습이 시야에 들어왔기 때문이다.

"다들 들었나."

"네, 단장."

"힘내자."

"네."

"분명히 성공할 수 있다. 우리가 오직 이날만을 위해서 살아왔다는 사실을 다시 한번 가슴속에 새기도록 하자."

"하하, 단장…… 저는 이미 틀린 것 같습니다. 단장님, 부디…… 천천히 올라오시길."

"그동안 고마웠다, 시르비올라."

"미약한 힘이지만, 단장이 사용해 주셨으면 합니다."

"짊어지마."

"제힘도 받아주세요."

"짊어지마."

"단장……. 제 삶은…… 의미가 있었던 걸까요."

"당연히."

"감사…… 합니다."

한 놈, 한 놈 쓰러질 때마다 딜레이가 제법 길다.

게다가 각성 비스무리한 것도 하는 것 같은 느낌. 점차 마력이 증폭되는 게 눈으로 보일 정도였다.

마음의 눈으로 확인해 보기에도 결사단의 단장은 제법 물이 올라왔다. 육신은 이미 한계를 맞은 것 같았지만, 기운 자체는 뭐라고 말할 수 없을 정도로 팽창하고 있다.

아마 본인이 가장 잘 느끼고 있지 않을까. 기적이 일어나고 있다고, 해낼 수 있을 거라고, 임무에 성공할 수 있다고, 조금 더 움직일 수 있는 힘을 얻었다고, 모두가 동료들 덕분이고 모두 자신들을 응원한 이들 덕분이라고. 믿음과 신뢰, 동료애와 정의가 만들어낸 작은 기적이라고, 본능적으로 그렇게 느끼고 있을 게 분명하다.

하지만 그럴 리가 없지 않은가.

분명히 저런 종류의 각성 케이스는 존재한다. 박덕구 같은 경우도 있었으니까. 깨달음 같은 내적 성장에 의한 스텟 상승도 있었고, 심지어 위기 상황이라고 느껴지면 폭발적으로 스텟이 성장하는 경우도 있다. 각성에 대한 체계적 논문이 매 분기 튀어나오고 있을 정도였으니 오죽할까.

하지만 저 악마 계약자들이 경우는 전혀 다른 경우. 저런 놈들이 동료애 몇 번 보여줬다고 각성하는 것처럼 각성이 쉬웠다면, 원정길에 올라갔다 죽는 녀석들 따위는 없었을 것이다.

관련 논문에 흥미로운 이야기가 나온다. 각성에도 조건이 필요하다는 것. 나 역시 이전부터 공감하고 있는 부분이었기 때문에 논문 작성자를 파란으로 스카웃했던 기억이 있다.

여기서 가장 핵심적인 것은 정신적인 성장이 기반이 되어 있어야 한다는 것. 각성에 의해 갑작스럽게 성장해야 할 육체에 알맞은 정신이 미리 준비되어 있어야 한다는 거다.

당연히 놈들에게 그런 정신력 따위가 있을 리가 없다. 아니,

애초에 놈들에게 정신적인 성장을 비롯한 정상적인 성장 따위는 없다. 이미 악마와 계약해 옛날 옛적에 자신들의 한계를 넘어버린 이들, 놈들이 보통의 방법으로 성장한다고 가정해도 지금과 같은 힘을 얻을 수는 없다.

'그런데 여기서 한 번 더 성장한다고? 개 같은 소리지. 개 같은 소리야.'

"부길드마스터…… 저건……."

'혜진아, 동요하면 안 된다.'

"콜록, 아마도…… 악마의 힘을 증폭시키고 있는 모양입니다."

"네?"

"악마는 부정적인 에너지를 실적으로 사용합니다. 인간이 가지고 있는 마이너스 감정이 곧 그들의 힘이자 에너지의 원천입니다. 세상에 대한 분노…… 그리고 복수심과 열등감과 같은 감정이…… 아마 저 단장이라는 녀석의 힘을 증폭시키고 있는 것…… 같습니다."

'그래, 너희들으로 하는 말 맞아. 이 새끼들아, 정말로 대륙을 지키고 싶은 숭고한 감정을 가지고 이 자리에 임하고 있다고 말하고 싶은 건 아니지?'

"그들 역시 불쌍한 자들일지도 모릅니다."

"당신 같은 사람이…… 그런 생각을 하다니……."

'혜진아, 왜 그래. 나 알고 보면 따듯한 사람이야.'

"저도 이런 생각을 하고 싶지는 않지만…… 저들 역시 불쌍한 자들이에요. 악마 소환사 진청에게…… 세뇌된 이들이 아닙니까. 여러 가지로 뒤섞인 저 추악한 감정 덩어리들을 보세요. 그리고 저 감정 덩어리로 인해 뒤바뀐 녀석들의 모습도……."

"위원장님, 저런 이들에게 동정심을 느끼실 필요는 없습니다."

"동정심을 느끼는 것은 아닙니다. 콜록…… 리안 씨. 그저 후회가 될 뿐입니다. 저들은 조금 더 빨리 만났더라면…… 어쩌면 저들을 옳은 길로 인도할 수 있을지도 모릅니다. 저렇게 복수심과 열등감, 분노로 가득 찬 추악한 모습으로 변하는 것을 막을 수 있었을지도 모릅니다."

"위원장님……."

'이 반동분자 놈들아. 그렇게 노려볼 필요 없다. 전부 다 맞는 말이거든. 정말로 너희가 동료애 때문에 각성이라도 한 것 같아? 그런 일을 절대로 벌어지지 않을 일이야. 이미 악마랑 계약한 새끼들이 사명감 때문에 새로운 힘을 얻어? 개 풀 뜯어 먹는 소리라니까. 똑똑히 귓구멍 열고 듣자. 다 너희 들으라고 하는 이야기들이니까.'

"위원장님, 괜찮으신 겁니까."

"네. 괜찮습니다, 리안 씨. 저는…… 괜찮습니다."

이미 폐허가 되어버린 장소에 서 있는 빛. 저도 모르게 눈물을 뚝뚝 떨어뜨리는 게 당연했다.

조혜진이 악어의 눈물을 눈치챌까 걱정됐지만, 살짝 고개를 돌리는 것으로 마무리.

아마 그녀 역시 이것저것 따질 겨를이 없을 것이다. 최근 어느 정도 호감도가 올라가기 시작하면서 나에 대한 오해가 풀리기도 했으니, 아마 제정신으로 눈물을 봐도 그럴듯하다고 고개를 끄덕이지 않을까.

아마 내가 그들에게 공감하고 있다고 생각할 것이다. 나 역시 비슷한 상황에 처한 적이 있다는 걸 알고 있었으니까.

오히려 악어의 눈물에 반응한 것은 악마 계약의 반동분자.

"저…… 때려죽일…… 때려죽일 가증스러운 놈이……."

'가증스러운 건 너희지. 내가 흘리는 것만 악어의 눈물이 아니잖아, 이 악마 계약자 새끼들아.'

"자기 동료들의 힘까지 먹어치우는 저 모습을 보세요. 함께 뜻을 해온 동지들 역시 눈에 보이지 않는 겁니다……. 어쩌다가…… 어쩌다가 저렇게까지 되어버렸는지."

평소였다면 눈물 줌을 뽑아낼 수 있는 장면까지 폄하해 버리는 쓰레기 같은 발언.

바들바들 떨고 있는 녀석의 모습이 눈에 보인다. 안광은 점점 붉어지고, 입에서 흐르고 있는 타액들도 더욱더 진득해지고 있다.

'어우. 찐득찐득하겠다, 저거.'

"이 가증스러운 놈…… 죽여 버리겠다. 기필코…… 기필코 네놈만은 죽여 버리고 말겠어. 반드시 찢어 죽여. 군사님과 눈을 감은 동료들의 원혼을 위로하겠다."

"정말로 위로하고 싶은 게 그들의 원혼인지, 아니면 자기 자신의 분노인지를 잘 생각해 보세요…… 콜록……. 당신은 지금 악마에게 휘둘리고 있는 겁니다. 진청과 악마들에게……

조종당하고 있는 겁니다. 당신이 세상에 커다란 증오를 느끼고 있다는 것은 압니다. 그 때문에 어두운 길로 들어갈 수밖에 없었다는 것 역시 이해할 수 있습니다. 하지만…… 하지만 아직 늦지 않았을지도 모릅니다. 당신의 눈동자에서 조금이지만…… 억눌려 있는 순수함이 보입니다."

"……."

"눈을 감고 자기 자신에게 물어보세요. 정말로 자신이 무슨 생각을 하고 있는지 말입니다."

'정말로 네가 원하는 게 대륙을 위하는 게 맞아? 그래서 악마랑 계약까지 하셨어요?'

"자신의 마음을 속이고 있지는 않은지 잘 들여다보세요. 콜록……."

'그거 아닐 텐데…… 내가 보기에 너는 그렇게 숭고한 사람은 아니야.'

"진실로 자신이 원하는 게 뭔지…… 다시 한번…… 떠올려 보세요."

'단순한 복수심이잖아, 개자식아. 아니면 열등감일 수도 있고…… 나야 솔직히 뭐 알 바 아니지만, 이것 하나만은 알아.'

"……."

'너는 정의의 아군도 아니고, 대륙인들에게 이해받지 못하는 클리셰의 희생양도 아니야.'

"……."

'그냥…… 추악한 괴물이지.'

아침 이슬처럼 맑은 눈물을 떨어뜨리며 녀석이 볼 수 있게 비릿한 미소를 입에 담는다.

군중들에게는 보이지 않겠지만, 녀석에게는 확실하게 보일 것이다.

그래, 나는 지금 놈을 도발하고 있다. 이게 정의를 표방하는 너희의 진짜 모습이라고, 겨우 그것밖에 안 되는 놈들이라고 비웃고 있다.

이지혜가 살아 움직이는 도발 토템으로 불렀던 내 표정이 효과가 있었던 건지는 모르겠지만, 결국 녀석이 이성을 잃어버리는 것이 시야에 비쳤다.

"다른 사람도 아니고…… 네놈이……. 네놈에게 그런 말을 들을 정도로 우리가 그렇게 타락하지는 않았다. 우리 결사단 동지들을 모욕하는 언사는 절대로, 절대로 용서할 수 없다. 때려죽일 놈."

"……."

"네놈만은 죽인다. 기필코 죽이고, 또 죽이고, 죽여 버리겠다. 기필코 내 모든 걸 버려서라도 네놈만은 죽일 것이다, 더러운 사기꾼 자식……."

'그래, 맞아. 이게 네놈들 포지션이라고.'

"아니, 절대로 편하게 죽게 만들지 않겠다. 네놈의 팔다리를 자르고 돼지우리로 던져, 가축들과 함께 살아가게 할 것이다. 그 간사한 혓바닥을 뽑고 군사님을 비웃었던 눈 역시 억겁의 불로 태울 것이다, 이 역겨운 기만자야. 대륙을 속이고 있는 악마 자식! 반드시…… 죽이고야 말겠다! 반드시이!!"

'반응 좋네요.'

문제가 있다면 내 생각보다 반응이 더 좋았다는 것.

동료의 마력을 빨아들이기 시작한 녀석은 어느새 인간의 껍질까지 벗고 있다. 피부가 벗겨지고 그 안에 있는 살점이 드러났다. 보라색의 울긋불긋한 살점들은 점점 팽창하면서 녀석의 살가죽까지 뚫고 나오기 시작한다. 덩치는 점점 커다래지고 뭐라 표현할 수 없을 정도의 괴물의 모습으로 변모하고 있다.

보기만 해도 구역질이 나올 것 같은 외관, 더러운 점액질이 뚝뚝 떨어지는 녀석의 몸을 보니 입맛이 다 떨어진다.

단언컨대 놈은 지금 완전히 이성을 잃었다. 악마에게 잡아먹힌 것은 물론, 다른 생각은 하지 못하는 바보가 되어버렸다. 아마 본능만으로 행동하는 괴물이 되어 있지 않을까 싶다.

-죽여…… 죽일 테다. 반드시…… 죽여 버릴…… 복수를…….

'뭐 저렇게 변해. 아니, 저렇게 변하는 건 상관없는데, 왜 이렇게 강해진 거야.'

이 자식과 계약한 악마가 도대체 누굴까. 어떤 놈이길래 소환 문이 닫혀 있는 상태에서 이 정도나 되는 힘을 전해줄 수 있는 걸까.

'생각해 봄직 한데…….'

녀석이 커다랗게 숨을 들이마시자 커다란 기운이 녀석의 입에 모이고, 곧 거대한 기운이 전방을 향해 쏟아지기 시작했다.

습관적으로 손을 들어 올려 뼈의 방패를 만들었지만 콰득! 하는 소리와 함께 부서진다.

아차 싶었지만 이내 전방을 가로막는 존재의 등장에 굳이 다른 액션을 취하지 않아도 된다는 걸 깨달을 수 있었다.

"두려워하지 마쇼. 내가 형님의 방패가 될 테니까."

어딘가에서 많이 들어본 대사.

"그럼 저는 뭐라고 하면 되는 겁니까?"

익숙한 목소리.

박덕구와 안기모. 요란한 소리와 함께 쏟아졌던 공격을 커다란 방패로 아무렇지도 않게 막아내는 모습은…….

'성장했구나. 진짜로 성장했네. 너 어떻게 성장한 거야, 진짜.'

정말로 거대한 방패를 떠올리게 했다.

"정말로 오랜만이요, 형님. 보고 싶었다니까."

"그래, 오랜만이다."

'이 돼지 새끼야.'

저도 모르게 미소가 지어졌다.

만나면 한 대 쥐어박아 주고 싶은 마음이 있기야 했다. 하지만 실제로 얼굴을 보니 반가운 마음이 먼저 들어서기 시작한다.

얼굴은 그다지 변한 게 없다. 예전에 봤던 덩치 큰 돼지의 모습 그대로. 오히려 달라진 것은 녀석의 몸이다.

이미 화면을 통해 한차례 모습을 확인했지만, 이전보다 더 덩치가 커진 것 같은 느낌. 실제로 내 앞에 선 모습을 보니 확연히 차이가 느껴질 정도였다.

'몸이 더 커진 것…… 같은데. 옆으로만 늘어난 게 아니라 키도 조금 컸나?'

입으로는 내뱉지 않은 말이었지만 눈치가 빠른 건 여전한 모양인지 조용히 입을 열어오는 모습이 시야에 비친다.

"최근에 키가 크고 있는 것 같다니까. 아, 밀린 이야기는 나중에 합시다. 지금은 일이 더 바쁜 상황이니까…… 뻔한 질문이지만…… 몸은 좀 괜찮은 거요?"

"그래, 괜찮다. 아직은…… 괜찮아."

"거, 괜한 질문을 한 모양이요. 괜찮을 리가 없는데…… 최대한 빨리 일을 끝내고 빨리 신전으로 가는 게 나을 것 같다니까. 아무튼, 이런 방식의 재회는 생각하지 못했었는데 조금 드라마틱한 것 같아 나름 만족스럽구만……. 오랜만에 형님 얼굴 보니까 솔직히 별별 생각이 다 들기도 하고……. 사실은 만나자마자 거하게 한번 껴안아주겠다고 생각했었는데……. 아쉽기는 하지만 이렇게 곧바로 도움이 될 수 있어서 정말로 다행이요."

'나도 같은 생각이다, 새끼야.'

"조금 더 뒤로 물러서는 게 좋을 거요. 아무렇지 않은 척하지만 사실 버티기가 꽤 빠듯하니까."

계속해서 쏟아지는 공격을 거대한 방패로 막아내고 있는 모습은 솔직히 멋있다.

'아, 이제는 이 새끼가 다 멋있어 보이네.'

전방에서는 무슨 일이 일어나고 있는지, 자세히 보이지는 않는다. 그만큼 악마 놈이 뿜어내고 있는 기운이 폭발적인 탓이다.

'전설 등급이랑 준신화 등급 사이? 아니…… 그건 너무 짜네. 준신화 등급 그 끝자락 정도는 되려나.'

대륙을 기준으로 생각해도 결코, 밀리지 않을 정도로 강한 힘을 가지고 있는 빌런. 박덕구가 무언가를 막아내는 것의 스페셜 리스트라고는 하지만, 결코 쉬울 리가 없다고 생각했다.

'의외로 여유가 있는 것 같기는 하고……'

27군단 침공 당시에도 도노반을 상대로 혼자 시간을 끈 적이 있으니 이 정도는 막아내는 게 맞다는 생각을 하면서도, 놀랍기는 하다.

사실 사랑스러운 회귀자에 의해 그 생을 마감한 군단 반역자 도노반은 저 돼지를 진심으로 상대한 적이 없다. 정말로 죽이겠다는 의지를 담아 공격했다기보다는 가지고 놀았다는 것이 학계의 정설이 아니었던가.

노반이 형과 저 빌런은 품고 있는 생각 자체가 다르다. 무슨 수를 써서라도 이쪽을 죽이고야 말겠다는 의지를 담은 공격, 저걸 받아내고 있다는 걸 생각해 보면 이 돼지가 거의 모든 부분에서 완성이 됐다고 하는 게 맞으리라.

'겨우 1년 만에 이 정도까지 올 수 있는 건가.'

전설 등급 근처에서 허덕이던 녀석이었다. 1년 동안 어딘가에서 기연이라도 만나지 않았더라면 이 정도로 성장할 수 있었을까.

'아니, 기연이 그렇게 쉽게 발견될 리가 있나.'

이쯤 되면 지 혼자 먹으려고 슬쩍 해놓은 기연을 달려가 먹으려고 했다는 말이 더 설득력 있게 느껴진다.

사실…….

'강해지면 아무래도 상관없지만, 뭐.'

그 말이 맞다.

옆에 있는 안기모가 이대로 가다간 병풍이 될 거라는 걸 직감했는지 박덕구에게 버프를 쏟아내고 있는 중. 그와 동시에 상처 입은 이들을 향해 신성력을 뿜어내는 모습을 보니 수련의 성과가 있었던 것 같았다. 특히나 버퍼로서 몇 단계는 더 성장했다.

애초에 순수한 신성력으로는 엘레나와 선희영을 이길 수 없다는 생각에 성장 방향을 바꾼 것 같다는 느낌이 들기는 했지만, 안기모의 진짜 강점은 버퍼로서의 능력이 아니다. 탑 티어 전위와 비교해도 밀리지 않을 수준의 방어력과 공격력.

자신 역시 달라졌다는 걸 증명하고 싶다는 듯이 조혜진과 함께 앞으로 뛰어나가는 것이 시야에 비쳤다.

한차례 원거리 공격이 들어와 꽂힌 이후에는 다시금 커다란 괴성이 들려오기 시작했다.

-죽인…… 다…… 죽인…….

박덕구는 방패를 몸에 딱 붙이며 이후 쏟아질 공격에 대비하고 있었다.

박덕구와 안기모의 등장에 친위대는 조금 포지션이 애매해지기는 했지만, 이윽고 할 일을 던져주는 반동분자의 모습을 보고서는 고개를 끄덕일 수밖에 없었다.

-네놈만은…… 죽이고…… 말겠다. 네놈만은…… 죽이겠…….

흉물의 몸에서 흉물들이 분리되어 떨어지기 시작한 것.

점액질에 둘러싸인 채로 기괴하게 움직이는 놈들은 가까스로 인간의 형태를 보존하고 있었지만 딱 그것뿐이었다. 두 발로 걷는 모습을 유지할 뿐, 스스로 생각하고, 사고하는 존재라고 볼 수가 없다.

허리를 구부리고 팔을 늘어뜨린 모습이었고, 기괴한 촉수나 이해할 수 없는 신체 기관을 달고 있는 녀석들까지 있다.

거대해진 악마의 몸에서 떨어져 나온 잔챙이들은 헐떡거리는 소리를 내며 친위대를 향해 쏟아졌고 다시금 전열을 재정비한 빛의 전사들은 놈들을 맞을 준비를 한다.

-네놈만은…… 네놈만은 죽이…….

"지켜!"

-용서…… 못…… 군사님의…….

"대열을 재정비한다. 위원장님에게는 손끝 하나도 대지 못하게 해!"

-절대로…… 복수를…….

콰아아아아앙! 콰드드드득!

콰직! 푸화아아악!

이미 처절한 격전이 되어버린 현장.

하지만 긴장감이 느껴지지는 않았다. 오히려 어떻게 마무리

할지 고민이 될 정도로 상황이 여유롭다.

성장하기 전이었다면 목숨을 걸어야 할 정도로 위협적인 적이었겠지만, 현재로서는 그렇게 위협적으로 다가오지 않는다. 박덕구 메인 탱, 조혜진 메인 딜러, 안기모는 힐러 겸 보조 탱커. 후위는 역병군주 이기영. 완벽한 구성이라고 해도 부족함이 없다.

손발을 맞추어본 지 오래됐음에도 불구하고 물 흐르듯 동작이 연계된다. 박덕구가 시선을 돌린 반대편에는 항상 조혜진이 위치해 있고 안기모는 항상 내 위치를 염두에 두고 전장으로 뛰어든다.

부족한 화력과 전체적인 상황을 컨트롤하는 것은 내 역할. 손가락을 튕길 때마다 아군의 공격 패턴이 뒤바뀐다.

파티 사냥을 할 때 가장 필요한 덕목, 파란이 가장 자신 있어 하는 부분이 아니었던가.

패턴이 고착화되면 털리는 것은 몬스터뿐만이 아니다. 파티나 공격대 역시 마찬가지. 심지어 인간과 인간의 전투에서도 고착화된 패턴을 버려주는 게 중요한 요소 중에 하나. 끊임없이 유기적으로 움직이는 이들의 모습을 보니 얘네가 지난 시간 동안 배운 걸 까먹지는 않았다는 걸 깨달을 수 있었다.

특히나 박덕구가 잊어버린 것 같지 않아 만족스러운 미소가 지어졌다.

"스위치, 스위치."

"알고 있다니까."

"그다음 갑니다."

"형님도 준비하쇼."

"알겠다."

시간이 지나면 지날수록 혼자가 되어버린 흉물을 몰아붙이는 아름다운 그림이 그려지기 시작한다.

-반드시…… 죽이……겠…….

몸을 키운 거대한 덩치로 팔을 휘두르며 불길한 마력을 뿜어대고는 있었지만, 그게 녀석이 할 수 있는 전부.

-피의 복수를…….

김현성이나 정하얀 같은 결정적인 한 방이 없어 마무리를 짓지 못하는 상황이었지만, 이미 끝난 거나 다름없다.

물론 생각할 부분이 아예 없는 것은 아니다.

'이거 이대로 마무리하는 게 맞나.'

에 대한 고민이 차오르기 시작했다.

뭔가 장면을 만들고 싶은 것은 아니었다. 단지…….

'뒤를 한번 캐봐야 할 것 같은데…….'

라는 생각이 불현듯 머릿속을 스치고 지나갔기 때문이다.

이 정도까지 대륙의 실적을 전해줄 수 있는 악마가 있을까. 가능성은 낮지만, 이계의 신이 개입한 것은 아닐까. 미하일과 나탈리가 결사단의 내부 속사정에 대해 자세히 알고 있을까. 만약 그치들이 제대로 된 정보를 가지고 있지 않다면 눈앞에 있는 새끼가 마지막인데? 여러 가지 생각이 꼬리의 꼬리를 물고 점점 커져 나가기 시작했다.

조금 어려울 것 같기는 했지만, 생포하자면 생포할 수 있을 것 같기도 했고…….

'이성은 완전히 먹힌 건가?'

겉모습으로 보면 그렇게 보이기는 했지만, 자세히는 확인해 봐야 할 것 같았다.

계속해서 주춤거리는 내 모습을 확인했는지 박덕구가 조그맣게 입을 열어오는 모습이 눈에 들어온다.

"형님."

"……."

"형님의 케이스와는 전혀 다른 상황이오. 저들은 스스로 타락하는 것을 선택한 이들이오. 흔들릴 필요 없소. 형님도 이미 알고 있는 것 아니요?"

'아니, 그래서 그런 건 아닌데…….'

"형님의 탓이 아니요……."

'정말 그래서 그런 건 아니야, 이 새끼야.'

"그렇게 마음 쓸 필요는…….'

'그러니까 그거 아니라고, 이 새끼야.'

어떻게 생각해 봐도 고민이 될 수밖에 없는 기로에 서 있다. 시간이라도 끌어볼까 싶어 괜스레 힘든 척하며 머리를 부여잡은 것은 당연지사.

잠깐 동요하는 이들의 모습이 보이기는 했지만, 아직은 여유가 있다.

'살리는 게 맞겠는데.'

선택의 여지가 죽이는 것밖에 없다면 달라졌겠지만, 일단 제압한 이후에 대화 정도는 해보는 것도 나쁘지 않을 것 같다는 판단이 선다.

그 와중에 녀석이 흥분했는지 괴상한 소리를 내며 달려들었지만, 역시나 파란의 전위들을 뚫을 수 있을 리 만무. 내 쪽으로 튄 것은 기껏해야 녀석의 피와 끈적한 점액질이 고작.

곧바로 닦아내고 싶었지만 그래도 이런 모습을 유지하는 게 더 처절한 그림이 될 거라고 생각했다.

오히려 저런 건 달려가 맞는 게 맞다. 기분은 나쁘지만, 딱히 육체에 이상이 생기는 종류는 아니었으니까.

'그래. 기왕 하는 김에 조금만 더 해줘라, 인마. 그게 사람들이 보기 좋잖아. 안 그래도 최근에 이런 장면이 너무 없다 싶어서 걱정했었다고.'

기대에 부응하듯 열심히 일해주고 있는 듯한 녀석.

'조금 더 엉망진창으로 만들어줘. 새끼야.'

흥분했는지 미친 듯이 날뛰고 있는 모습이 보인다.

그렇게 본격적으로 마무리 작업에 들어가려고 했을 때였다. 뭔가 장내에 분위기가 급변했다는 생각이 든 것.

아니, 확실하게 변했다. 계속해서 움직이고 있었던 이들이 뭔가에 영향을 받은 듯 제자리에 꼿꼿이 서 있었으니까.

박덕구와 안기모가 뭔가 불안한 표정으로 내가 있는 곳을 바라보고 있다. 조혜진 역시 마찬가지.

뒤에서 느껴지는 것은 거대한 마력의 유동, 저절로 몸이 덜

덜덜 떨려온다. 다리가 후들거리고 알 수 없는 공포심이 치솟아 올라 머리털이 쭈뼛쭈뼛 선다.

심지어 개소리를 하는 데 여념이 없었던 괴물 새끼 역시 조용한 목소리로 눈앞에 있는 존재에 대해 중얼거리기 시작.

-악…… 악마…….

'아니야. 걔 악마 아니야.'

-악마…… 악마다.

'걔 악마 아니라고, 새끼야…… 시바…… 악마 같다고 생각하는 건 이해하는데…… 악마는 아니야.'

도대체 무슨 얼굴을 하고 있길래 악마라는 말이 튀어나올까. 뒤를 돌아보기가 무섭다. 망설이고 있던 사이 터져 나온 목소리.

"죽어."

거대한 마법이 놈의 머리 위로 떨어지는 모습이 시야에 비쳤다.

콰아아아아아아아아아아앙!!!

순수한 에너지 그 자체로 이루어진 마력의 응집체.

'어…… 어…….'

콰드드드드득! 콰아아아아아아아앙!!!

녀석의 생사에는 이미 관심이 없다. 애초에 저런 걸 맞은 뒤 살아남기를 바란다는 것 자체가 무리수였으니까.

대기가 떨리고 후드득후드득거리는 소리와 함께 성벽이 진동하고 있다. 풍압 때문에 눈을 제대로 뜨고 있기가 힘들 지경.

멀찍이 떨어져 환호성을 보내고 있었던 갤러리들은 자연재해라도 목격한 것처럼 비명을 지르며 최대한 외곽으로 도망친다. 정하얀이 쏘아 보낸 마법에 휘말리면 죽는다는 사실을 깨달은 것이다.

어울리는 표현은 아니었지만, 지진이 일어나기 전 몸을 피하는 야생 동물들처럼 느껴질 정도였다.

빌런이 각성했을 때보다 더욱더 격정적인 모습은 정하얀이 빌런인 것처럼 느껴지는 반응이었다.

'안 돼에…… 씨바…… 무너지지 마…… 무너지지 마. 버틸 수 있잖아. 버틸 수 있지?'

현재 상황에 최대 관심사는 그래도 끝까지 지켜보고 싶었던 제5구역의 성벽, 아니, 전진 기지 그 자체.

쿠웅! 하는 소리와 함께 악마 놈이 마력의 응집체를 막아냈지만, 마치 인간이 지구를 들어 올린 것 같은 모양새다.

으직으직 하는 소리와 함께 놈을 지지하고 있었던 바닥이 움푹 파인다.

'그만해, 씨바, 하얀아…… 그만…… 우리 성벽 날아간다. 전진 기지 날아간다. 이거 아니야, 이건 아니야. 씨바……'

서둘러 뒤를 바라보자 눈에 보이는 것은 반쯤 공중에 떠 있는 정하얀, 어느새 내 몸도 공중에 떠 있다.

입술을 꽉 깨문 입에서는 피가 흘러나오고 있었고, 상기된 얼굴과 핏발이 선 눈으로 자신의 공격에 겨우 버티고 있는 개자식을 노려보고 있는 얼굴.

어째서 결사단의 단장이 정하얀의 모습을 보고 악마라 중얼거렸는지 알 수 있을 것 같았다. 마치 악귀처럼 보이는 모습이지 않은가.

"죽어…… 죽어…… 죽여 버릴 거야. 죽여 버릴 거야."

같은 혼잣말 때문에 정상이 아니라는 것을 깨달은 것은 당연. 그래도 내 말이라면 듣겠지 싶어 입을 열어봤지만, 순간적으로 정신이 흐려진다.

'어?'

체력이 다했기 때문이 아니다. 정하얀이 이쪽에 뭔가 마법을 걸었다.

'뭐야, 너…… 왜 갑자기……'

그제야 내 겉모습이 어떤 상태인지 깨닫는다.

아마 계속해서 지금의 상태를 유지하는 건 내 정신에 영향이 갈 수도 있다고 생각한 거겠지. 그렇기 때문에 수면 마법 같은 종류의 마법을 때려 박은 것이리라.

제발 그런 거였으면 좋겠다. 다른 목적이 있어서가 아니라 제발 그런 거였으면 좋겠다. 눈을 뜨니 미친 마법사의 저주받은 신단이 아니었으면 좋겠다.

흐릿한 정신을 최대한 잡아보려고 노력해 봤지만 다른 방도가 있을 리 만무.

그 와중에 버티고 있는 우리 결사단 단장이 자랑스럽다.

'그래, 새끼야. 이겨낼 수 있어…… 악마한테…… 영혼도 팔아넘긴 놈이…… 이 정도 공격은…… 버텨야지. 씨바, 그렇잖

아. 저건 밀어내고 죽어야지.'

　우지지지직! 하는 소리와 함께 점점 땅속으로 꺼지고 있는 녀석. 자연스럽게 마력의 응집체는 성벽에 닿는다.

　콰드드드드드득드드득드드득!

　'안 돼!!!'

　정신을 잃기 직전, 자연재해 같은 마법이 성벽 한쪽을 완전히 부숴 버리는 모습을 시야에 담을 수 있었다.

　'하얀이…… 성장했구나. 씨바…….'

　콰아아아아아아아아아아아아아아앙!!!

172장
오랜만의 해후 그리고……

"씨발!"

벌떡 일어난 순간 눈에 보이는 것은 평소와 같은 병실. 며칠이나 잔 건지는 모르겠지만, 몸이 제법 뻐근했다.

"일, 일어나셨군요. 이기영 님."

들려온 목소리에 고개를 돌리자 시야에 비치는 것은 붉어진 얼굴로 이쪽을 바라보고 있는 엘레나. 깜짝 놀랐는지 달리기라도 한 것처럼 호흡이 거칠어져 있는 모습이 보인다.

본인의 앞섶은 왜 잡고 있었는지 모르겠지만, 무척 당황한 듯한 모습. 심지어 땀으로 젖은 머리카락은 묘하게 고혹적으로 보이기까지 했다.

평소 엘레나의 모습과는 전혀 다른 모습에 정말로 그녀를 보는 게 오랜만이라는 사실을 깨달을 수 있었다.

여신의 손거울을 통해 이미 사전에 연락을 하기는 했지만, 실제로 모습을 보니 반갑기야 하다. 겨우 1년인데 뭐가 그리 변했냐고 할 수 있겠지만, 이전보다 더욱더 성숙해지지 않았는가.

"아…… 오랜만입니다, 엘레나 님. 언제 도착하신 겁니까?"

혼자 있었다면 쌍욕이라도 퍼부었을 것이다. 아직까지 정신을 잃기 전에 본 장면이 생생했으니까.

하지만 엘레나를 통해 사정을 전해 듣자 정하얀에 대한 분노가 절로 사그라든다.

"정하얀 님께서…… 마중 나와주셨어요. 이기영 님께서 쓰러져 계신다고…… 같이 가자고 급하게 말해주셔서 예정보다 더 빠르게 도착할 수 있었어요. 희영 씨, 그리고 길드에 있는 정연 씨도 함께 왔고요. 또 소라 씨도……."

'그래, 하얀아…… 네가 무슨 잘못이 있겠어.'

당시에 가장 놀랐던 것이 바로 정하얀 본인이였으리라. 안 그래도 돌발 상황에 대한 판단 능력이 떨어지는 그녀였으니 달리 무슨 말이 더 필요할까. 적을 죽이고 나를 구해야겠다는 생각 말고는 다른 걸 떠올릴 여유가 없었을 것이다.

정확한 피해 규모를 아직 듣지 못해서 인지는 모르겠지만…… 일단은 찝찝한 마음으로 고개를 끄덕일 수밖에 없었다.

"아…… 그랬군요."

"네, 처음에는 굉장히 횡설수설 말씀하셔서…… 제대로 알아들을 수는 없었지만 덕분에 제시간에 맞출 수 있었어요."

'많이 울기도 울겠네.'

나야 기절해서 모르지만, 대충 어떤 상태였는지는 예상이
간다.

"그보다 이기영 님, 잠깐 따로 이상이 없는지 검사를 해봐도
되나요? 그 은발의 상태를 3일이나 유지하고 계셔서……. 물
론 눈에 보이기에는 다른 이상이 없으신 것 같지만, 내부는 조
금 다를 수도 있을 것 같아서요."

"네?"

"다행히 베니고어 교단의 사제님들이 오신 이후에 본래 모
습으로 돌아오시기는 했지만……."

'아…… 시바. 직업 전환 안 풀고 기절했구나.'

"네, 물론입니다. 하지만 딱히 몸이나 정신에는 이상이 있는
것 같지는 않네요. 혹시…… 제가 얼마나 잠들어 있었습니까?"

"딱 나흘이에요."

'한번 누웠다 하면 3일 이상은 누워 있는 것 같네. 이렇게 오
래 기절할 이유가 없었던 것 같은데…… 둠기화가 생각보다 체
력을 많이 잡아먹나?'

아니면 정하얀의 마법이 워낙 강했기 때문일지도 모른다.

워낙 체력이 유약하다 보니 후자보다는 전자에 더 가능성
을 높이 주고 싶긴 하다. 벨리알이 아무리 내 편의를 봐주고,
지원을 해주고 있다고 한들, 한낱 인간의 몸으로 악마의 힘을
받아들이는 게 쉬운 건 아니지 않은가.

결사단인지 뭔사단인지 하는 놈들의 모습이, 악마의 힘을 취
한 놈들의 말로가 어떤 것인지 아주 잘 보여주고 있는 지표다.

'너무 밥 먹듯이 쓰지는 않는 게 좋겠네.'

여러 가지를 떠올리는 도중에도 엘레나는 심각한 얼굴로 내 몸을 이곳저곳 살펴보고 있다.

하지만 베니고어에 의해 이미 직업 전환이 됐으니, 다른 부작용이 발견될 리 만무. 몇 분이 지난 이후 안심하듯 고개를 끄덕이는 그녀의 모습을 확인할 수 있었다.

"다행히 몸에 다른 이상은 없는 것 같아요. 하지만 체력이 많이 떨어지신 것 같으니 당분간은 따로 영양제를 섭취하시는 게 좋겠네요. 당연하지만 끼니도 거르시지 말고요. 밤을 새시거나 하는 일도 자제하셨으면 좋겠어요."

"가능하다면 그렇게 하겠습니다. 이번 일만 제대로 마무리 짓고요."

"이번 일이라고 하시면……."

"5구역은 어떻게 됐습니까? 그리고 미하일이나 나탈리의 신원 확보나…… 다른 뒤처리는 어떻게 됐는지 궁금한데. 혹시 알고 계시는 게 있으면 전부 말씀해 주셨으면 합니다."

"후우…… 그건 저한테 듣는 것보다 다른 분들한테 들으시는 게 좋겠네요. 지금 모두 밖에 나가 있는 상태이기는 한데, 아마 연락을 드리면 금방 모일 거예요. 잠깐 밖에 좀……."

"네."

"그리고 방금 전은 너무 갑작스러워서 미처 말씀을 드리지 못했지만…… 이, 이렇게 오랜만에 뵙게 돼서 정말 기쁘네요."

"네, 오랜만에 보니 저도 참 좋습니다."

잠깐 동안 꽈악 나를 안아오는 게 느껴진다.

본인도 부끄러웠는지 붉어진 얼굴로 후다닥 밖을 나가는 뒷모습. 확실히 1년 전에 순수했던 사람은 1년 후에도 순수한 모양이다.

아무튼 간에 엘레나가 나간 이후의 병실에는 적막함이 감돈다.

'다들 와 있겠네.'

아마 엘레나뿐만이 아닐 것이다.

'선희영이랑 황정연도 와 있겠고……'

엘레나와 함께 떠났었던 유아영도 같이 들어왔으리라. 박기리 혁명 삼 남매와 조혜진. 정하얀도 마지막에 함께 있었으니, 어딜 떠나지 않았을 것이고…… 아마 김창렬에게도 소식이 닿지 않았을까. 정하얀 절친 한소라도 분명히 함께 있을 게 분명했다.

그리고…….

'김현성, 이 새끼도 왔겠지?'

아마 틀림없이 와 있을 것이다. 그동안 연락까지 씹고 폐관 수련에 들어갔다고 한들 내가 병실에 누워 있었는데 달려오지 않았을 리가 없다.

'내가 해준 게 얼만데…… 안 오면 진짜 쓰레기지. 안 오면 개쓰레기다, 진짜.'

연락을 받았다면 한걸음에 달려오지 않았을까.

괜스레 옆에 있는 면회자 명단을 뒤적거리자 그동안 이곳을 들렀던 면회자들이 눈에 들어왔다.

저번처럼 밥 먹듯이 들락날락거린 이들이 가장 눈에 띄었는데, 그중에서도 가장 압도적인 지분을 차지하는 것은 역시나 정하얀. 의외로 이지혜의 이름이 별로 보이지 않는 것을 보니 뒤처리 일이 생각보다 바빴다는 사실을 깨달을 수 있었다.

'어? 희라 누나도 왔다 갔네.'

카스가노 유노의 이름도 적혀 있다. 길드원들도 단체로 들르기도 했고…… 교국 쪽의 인사들 역시 들른 것이 눈에 띈다.

하지만 아무리 찾아봐도 김현성의 이름이 없는 것이 문제. 살짝 섭섭한 마음이 퍼지려던 찰나였다.

정확히 둠기화가 풀린 지 사흘째 되던 날 녀석의 이름을 확인할 수 있었던 것.

[면회자 명단]
[10/24]
[김현성] AM 08:43-PM 05:50.

베니고어 교단에서 둠기화의 해결을 위해 사제단을 보내기 전까지 온종일 붙어 있었던 것 같았다. 몇 시간을 있었던 것도 아니고 온종일 있었던 것을 보면 어지간히 걱정된 모양이다.

심지어 이때는 둠기화가 아직 풀리기 전이 아니었던가.

'괜찮았을려나?'

이렇게 한 사람이 면회를 오래 한 것도 주목해야 할 부분.

어떻게 봐도 월권이 분명했지만, 내부에서 어느 정도는 용인해 준 것 같았다.

만족스러운 미소가 지어지는 게 당연했다. 그동안 불철주야 내조를 했던 게 효과가 있었다는 생각이 들었기 때문이다. 이곳에 온 이후에 했던 노력이 허사가 되지 않았다는 것. 그것만으로 가슴 속에 훈훈한 마음이 피어난다.

기분 좋게 고개를 끄덕였던 찰나, 갑작스레 불안한 생각이 머릿속을 휘저을 수밖에 없었다.

'아…… 이거 또 귀찮아지겠는데.'

지난 감금 사건 때처럼 움직임에 제한이 생기는 것이 문제.

본래 일을 하는 것보다 끝난 뒤의 뒤처리가 가장 중요하다고 생각하는 게 나다. 특히나 이번 일은 여러 가지로 처리해야 할 사안이 많았던 만큼 개인적인 시간이 반드시 필요했다. 결사단과 계약한 악마가 누구인지 알아야 했고, 어떻게 제5구역에 똬리를 틀 수 있었는지 확인해야 했다.

무엇보다 결사단과 미하일이 나와 관련된 날조된 정보를 가지고 있을지도 모르는 만큼 사랑스러운 회귀자가 그 증거들에 접근하는 것을 최대한 막아야 했다.

'차라리 오지를 말지.'

귀신같은 태세 전환이었지만 나로서도 어쩔 수 없는 것이 아닌가. 어느 정도 안전에 신경 쓰는 것은 나로서도 환영할 만한 일이기는 했지만, 본인이 직접 밀착 마크하겠다고 달라붙는다면 여러 가지로 귀찮아지는 것은 불 보듯 뻔한 일이다.

괜스레 한숨을 쉬며 면회자 명단을 본래의 자리로 집어넣었을 때였다.

"기영 씨! 기영 씨!"

하는 목소리와 함께 사랑스러운 회귀자가 문을 박차고 튀어나온 것.

'현성아, 시바…… 형 기절했었다.'

9개월 만에 만나는 녀석이었다.

가장 먼저 눈에 들어온 것은 땀으로 젖은 얼굴. 정하얀보다 더 빨리 도착한 것을 보면 연락을 받자마자 달려왔다고 생각해도 될 것 같았다.

9개월 전과 별로 달라진 것은 보이지 않는다. 항상 같은 길이를 유지했던 머리카락이 제대로 정돈되지 않은 것을 보면 확실히 동굴에 처박혀 수련에 용을 쓰기는 한 모양. 마음의 눈으로 확인한 정보창에서도 스텟 자체가 성장해 있는 것이 시야에 비쳤다.

다급해 보이는 눈빛, 들어오자마자 커다란 목소리가 들려온다.

"기영 씨, 제가 누군지 알아보시겠습니까."

그럼 알아볼 수 있지, 새끼야. 무슨 그런 걸 물어봐. 그럼 잊었을까 봐.

둠기영의 모습을 너무 오랜 상태로 유지하다 보니 쓸데없는 게 다 걱정됐던 모양이다.

일단 보여지는 모습 자체는 평소대로의 김현성 그대로였다.

'잘생기기는 오지게 잘생겼네.'

배우 뺨치게 생긴 얼굴도 여전했고 무엇보다 죄책감에 가득 얼룩진 얼굴이 무엇보다 눈에 띈다. 당연하지만 저 죄책감이 어디서부터 유래되었는지는 금방 깨달을 수 있었다.

'죄책감이 없으면 사람 새끼가 아니다, 진짜.'

조혜진을 통해 소식을 전해오기도 했고, 선물을 보내오기도 했지만, 무려 9개월 동안 잠수를 탄 것이나 다름이 없었던 상황이지 않았던가.

그 기간 동안 사건이 터졌고, 결국 빛기영이 커다란 상처를 입었다. 더러운 악마 계약자 놈들에게 능욕당한 것은 물론, 둠 기화까지 터뜨리며 고생이랑 개고생은 전부 다 한 상황. 그 결과로 이렇게 나흘이나 기절했으니 오죽할까.

애초에 김현성만 있었어도 벌어지지 않았을 일이 아니었던가. 나보다 녀석이 그걸 더 잘 알고 있을 것이다.

당분간 더 이상의 위협은 없을 거라고 생각해 마음을 굳게 먹고 폐관 수련에 들어간 녀석의 심정은 이해했지만, 이미 사건은 터졌고, 버스는 떠났다. 빛기영은 상처받았고 가슴이 많이 아프다.

반가운 마음이 저도 모르게 솟아나기는 했지만 이 마음을 억누를 수밖에 없었다. 어떤 노선을 취해야 이 새끼가 스스로 거리를 벌릴지 고민됐기 때문이다.

잘 타일러 다시 폐관 수련으로 보내 버리는 게 좋을까 싶기도 했지만……. 나와는 그다지 어울리지 않는다.

'끌려다니는 것보다는 끌고 다녀야 돼.'

괜히 또 훈훈한 분위기를 이끌어가기보다는 지금 딱 선을 긋는 게 좋을 것 같다는 느낌. 미안하기는 했지만, 지금은 뒤처리를 하는 게 먼저였으니까.

숨을 크게 들이마신 이후에 한마디 내뱉는 것은 당연지사.

"아니요."

"네?"

"너무 오랜만에 봐서 잘 기억이 나지 않는 것 같습니다."

"어."

"농담입니다."

하지만 가시가 있는 농담이기도 했다. 조금은 충격받은 것 같은 얼굴, 침울해지는 표정, 나라라도 잃은 것 같은 탄식.

이제 와서 신경 쓰는 척하지 말라는 눈빛을 쏘아 보내자 동공이 흔들리는 게 시야에 비쳤다.

"죄송합니다. 제가…… 너무…….

"아니요. 전혀 죄송할 필요 없습니다. 바쁘시다는 건 이미 알고 있기도 했고…… 그 무엇보다 수련이 중요하다는 사실도 잘 알고 있으니까요. 굳이 여기서 이러고 계실 필요 없습니다. 연락할 시간도 없었는데…… 다시 수련하셔야 할 시간이 아닙니까. 저는 신경 쓰지 마시고 어서 들어가세요. 저는 괜찮습니다, 현성 씨."

"그게 아니라…… 제가."

"예정됐던 시간까지 삼 개월 정도가 더 남았던 걸로 알고 있었는데……."

"아니요. 그…… 어느 정도는 성과를 봐서…… 이제는 괜찮…… 괜찮…… 괜찮습니다."

"아니에요. 저야말로 괜찮으니 어서 빨리 수련하러 가세요."

그냥 하는 소리가 아니라 정말로 진심을 담은 목소리였다. 평소답지 않게 이죽거리는 듯한 목소리이기도 했고……. 단언컨대 김현성이 충격받을 거라는 것을 확신할 수 있었다.

'그래, 현성아. 미안하기는 한데…… 괜히 여기 뒷정리 같이 하겠다고 비비지 말고, 빨리 가서 네 할 일이나 해. 그게 맞아. 나도 나대로 스케줄이 있고 해결해야 할 일도 있는데 네가 여기서 이러고 있으면 너무 불편해진다고.'

"수…… 련은 전부 끝났습니다."

'수련에 끝이 어디 있어, 이 새끼야. 무슨 말 같지도 않은 소리를 해.'

"아니요. 정말로 괜찮습니다. 몸 상태도 이제는 정상이고…… 사건도 전부 해결됐으니까요. 걱정해 주시는 건 감사합니다만…… 더 강해지셔야죠. 자, 어서 수련하러 가세요."

'무슨 지금 와서 걱정을 하고 그래. 그만 걱정하고 어서 가서 네 할 일 하자.'

"아니요. 정말로 수련은 끝났습니다. 지금부터는…… 네, 합동 훈련소에 있던 병력도 전부 기지로 옮겨야 하니 이제는 괜찮습니다. 그러니까…… 그러니까…… 몸은 이제 전부 회복되신 겁니까?"

"네, 아무 문제 없이 괜찮아진 것 같습니다. 사실 상처가 큰 게 아니라…… 오랫동안 잠들어 있었던 것도…… 체력 저하가 원인이었으니까요. 걱정하시는 만큼 크게 다치거나 정신적인 대미지를 입은 것은 아닙니다. 그것보다 혜진 씨와 같이 계신 게 아니었습니까?"

"아…… 네, 아마 오고 있을 겁니다."

둘이 무슨 일을 하고 있었는지는 모르겠지만, 조혜진을 버리고 한걸음에 달려온 것 같았다.

아니나 다를까 이윽고 도착한 조혜진이 들어오는 게 눈에 보인다.

조심스레 열려 있었던 문을 닫고 들어오는 모습. 깨어난 내 모습을 보고서는 고개를 끄덕이는 게 눈에 띈다.

"일어나셨군요."

"아! 여기 앉으세요, 혜진 씨!"

"아…… 네."

'이게 누구야. 우리 파란 길드의 자랑, 파란 길드의 희망, 우리 혜진이 왔어?'라는 표정으로 그녀를 바라봤지만 그녀의 얼굴은 '뭐야, 당신. 갑자기 왜 이래'라고 말하는 것만 같다.

"이리로 오세요."

순간적으로 영업용 미소를 장착하고 꿀 떨어지는 목소리로 그녀를 불러봤지만, 반응이 그다지 시원치 않다.

하지만 이런 대접을 받아 마땅하지 않은가.

'키야…… 우리 영웅이 오셨어요. 영웅이 오셨어. 대륙의 빛

을 구한 1등 공신이 오셨어요.'

혁명 삼 남매가 바깥에서 혁명에 가담하고 있을 때 단신의 몸으로 이쪽을 구하러 온 영웅. 회귀자가 본인의 수련에 열중하고 있을 때 위협을 미리 깨닫고 있었던 용사. 상산의 조자룡을 떠올릴 정도로 아름답고 멋있었던 그 모습을 잊을 리가 없다. 다른 사람은 몰라도 그녀만은 대접해 주는 것이 옳다.

훈훈한 미소를 지으며 등을 탁탁 두드리자 소름이 돋는다는 얼굴로 나를 바라보기는 했지만, 백번이라도 더 칭찬해 주고 싶은 심정이었다.

"여기 차도 조금 드세요, 혜진 씨."

"별로…… 괜찮습니다."

독이라도 탄 건 아닌가 의심하는 눈치.

하지만 슬그머니 김현성 쪽을 바라보자 순순히 차를 받아드는 걸 확인할 수 있었다.

'우리 혜진이가 많이 영악해졌네.'

눈치 없는 조혜진도 이제는 깨닫고 있다. 자신이 다른 남자들과 친하게 지낼 때면 김현성이 은근슬쩍 질투를 하고 있다는 걸 말이다.

그렇기 때문에 과할 정도로 친절한 이쪽의 호의를 받아들이는 것 같았다. 평소라면 '지금 뭐 하시는 겁니까? 기분 나쁜 표정은 그만해 주세요'라고 따져오지 않았을까.

냉큼 자리에 앉는 것은 물론, 홀짝 차를 마시고 있는 모습까지 완벽히 내가 바라고 있었던 포지션이었다.

'이쯤 되면 코치도 필요 없겠다, 야.'

아무것도 몰랐던 바보가 어느새 이 정도나 성장했을까 싶기도 하다. 그동안 체스를 두며 했던 조언들이 모두 뼈가 되고 살이 된 것이 분명하리라.

김현성은 살짝 불편한 얼굴. 뭔가 초조해하고 있는 것 같은 모습을 보여주고 있었지만, 딱히 다른 코멘트를 해줄 필요는 없다고 여겨진다. 오히려 본인이 눈치를 보고 있는 모습이 아닌가.

"저기 그러니까……."

며칠 내로 집안에 가방이 하나 더 생길 것 같은 느낌적인 느낌. 버림받은 강아지처럼 보이는 모습에 조금 챙겨주는 게 좋지 않을까 싶었던 찰나 차례대로 길드원들이 들어오기 시작했다.

일단은 허겁지겁 뛰어오는 정하얀부터.

"오, 오빠…… 끄윽…… 오빠아……."

약속의 한 달보다는 조금 더 빠르기는 했지만, 지금 와서 돌아가라고 말할 수도 없는 노릇. 잠깐 동안 박살이 난 5구역이 눈에 밟히기는 했지만, 일단 꽉 안아주는 게 옳다.

"흐어어어어어엉…… 보고 싶었어요. 보고 싶었어요."

'그래. 잘 참았다, 하얀아. 네가 여기까지 한 게 어디야. 성벽은 박살 났어도 화력 하나는 기가 막히더라. 그거 평범한 소재 아니었는데.'

그 누구보다도 만족스럽게 고개를 끄덕이는 사람이 또 한 명.

'소라야…… 그래. 너도 고생했지.'

순수한 마음으로 한번 안아주고 싶어 가까이 오라 손짓했지만, 뭔가의 위협을 느낀 모양인지 다가오지는 않는다.

그 자리를 대신한 것은 선희영이다.

손가락으로 눈물을 훔치며.

"보고 싶었어요."

라고 말해왔기 때문에 조용히 등을 두드려 주는 것으로 마무리.

안기모와도 포옹을 한번 해야 했고 어느새 껴 있는 김창렬 역시 슬쩍 등을 두드려 줬다. 아무래도 길드원들의 숫자가 많다 보니 인사를 나누는 게 일이다.

엘레나는 아까 한번 했으니 건너뛰고 이다음은 유아영.

"부길드마스터."

"많이 얻어왔습니까?"

"네, 덕분에요."

마음의 눈으로 바라보자 확실히 직업이 뒤바뀐 게 보인다.

'그래, 그래, 우리 소중한 대장장이. 그동안 드워프들 사이에서 부대끼면서 열심히 했네.'

박덕구의 그녀 황정연까지.

"길드에서 고생 많이 하셨습니다."

"보너스 주시는 거예요?"

"물론이죠."

별로 포옹하고 싶지 않다는 김예리의 얼굴이 보이기는 했지만, 그래도 순순히 안아주는 모습.

이후에 커다란 덩치를 한 돼지가 내 몸을 꽉 껴안는 것이 느껴진다. 뼈가 부러지는 것은 아닌지 하는 걱정이 들기는 했지만, 힘 조절은 하고 있는 모양. 훌쩍거리는 것을 보니 눈물이 찔끔 튀어나온 것 같았다.

원체 정이 많은 녀석이니 이러지 않을까 생각했지만, 막상 이런 모습을 보니 내가 어떻게 반응해야 할지 모르겠다.

"너도 고생 많았다."

"형님이 제일 고생 많았지. 내가 뭐 한 게 있다고. 지금부터 일은 다 내가 알아서 할 테니, 형님은 그냥 침대에만 누워 있으쇼."

'그런 소리는 웬만하면 하지 말자.'

길드원들과 다 한 번씩 인사를 주고받은 이후에 남은 사람이 한 명, 어정쩡한 자세를 유지하고 있는 김현성이었다. 마음 같아서는 모른 척 넘어가고는 싶기는 했지만, 다른 길드원들이 보기에 그리 좋은 장면은 아니다.

슬그머니 눈빛을 보내자 천천히 다가오는 녀석을 확인할 수 있었다.

침대에 앉아 있었던 상태였기 때문에 불편하기는 했지만, 그래도 서로 등을 두드려 주는 걸로 짧은 인사를 마무리하기로 했다.

"저…… 죄송합니다. 제가 너무…… 죄송합니다."

'그런 말은 애들 없을 때 좀 해. 쟤네들이 뭐라고 생각하겠어.'

"아니요, 괜찮습니다. 아까 말씀드렸던 그대로요."

"네……."

'그러니까 우리 조금만 시간 두자. 얼마 안 걸릴 거야. 이번 일이 다 처리하고 술 한잔 같이해 줄게.'

내 속마음을 제대로 받아들였는지는 모르겠지만, 한 가지 확실한 것은 김현성의 얼굴이 후회로 얼룩져 있었다는 것. 잠깐 거리를 두자는 뉘앙스로 계속 입을 열었으니, 아마 본인이 직접 밀착 마크하는 경우는 없을 것 같았다.

보여주기식 호위로는 조혜진이나 정하얀, 시간이 난다면 희라 누나한테 부탁하는 게 제일 좋을 것 같다는 생각을 하며 괜스레 허벅지를 툭툭 두드렸다.

'아…… 오랜만에 만나서 분위기가 좀 훈훈해지는데…… 여기서 바로 일 이야기하면 너무 정 없어 보이나.'

미하일, 나탈리, 혹은 그 밖에 남아 있는 잔당들이 있었는지, 만약 있다면 제대로 생포는 한 건지, 궁금해서 참을 수가 없었다.

'지혜 누나를 불러오는 게 나을 것 같은데…….'

그게 맞다고 생각했다.

▌

무려 1년 만의 해후. 모두가 하하 호호 웃으며 대화를 나누기에 여념이 없었다.

내가 기절해 있었던 나흘 동안은 이렇게 다 같이 모일 기회가 없었던 것인지 말이 끊이지 않는다.

'아니, 잘 보니까 그런 것 같지도 않네.'

모두가 모이지는 않았지만, 이미 몇몇은 만나 식사라도 한 것 같았다.

'그래도 매번 만나지는 못했을 거야.'

당연한 것이 아닌가. 뿔뿔이 흩어져 있던 이들이 1년 만에 모였다고 한들, 각자가 가지고 있었던 임무나 책임까지 놓고 온 것은 아니다.

황정연과 선희영은 여전히 파란의 업무를 맡고 있는 상태였고, 김현성과 조혜진 역시 합동 훈련소를 마냥 내버려 둘 수는 없다.

김창렬이나 김예리 같은 경우도 여유롭지는 않다. 직업적 특성이 있었던 만큼 여러 가지 임무를 맡을 수밖에 없는 상황.

심지어 엘레나도 이종족과 관련된 일을 처리하고 있다는 걸 생각해 보면 여유로운 건 정하얀과 박덕구 정도가 전부다.

사실 이 트롤러들에게 다른 걸 바라는 것은 아니었지만, 왠지 모르게 배가 아파 온다. 첩보 임무를 맡길 수 없는 것은 당연했고…… 그렇다고 행정 능력이 있는 것도 아니지 않은가.

정하얀, 얘는 딱 보니까 여기로 온 이후에는 훈련을 따로 한 것 같지도 않다. 진작에 다른 일을 가르쳤어야 했나, 하는 생각이 들기는 했지만, 얘네한테는 뭘 마음 놓고 맡길 수가 없다. 아마 다른 길드원들도 그걸 알고 있기 때문에 이 두 명을 프리로 내버려 두지 않았을까.

'하얀이한테는 길드 일을 조금 가르쳐 보는 것도 나쁘지 않을 것 같기는 한데……'

여기 일이 어떻게 돌아가는지 알면 사고를 칠 때 한 번 정도는 더 이쪽의 생각하지 않을까 싶기도 했지만, 역시나 기각…….아마 내가 불안해서 가만히 있지 못할 것이다.

정하얀에 대해서 떠올리자, 자연스럽게 그녀로 인해 붕괴된 제5구역이 머릿속에 아른거린다. 이후의 상황이 다시금 궁금해진 것은 당연지사. 빨리 이지혜를 만나 뒤처리가 어떻게 된 건지 물어보고 싶다.

다들 다른 할 일이 있지 않을까. 밀린 일이 남아 있지는 않을까. 라는 희망을 품어봤지만, 밀려 있는 업무는 무리해서라도 스탑하고 싶다는 의지가 느껴졌다.

'그래, 오늘 하루는 어울리자.'

아픈 척 길드원들을 물리고 싶기도 했지만, 상황이 더 안 좋아질 가능성이 크다. 차라리 벌떡 일어나 건강에 이상이 없다는 걸 어필하는 게 더 이롭다.

천천히 몸을 일으키니 곧바로 시선이 집중되었다. 부축하기 위해 김현성을 포함한 몇몇이 달려오기는 했지만, 가장 먼저 자리를 잡은 것은 정하얀이었다. 허겁지겁 달려와 옆자리를 차지한 모습은 알 수 없는 광기마저 느껴질 정도.

그 모습을 본 돼지가 만족스러운 듯 입을 열어왔다.

"역시 우리 형님 챙겨주는 사람은 누님밖에 없다니까. 그나저나 움직여도 괜찮은 거요?"

"물론, 체력이 조금 떨어진 것만 빼면 별문제 없다고……. 그렇지 않습니까, 엘레나 님?"

"네…… 확실히…… 그렇기는 하지만……."

'여기서 더 무슨 사족을 붙이려고 그래. 그냥 거기까지만 해. 괜히 쓸데없는 소리 하지 말고 우리 밥이나 먹자.'

"조금 출출한 것 같군요."

라고 말하면서 김현성을 빤히 쳐다보기.

사실 내가 식사를 권해도 별로 상관이 없기는 했지만, 그래도 파란의 길드마스터는 김현성이 아닌가. 무엇보다 현재는 파란 길드 소속이 아니기도 하니 작은 부분이라도 녀석이 권하고 제안하고 통제하는 것이 맞다.

예상했던 대로 고개를 끄덕이며 입을 여는 녀석의 모습이 시야에 비쳤다.

"이렇게 모인 것도 오랜만인데 모두 함께 간단한 식사라도 하는 게 좋을 것 같습니다."

"기다리고 기다렸던 말이라니까. 그럼 오늘 다 같이 술 한잔 하는 거요?"

"내일 업무에 지장이 생기지 않을 정도로만 마시는 게 좋을 것 같습니다. 마침 저녁때니까요. 여기서 계속 이러고 있을 게 아니라. 슬슬 움직이도록 하죠."

"알겠다니까. 형님, 몸이 괜찮은 거면…… 형님도 한잔할 수 있는 거요?"

"아니요, 기영 씨는……."

"한 잔 정도는 괜찮을 것 같아."

순간 모두의 시선이 엘레나에게 고정된다.

내키지 않는다는 듯 천천히 고개를 끄덕이는 엘프 공주.

괜스레 미안해지기는 했지만 이런 날 같이 어울리지 못한다는 건 고문이나 다름없다.

박덕구는 어지간히 기분이 좋은 모양인지 이상한 노래를 부르는 중. 얘는 왜 신난 건지 모르겠지만 정하얀 역시 텐션이 올라간 것 같았다.

'나도 좋기는 하네.'

오랜 시간을 함께한 만큼 나 역시 길드원들이 반갑다.

나무에 달라붙은 매미처럼 붙어 있는 정하얀도 반갑고, 매번 시끄럽다고 느껴졌던 박덕구의 목소리도 반갑다. 안기모의 실없는 농담이나 적절히 분위기에 호응하는 유아영의 리액션도 마찬가지. 마음속으로 투정 아닌 투정을 부리기는 했지만, 오랜만에 만난 길드원들과 함께 시간을 보내는 게 싫을 리가 없지 않은가.

그렇게 오랜만에 뭉친 길드원들은 곧바로 자리를 뜨기 시작했다. 옷을 갈아입을까 싶기도 했지만, 그냥 평상복으로 나가기로 했다. 깔끔하게 그냥 하얀색 티에 청바지.

식당도 멀지 않아 금방 자리에 앉을 수 있었다. 물론 그 와중에도 대화가 끊이지 않는다.

"그런데 어떻게 혜진 씨만 들어올 수 있었던 겁니까? 아니, 그보다 어떻게 찾아온 거예요?"

"사실…… 체스 두려고 갔었습니다."

"아……."

'마음이 통한 건 아니었구나.'

"맨 처음은 여기로 먼저 왔었지만, 다른 현장으로 떠났다더군요. 곧바로 그리폰을 타고 청사로 찾아간 겁니다. 당연하지만 안에서 그런 일이 일어나고 있었을 줄은 꿈에도 생각하지 못했고요. 뭔가 이상하다는 느낌이 들기는 했지만……."

"혜진 누님 말이 맞다니까. 나는 그때 아래에 있었는데. 뭐 그런 일이 벌어지고 있었을 줄은 꿈에도 몰랐다는 거 아니요. 그냥 뭐 협상이나 다른 이야기를 진행 중인 줄로만 알았지. 갑자기 청사가 와르르 무너졌을 때는 정말로 간 떨어질 뻔했다는 거 아니요. 그때 본 형님 모습을 보고는 한 번 더 심장이 떨어질 뻔했고. 그렇지 않소. 기모 형씨?"

"운이 좋았었던 것 같습니다. 마침 예리 씨와 덕구 씨와 함께 자리해 있어서……."

"이런 게 다 운명인 거 아니요. 퍼즐처럼 딱딱 들어맞는 걸 보면 소름이 돋을 정도가 아니요. 베니고어 여신님이 우리를 그쪽으로 인도한 거요."

'기도도 안 하는 놈이 무슨…….'

"예리는 뭐 하고 있었는데?"

김현성과 함께 뒤따라오고 있는 김예리를 바라보자 조용히 입을 열어오는 게 눈에 보였다.

"덕구 아저씨가, 잡아야 한다고 했어."

"누굴?"

"혹시 도망친 사람들이 있을 수도 있다고…… 청사 주변을 잘 봐달라고 해서."

'키야…… 서당 개 삼 년이면 풍월을 읊는다더니.'

박덕구의 성장에는 눈물이 다 나올 지경이다.

"그래서 잡았어?"

대답은 들려오지 않았다. 하지만 손으로 작게 브이 자를 그린 모습을 보니 성과가 있기는 있는 모양. 속으로 작게나마 '김예리 나이스'를 외칠 수밖에 없었다.

미하일과 나탈리가 현장을 빠져나갈 수 있을 리 만무. 두 반동분자들은 물론 남아 있는 결사단원들도 잡아 넣어놨을지도 모른다.

"미하일이랑 나탈리는……."

이번에도 대답은 들려오지 않았다. 대신 브이 자를 한 번 더 그리는 김예리의 모습을 확인할 수 있었다.

'아이고, 장한 것아…… 덕구야 너도 잘했다. 진짜, 잘했어.'

"그나저나 형님은 그동안 어떻게 지낸 거요?"

"매일 똑같았지 뭐. 업무 보고…… 가끔 혼자서 와인 한잔 하고…… 또 업무 하고……. 너는 뭐 했는데?"

"나야, 여기저기 돌아다닌 거 아니요. 떠나기 전에는 1년이 무척 짧은 것 같았는데 생각보다 무척 길었다니까. 나랑 기모 형씨가 무슨 일을 겪었는지 다 설명하지도 못할 거요. 달랑 둘이서 던전에 들어가서 죽을 뻔했던 적도 있었다니까."

"그것도 있었지만, 식량도 부족해서 큰일이었습니다. 여행 중간에 자금이 떨어지기도 했고요. 길드에 도움을 받고 싶었던 적도 있었지만…… 아무래도 조금 부끄러워서…… 중간중간 들려 일을 하기도 했었는데 생각보다 대우가 괜찮더군요."

"베니고어 넷에서 봤어요. 리플도 많이 달렸던데."

대화에 갑작스레 끼어든 것은 황정연이었다.

'그래, 너는 그거 많이 할 것 같았어.'

베니고어 넷에서 사는 것처럼 상주하지 않았을까 싶다.

"사실 린델에서 조치했어야 하는 거였는데…… 근처 숲에 자리를 잡을 거라고 생각했거든요. 그대로 북부 쪽으로 밀고 들어갈지는 상상도 하지 못했지 뭐예요. 덕구 씨랑 기모 씨 덕분에 피해도 별로 없었고, 엄청 안심했어요. 아 린델에 무슨 일이 있었냐고요? 그 이야기를 드리려면 정확히 8개월 전으로 되돌아가야 하는데요. 사실은……."

왠지 모르게 이야기가 길어질 것 같은 느낌이 든다. 황정연이 저런 상태로 변할 때면 최대한 멀어지는 것이 좋다.

미처 빠져나오지 못한 박덕구와 안기모에게서 애써 시선을 돌리자 이야기를 주고받는 유아영과 김창렬의 목소리가 들려왔다.

"……조금 방법이 거칠기는 했지만, 확실히 많은 걸 가르쳐 주셨어요. 기초부터 배우는 게 처음에는 불만이었는데…… 시스템이 알려주는 지식 외의 것을 얻은 것 같아서……."

"그렇군."

"한번 보실래요?"

저기서는 드워프들과 함께 동고동락했던 유아영의 이야기
가 한창.

아까까지만 해도 멀지 않은 거리에서 걷고 있었던 조혜진은
어느새 슬쩍 떨어져 선희영과 대화를 하고 있었는데, 아마도
업무적인 이야기인 것 같았다.

'쟤네 둘은 여기 와서도 일을 못 버리네.'

아주 훈훈한 모습. 이것저것 다양한 주제로 상대를 바꿔가
며 이야기를 나누고 밀린 회포를 푼다.

나 역시 간만에 진심으로 웃는 것 같은 느낌이 들 정도였으
니 무슨 말이 더 필요할까.

음식이 나온 이후에도 마찬가지였다.

"이거 거울 연어 아니에요?"

'아 저거 진짜 개 맛있었는데.'

입이 짧은 내 혀와 위장을 위로해 주는 음식. 그동안 식사
에 신경 쓸 겨를이 없어 완전히 잊고 있었는데, 이런 모습으로
다시 만나니 반가울 수밖에 없지 않은가.

이게 왜 여기 있는 건지는 모르겠지만 일단 기분은 좋다. 화
이트 와인 한 잔도 분위기를 띄우는 데 딱이었고…… 오랜만
에 회식다운 회식을 하는 것 같다.

시간이 얼마 지나지 않아 목소리가 조금씩 조금씩 더 커지
기 시작했고, 종국에는 왁자지껄 떠드는 목소리가 들려왔다.

"그러니까 그때 내가 이렇게 말했다는 거 아니요! 어이! 그

손 놓으라니까!"

자기 모험담을 풀어내는 녀석도 있었고, 침을 튀기며 토론하고 있는 이들도 보인다.

"딱 한 잔만 더 드세요. 오, 오, 오빠."

"아⋯⋯ 뭐. 상관없을 것 같기는 한데."

"조금만 더요. 제, 제가 따라 드릴게요."

"아니야. 아직 조금 남아 있어. 오랜만에 만났는데 짠 할까?"

"네, 네, 네."

"그동안 힘들지는 않았지?"

"네⋯⋯ 조금은⋯⋯ 힘들었기는 했는데⋯⋯."

한소라의 얼굴만 봐도 정하얀이 얼마나 힘들었는지 눈에 보인다.

말없이 나를 바라보는 저 얼굴에는 지난 1년 사이에 일어났던 온갖 고난과 시련이 담겨 있는 것 같다.

굳이 다른 설명이 필요 없을 정도로 즐거웠던 한때.

그 와중에도 쉽사리 말을 건네지 못하는 김현성을 보니 이쪽의 작은 계획이 성공했다는 걸 깨달을 수 있었다. 아마 당분간은 몇 발자국 떨어진 곳에서 맴돌지 않을까.

부족한 감이 없지 않아 있기는 했지만, 1년 만에 만난 길드원들이 회포를 푸는 것은 새벽 2시 정도로 마무리. 실없는 이야기들이 많기도 했지만, 뜻깊었던 자리였다는 것에는 그 누구도 이견이 없으리라.

그렇게 다음 날 아침. 타이밍 좋게 나를 찾아온 이지혜가 입을 열어왔다.

"어젯밤은 재미있었어요?"

"뭐. 응, 그럭저럭."

"방문 앞에 가방이랑 편지 있던데…… 누가 보낸 건지는 모르겠는데 그거 안에 넣어뒀어요. 오빠가 기절하듯 잠자고 있었을 때 처리한 목록 정리한 문서는 여기 있고…… 베니고어넷 반응은 여기에 있고…… 피해 규모랑 현재 상황 정리한 건, 그 뒷장이네요. 아쉽지만 미하일 입에서 나온 정보는 따로 없었어요. 곧 죽어도 오빠랑 이야기하고 싶다지 뭐예요?"

"끄응……."

"뭐 해요. 일할 시간이라고요, 일. 이 양반이 술은 얼마나 퍼마신 거야. 빨리 일어나요. 그동안 푹 쉬었잖아요."

'그래. 지금 일어난다, 지혜야.'

나 역시 기다렸던 시간이었다. 피곤함이 계속해서 누적되는 것 같은 느낌에 몸을 일으키기가 힘들기는 했지만, 어쩔 수 없는 일이 아닌가. 나보다 조금 더 망가져 있는 이지혜의 얼굴을 확인한 직후에는 천천히 몸을 일으킬 수밖에 없었다.

내가 부재중이었을 때 고군분투하며 현장을 정리한 것이 분명했다. 평범한 말에도 괜한 짜증이 묻어나 있는 것 같은 느낌. 평소의 말투와 다른 것을 보면 막중한 업무량에 스트레스가 쌓인 모양인 것 같았다.

"사고 치는 사람 있고 수습하는 사람이 따로 있다니까. 정하얀, 걔 진짜 짜증 나 죽겠어요. 혼자만 신나서 룰루랄라. 물론 개 덕분에 그 악마 계약자 놈을 지옥으로 보내 버리기는 했지만, 그래도…… 짜증 나는 건 짜증 나는 거라고요."

"피해 규모가 생각보다 큰가 봐."

"장담하는 데 5구역은 제 역할을 하지 못할 거라고 봐요. 단순히 금이 간 정도가 아니라 완전히 무너졌어요. 남은 부분이 있기는 하지만…… 전부 다 보수해야 될 거라고 봐요. 아마 실제로 보면 오빠도 기절할걸요."

"기절하기 전에 어느 정도 폭발이 있었는지는 확인했어. 이정도일 줄은 몰랐지만……. 복구 작업은 시작하고 있지?"

"아니요. 시작할 수 있을 리가 있겠어요? 안쪽은 완전히 출입 금지 구역으로 지정해 놨어요. 저도 마음 같아서는 곧바로 들어가고 싶었는데…… 이게 웬걸, 발견되면 안 되는 것들이 발견되지 뭐예요? 이거 전부 다 처리 못 하면 복구 작업이고, 나발이고 손댈 수 없을 것 같아서요. 혹시 모르잖아요? 저쪽에서 날조한 정보들이기는 하지만, 노동자들 손에 들어가면 쓸데없는 이야기가 나올 수도 있으니까……."

'일 처리 하나는 좋다니까.'

"베니고어 넷을 아무리 통제한다고 한들 입소문까지 막을 수 있는 건 아니니까. 미연에 방지해야죠."

"이거 정리하는 데 들어가는 인원들은 어떤데?"

"전부 다 믿을 수 있는 사람들이니까 안심하셔도 돼요. 일단 보세요. 얼마나 체계적으로 일을 진행했는지는 몰라도 날조 실력이 보통이 아니라니까."

"1년, 아니, 어쩌면 계속해서 그 짓거리만 준비했을 텐데. 당연하지 않겠어?"

실실 웃으며 문서를 건네는 이지혜의 모습이 눈에 보인다.

'얘도 진짜 철면피야.'

분위기상 대충 호응해 주기는 했지만, 아무렇지도 않게 저런 말을 꺼낼 수 있다는 게 놀랍다.

괜스레 피식 웃으며 이지혜가 준 문서들을 자연스럽게 받아들어 천천히 넘기자, 확실히 반동분자 놈들이 고군분투했다는 걸 깨달을 수 있었다.

'노력했네, 노력했어.'

어떻게 이렇게 내 뒷조사를 해왔는지는 모르겠지만, 무척 자세하게 쓰여 있는 정보들이 보인다.

중간중간 유실됐는지 보이지 않거나 아예 단락이 빠진 것들도 보였지만, 내용을 이해하는 데 커다란 지장은 없다.

이기영이라는 인간이 어떤 인간인지, 튜토리얼에서부터 현재에 이르기까지 자세하게 분석해 놓은 문서들은, 어떤 의미로는 무섭게 느껴질 정도. 악의와 적의를 넘어선 정체불명의 집념과 분노까지 느껴졌다.

녀석들이 이런 정보들을 모으고 있었다는 걸, 내가 모르고 있었다는 게 가장 무섭다.

'나도 많이 물렁해졌나 보네.'

나름대로 조심하고 있다고 생각했었는데, 부족했던 모양이다.

이토 소우타 때 풀었던 환상 물약, 라이오스 악마 소환 사태, 공화국과의 전쟁 당시 터졌던 언데드 소환, 27군단 습격 사태, 굵직했던 사건들은 물론이거니와 작은 사건들까지 촘촘하게 나열되어 있지 않은가.

"각 파트마다 하위 문서가 수백 장이 넘어요. 중요한 건 그것보다 더 되고요. 뇌피셜이 대부분이고, 그 상황을 뒷받침할 증거도 부족, 심지어 어거지로 끼워 맞춘 부분도 보이지만, 이런저런 걸 전부 따져도 반동분자들이 철저했다는 건 부정할 수가 없네요."

"그런 것 같네."

"여신의 거울부터 손거울, 언론 조작과 선동, 균열 박물관 그리고 물약 유통에 관련된 불공정 거래나 시세 조작. 심지어 블랙마켓까지. 여기서는 조금 놀랐다니까요. 인물 관계도까지 책 몇 권 분량으로 만들어놨고…… 저에 대한 평가도 인상적이었어요. 아주 오빠보다 더한 쓰레기로 만들어놨더라고요. 내가 뭐 한 게 있다고……. 물론 마음에 걸리는 게 없는 건 아니지만, 그래도 이런 평가는 심했죠. 멍청한 놈들인 만큼 사람 보는 눈도 없더라고요."

'얘는 도대체 무슨 말을 하는 거야.'

"지금이 5일째인데, 아직도 계속 발견되고 있을걸요. 청사가 무너지지만 않았어도, 이렇게 따로 고생할 필요는 없었을 텐데……."

"이미 지나간 일이니까…… 뭐 어쩔 수가 있나……."

"그래서, 이건 어때요? 감상을 조금 듣고 싶은데."

"확실히 누나 말대로 날조 실력이 보통이 아니네. 그래도 딱 그것뿐이야. 이런 걸 누가 믿겠어."

그렇기 때문에 녀석들 역시 이 날조된 정보들을 활용하지 못했을 것이다. 베니고어 넷에 활용하면 중간에 걸릴 게 분명했고……. 언론사를 이용한다고 해도, 이런 문서들을 세상 밖으로 내보낼 정도로 간 큰 자식들은 없다.

할 수 있는 일이라고는 발로 뛰는 것과 아군의 행위에 정당성을 부여하기 위한 교육용으로 사용하는 것이 전부였을 터.

반동분자들 그리고 그들과 함께한 무리가 어째서 그렇게 완벽하게 세뇌되었는지 알 수 있을 것 같았다. 제한된 장소에서 이런 걸 보고 있으니, 세뇌가 되지 않고 배기겠는가.

'5구역 주변은 조금은 신경을 써야겠는데.'

다른 게 역병이 아니다. 이 자리에 있는 이런 것이 역병이다.

녀석들의 움직임이 제한되어 있다는 걸 생각해 보면 이 역병이 그리 멀리까지 퍼져 나가지는 못했겠지만, 어딘가에 침투해 있을 가능성도 완전히 배제할 수는 없다. 100에 99명은 흔들리지 않겠지만, 남은 1명이 흔들릴 수도 있는 만큼 완전히 박멸하는 게 옳다.

"미하일은 어디 있는데."

"여기 바로 아래에 있어요. 지금 바로 내려가게요?"

"응, 그렇게 하는 게 좋을 것 같은데…… 잠깐 준비 좀 하고…… 그래도 복장은 제대로 갖추고 가야지. 혹시 따로 건드리지는 않았지?"

"화풀이만 조금 했어요. 사실 제대로 된 작업은 아직 못 들어갔고요. 파란 길드에서는 본인들이 직접 심문하겠다는데, 오빠 핑계 대니까 조용해지더라고요. 아무튼, 빨리 준비해요. 지금 바로 내려갈 테니까."

"조금만 기다려. 혹시 모르니까 혜진이랑 박리안한테 연락 좀 해주고."

"호위가 필요해요?"

"보여주기식으로라도 필요해서 그래. 아, 그리고…… 혹시 5구역에서 악마 소환에 쓰인 마법진이나 증거들 발견된 거 있어?"

"아직은요. 이제 슬슬 나올 것 같기는 해요. 쥐새끼들처럼 지하 동공에서 지내고 있었던 것 같은데…… 바로 어제까지는 그 장소도 완전히 매몰된 상황이었어서……. 무슨 말 하는지 알겠죠?"

"응, 대충 알겠네."

말하자면 작업할 수 있는 인원이 부족하다는 것 같았다.

단순히 철거 정도로 끝날 일이었다면 5일 안에 정리 가능했을지도 모르겠지만, 현재 5구역은 하나의 커다란 증거품이나 다름없다. 당연히 조심스럽게 처리해야 했고, 그만큼 시간이 더 걸릴 수밖에 없었을 것이다.

악마의 마력이 대기에 남아 있을지도 모른다는 개소리를 하면서까지 위원회가 현장을 꽉 잡고 있는 이유였다.

'조금 걱정했었는데, 통제가 잘됐나 보네.'

내가 자리를 비웠던 만큼 모든 게 쉽지만은 않았으리라.

아무튼 간에 간단하게 세면을 마친 이후에, 복장을 갖춰 입고 밖으로 나오니 이지혜가 이쪽을 재촉하는 게 눈에 보였다.

미리 연락을 넣어놨는지 밖에서는 조혜진과 함께 이쪽을 기다리는 중. 아침부터 불려온 것으로 모자라 할 일도 많았던 조혜진은 별로 내키지 않는 표정인 것 같았지만, 그래도 호위의 필요성은 인지하고 있는 것 같았다.

"길드마스터가 호위는 자신이 직접 서겠다고 말씀하시지 않았습니까? 왜 굳이 저를 데려가는 겁니까. 안 그래도 기다리고 계신 것 같던데."

"뭐 이유가 중요합니까. 나랑 같이 움직이면 혜진 씨도 좋잖아요."

"그건 그렇지만……."

"끝나고 체스나 둬요. 오늘 업무는 미뤄두고……."

"부길드마스터만 바쁜 게 아닙니다."

"두 분 사이 좋은 건 알겠으니까. 빨리 움직여요. 오늘 할 일 많으니까요."

"누가 누구랑 사이가 좋다는 겁니까."

'아니, 그렇게 부정하면 내가 뭐가 돼…… 살짝 섭섭해진다, 야.'

농담인지 진심인지는 모르겠지만, 이지혜를 향해 조용히 말을 내뱉는 모습이 시야에 들어왔다.

그러고 보니 이지혜와 조혜진이 함께 있는 모습은 거의 처음인 것 같다. 캐슬락의 고집불통이라는 칭호마저 달고 있었던 조혜진이 그녀를 어떻게 대할지는 모르겠지만, 왠지 모르게 저 둘은 절대로 친해질 수 없을 것처럼 느껴진다.

한 자리에 있는데도 느껴지는 어색한 공기에 괜스레 숨이 막혀올 지경, 서로를 바라보는 두 눈빛이 그다지 호의적이지는 않다. '친해지길 바라'라도 찍고 싶기는 했지만, 어차피 매번 부딪칠 사이도 아닌데 구태여 내가 앞장서 스트레스를 받고 싶지는 않았다.

"길드마스터가 부길드마스터의 안전에 신경 쓰고 또 신경 쓰라고 말씀하셨는데…… 하얀 씨라도 불러오는 게……."

"진심입니까?"

"실언이었습니다."

급격히 조용해지는 조혜진이 시야에 비쳤다.

물론 현재 내가 가는 곳이 정말로 위험한 곳이었다면 정하얀을 데리고 갔겠지만, 괜히 긁어 부스럼을 만들 필요는 없다.

악마 계약자들을 만나는 것도 아니다. 일반인이나 다름없는 미하일을 만나러 가는 것이 아닌가. 심지어 온몸이 결박되어 제대로 움직이지도 못하는 놈을 어째서 조심해야 되는 건지 나조차도 이해할 수 없다. 마음 같아서는 조혜진도 떼어놓고 가고 싶은 심정이었으니 무슨 말이 더 필요할까.

그렇게 쓸데없는 생각을 하며 계속해서 발걸음을 옮기자, 어느새 시야가 점점 어두워졌다. 보호 관리 위원회에서 직접 관리 감독하고 있는 형무소 안으로 들어온 것이다.

나 역시 이 장소를 찾은 것은 오랜만.

비교적 깔끔하게 보였던 환경은 안으로 진입하면 진입할수록 달라지기 시작한다. 간헐적으로 비명도 들려왔고 냄새도 점점 역해진다. 조혜진이 살짝 표정을 찡그리기는 했지만, 별다른 말을 해오지는 않았다.

이윽고 커다란 문을 다섯 개 정도 지나고 나니, 비로소 보고 싶었던 얼굴이 눈에 들어왔다.

'이 배신자 새끼.'

통칭 '조력자' 미하일. 악마 계약자들의 뒤를 봐주고 대륙의 빛을 독살하려고 했던 전범. 대륙인들의 혈세로 대륙의 적을 지원하고 있었던 희대의 사기꾼. 온갖 불법적인 행위를 자행하며 노동자들 벼랑 끝으로 내몬 장본인.

앞에 널린 수식어만으로도 인간쓰레기 타이틀을 받기에 충분할 것이다. 그 누가 녀석이 범죄자라는 사실을 부정할 수 있으랴.

'얼굴 좋네, 이 새끼는.'

의자에 묶인 채로 꾸벅꾸벅 고개를 까딱거리는 것을 보고 졸고 있다는 걸 깨달을 수 있었지만, 내 얼굴을 확인하고는 조용히 나를 바라보는 모습이 시야에 비친다.

체념한 것 같은 얼굴이었지만, 곧 죽어도 자신이 잘못했다는 표정은 아니다. 아직도 본인의 선택이 틀리지 않았다고 생각하고 있는 것 같았다.

"거참…… 오랜만입니다."

"오랜…… 만이로군요, 위원장님."

"뭐라고 위로의 말을 건네야 할지 모르겠는데…… 상황이 이렇게 돼서 참 아쉽습니다, 그렇지 않습니까? 어째서 제가 여기에 있는지는 잘 알고 있을 테니…… 뭐, 본론으로 들어가기 전에 이거 한 번만 물어봅시다."

"……."

"왜 배신한 겁니까."

"……."

"왜 대륙을 등지셨습니까. 왜 본인의 손으로 호가호위하면서 살 기회를 던져 버렸나, 이 말입니다. 제 입으로 말하기는 조금 민망하지만, 저는 나름대로 당신을 신임했어요. 그렇기에 당신을 중역에 앉힌 거고, 기회를 준 겁니다. 근데 당신은 내 기대를 배신했어."

"……."

"이래 봬도 제가 마음이 매우 여립니다. 나 참, 독이 든 차가 눈앞으로 떠억 왔을 때 얼마나 상처받았나 몰라. 그러니 말해 봐요, 이 양반아. 뭣 때문에 배신했어요?"

"신념."

"뭐?"

"신념입니다."

"……혹시 이런 말 들어봤어요?"

"……."

"제대로 알지도 못하는 사람이 신념을 가지는 것만큼 무서운 게 없다는 말, 들어봤어요?"

173장
모르는 미래

"멍청한 사람들이 신념을 가지는 것만큼 무서운 게 없어요. 지금 보니, 딱 당신 같은 사람들을 두고 하는 말인가 봅니다. 이 대륙이 어떻게 돌아가고 있는지, 여기에 뭐가 있는지, 앞으로 무슨 일이 벌어질지 모르고 있으니 오죽할까. 차라리 다른 사람들처럼 가만히 있으면 얼마나 좋았겠습니까. 신념은 무슨, 개 풀 뜯어 먹는 소리를…… 악마 계약자들이 만든 그 광경을 보고서도 잘도 그런 소리가 나온답니까."

"방금 위원장님께서…… 제게 한 말씀이야말로…… 질문에 대한 답이 될 수 있을 것 같습니다."

"네?"

"이 땅 위에 살아가는 모든 지적 생명체가 자신의 생각을 가지고 스스로 판단하며 살아갈 자격이 있습니다. 스스로의 신념을 가지고 스스로의 의지로 자유롭게 행동해야 합니다. 그게 사람입니다…… 허억…… 그게 인간이 살아가는 방식이에요."

"……."

"위원장님께서…… 민중들을 어떻게 바라보고 있는지, 그들을 어떻게 생각하고 대우하고 있는지…… 다시 한번 깨닫게 해주서서 감사합니다. 제 선택이 틀리지 않았다는 것을 증명해 주서서 진심으로 감사드립니다."

말을 이어나가기가 힘든지, 간헐적으로 거친 숨을 몰아쉬는 모습이 시야에 비쳤다.

'개소리하네, 진짜.'

어처구니가 없어 실소가 나올 지경이지 않은가.

'지적 생명체? 스스로 판단? 내 판단이 틀리지 않아?'

대륙에 없는 애니메이션을 너무 많이 봤다는 생각이 머릿속에 들어와 꽂힌다.

"만화 영화를 너무 많이 보셨나 봅니다. 무슨 말을 하는지 전혀 알아듣지 못하겠는데…… 저만큼 민중을 사랑하는 사람이 또 어디 있겠습니까."

"그들은 바보가 아닙니다. 멍청하지도 않고 스스로의 힘으로 충분히 일어설 수 있는 이들입니다. 저는…… 위원장님의 방식이 옳지 않다고 생각했을 뿐입니다. 당신은 스스로를 대륙의 약이라고 생각했겠지만, 그렇지 않아요. 당신은 대륙의 암입니다. 민중들을 속이고 그들의 생각을 획일화하는 독재자에 불과합니다. 그들을 우매하게 만들고 있는 것은 당신이에요. 그들을 바보로 만드는 사람이 바로 당신입니다."

"……."

"대륙은 썩어가고 있습니다. 위원장님의 욕심이 대륙 전체를…… 망가뜨리고 있습니다."

"말 잘하시네. 우리 미하일 님. 내가 이런 모습을 좋아했었던 건데…… 그래서 말 다했어요?"

"비록 이번 일은 실패로 끝났지만, 저는 절대로 위원장님께 반기를 든 것은 후회하지 않습니다. 해야 할 일을 했다고 생각했을……."

"제가 뭘 그렇게 잘못했다고 이렇게까지 몰아붙이시는지 모르겠습니다."

"정말로 모르실 거라고 생각하지 않습니다."

"몇 가지 마음에 걸리는 게 있다고 한들, 제가 한 일들은 모두 대륙을 위해서였어요. 미하일 님께서 제가 그들의 권리를 박탈했다고 느끼실지언정, 제가 대륙을 위해 기여했다는 결과는 달라지지 않습니다. 고개를 돌려서 대륙이 얼마나 발전됐는지를 보세요. 교국 먼저 짚고 넘어가 봅시다. 신성교국이 예전에는 제국이라고 불렸던 사실을 잊고 계셨나 봅니다."

"달라진 것은 없습니다. 황제와 황녀에서 오스칼과 위원장님으로, 귀족에서 의회로 바뀌었을 뿐이지 않습니까. 혁명은 민중의 승리가 아니라 위원장님의 승리였습니다. 신성한 민주주의라는 듣기 좋은 말로 포장하고는 있지만, 현재 교국은 민주주의를 지향하는 나라라고 볼 수 없습니다. 신의 이름을 팔아 권력을 확고히 하려는 수단에 불과합니다. 의회의 절반 이상이 당신의 사람들로 구성되어 있고, 모든 언론 기관과 행정 기관을 당신이 주무르고 있습니다. 민주주의 같은 게 아닙니다. 단순히 권력이 이동됐을 뿐이에요. 오히려 더 악질적인 방법으로 말입니다."

"하하, 제국의 혁명에 가담한 민주 투사들이 이 말을 들으면 무척 섭섭하게 생각할 겁니다. 과거의 교국에서 신분 제도를 뜯어낸 건 어디 사는 누구였더라."

"평민과 귀족을 구분하지는 않지만, 계급이 사라졌다고 볼 수는 없지 않습니까……. 교국은 여전히 신분 제도에 속해 있습니다. 그 계급을 만든 것 역시 당신이었고요."

"결과적으로 삶의 질이 향상되었다는 건 부정할 수 없을 겁니다."

"빈부 격차는 줄어들지 않았지요."

"그렇게 민중들을 생각하시는 분이 노동자의 아픔은 무시하고 싶으셨나 봅니다."

"그들에게는 죄송한 마음을 가지고 있습니다만……."

"대를 위한 희생이었군요. 키야…… 거, 대단하십니다. 재미있기도 하고요. 코에 붙이면 코걸이고, 귀에 붙이면 귀걸이라는 말이 딱 어울리십니다. 나 참…… 본인이 저질렀던 죄는 대를 위한 희생인데…… 왜 제가 하는 일은 그렇게 생각하지 않으시는지 모르겠습니다."

잠시 입을 다물고 있는 미하일의 모습이 보였다.

당황하는 것처럼 보이지는 않는다. 내가 생각해도 궤변처럼 들리기는 했으니까.

"뭐, 미하일 님의 말씀을 부정하지는 않겠습니다."

"……."

"하지만 이거 하나는 짚고 넘어갑시다. 저는 인간을 존중합니다. 당신 생각처럼 인간을 부정하거나 바보로 보고 있는 것도 아니에요. 개인의 가능성을 부정하는 사람이 세상천지에 어디 있겠습니까. 절대로 인간들을 바보라고 생각하기 때문에 계몽을 통제하려고 하는 게 아니에요. 오히려 이 새끼들이 너무 똑똑해서 문제라니까요."

"……."

"한 놈만 똑똑하면 문제가 없는데, 이 똑똑한 놈들끼리 서로 싸우고 뭉치는 게 또 문제예요."

"당신은……."

"평소였다면 뭐, 저도 크게 신경 쓰지 않았을 겁니다. 어디서 뭐가 일어나던 누가 누구랑 치고받고 싸우던, 또 어디서 내가 모르는 개짓거리를 하든지 간에 그게 다 무슨 상관이랍니까. 나만 잘 먹고, 잘 살면 되는 건데……. 그런데 말입니다. 제가 지금 처해 있는 상황이, 그런 개짓거리를 그저 바라만 볼 수 있는 상황이 아니에요, 미하일 님. 인간을 믿어야 된다고 민중들을 믿어야 된다고 말씀하신 게 맞습니까?"

"그건……."

"그 결과를 보세요. 알 만한 사람이 왜 이럴까. 기억을 더듬어서 대중들에게 선택을 맡긴 결과가 어땠는지 한번 보세요. 멀리서 찾을 필요도 없습니다. 가까이에서 있었던 일부터 차례대로 더듬어보세요. 아니, 제가 들어오기 전, 몇 년 전 대륙은 어떤 상태였습니까. 얼마나 평화로웠으면 우리 미하일 님께서 옛날을 그리워하실까. 얼마나 행복했으면 민중 자유를 외치며 그들을 널리 이롭게 하려고 하실까 몰라."

"……."

"출산율이나 경제 성장률도 천장을 뚫을 것처럼 치솟아 올랐나 봅니다. 평화로웠겠네. 다툼도 일어나지 않았고, 행복한 한때를 보내고 있었나 보네. 내가 씨발, 대륙에 들어온 게 잘못인가 봐. 내가 알고 있던 사실과는 많이 다른 것 같은데, 그렇지 않나?"

"……."

"당신도 알다시피 그런 거 아니잖아. 전쟁은 끊이지 않았고, 기근으로 죽어가는 사람들도 많았습죠. 여기저기에서는 분란이 끊이지 않았고, 서로 으르렁거리며 모두 다 함께 똥통 속으로 잠수하자고 독려하는 분위기 아니었나. 나는 그렇게 알고 있었는데 말이야. 참 이상하네. 내 기억력이 안 좋은 편이 아닌데 말이야."

"위원장님이 옳았다고 말씀하시는 겁니까."

"당장 공화국의 경우만 봐도 그래요. 결사단 그놈들도 참 멍청한 놈들이에요. 추억팔이도 정도껏 해야지. 진청, 그 사람도 애초에 깨끗한 사람이 아니라는 거 알고 있지 않습니까. 그는 전범이에요. 전쟁을 먼저 일으킨 것은 공화국이고, 피해자의 입장에 있었던 것은 교국과 파란 길드였습니다. 공화국이 일으킨 사고가 어디 그것뿐입니까. 접견 지역에서는 매번 소규모 전투가 일어났었고, 하루에도 수십 명이 죽었습니다. 이종족들은 또 어떻습니까. 수만의 이종족 노예들이 고통받았고, 미하일 당신이 사랑해 마지않는 인간들에게 고통받고 차별받았습니다. 이종족과의 전투 역시 끊이지 않았고, 강자가 약자를 짓밟고, 약자는 상대적 약자들을 짓밟았어요. 별것 아닌 이유로 다투고 서로를 향해 검을 들이밀었습니다. 어떻습니까, 미하일 님. 제 자랑을 하는 건 아닙니다만, 제가 없었으면 어떻게 됐을 것 같아요? 인류가 하나로 뭉쳐 영차영차 하면서 새 미래를 향해 힘찬 발걸음을 뻗어 나갔을 것 같습니까?"

"……."

"대륙 역사 몇천 년, 몇만 년 동안 왜 인류는 새 미래를 향해 힘찬 발걸음을 뻗지 못했을까…… 미하일 님이 그렇게 믿어 의심치 않았던 인간들이 통제 없는 자유로운 삶을 누리고 있었음에도 불구하고, 어째서 그들은 행복한 미래를 향해 조금도 나아가지 못했을까. 궁금하지 않습니까. 나는 모르겠는데…… 답을 알고 있다면 조금 알려주세요, 미하일 님."

"자기 합리화일 뿐입니다. 당신은 독재를 합리화하고 있어요."

"누가 관심이나 있답니까."

"무슨 말을……."

"내가 들고 있는 짐 때문에 여기서 이 지랄병을 하고 있는 거지. 당신들이 생각하고 있는 원대한 계획이나 목표 같은 건 없습니다. 조금 극단적으로 말하면 내 사람들 챙기려고 이렇게 개고생을 하고 있다 이거예요. 저 스스로의 얼굴에 기름칠하는 건 아니지만, 결과만 봅시다. 새끼야, 지금 대륙의 전쟁이 멈춘 게 누구 덕분인 것 같아?"

"……."

"수만 년 동안이나 아무 의미 없이 치고받던 놈들이 일순간 아가리를 다물고, 하나된 과업을 향해 달려가고 있는 게 누구 덕분일 것 같아? 지금부터 제가 개인에게 판단을 맡기고, 모든 통제를 풀어놓는다고 가정해 보자."

"위원장님의 방식은……."

"계속 말씀드렸다시피 저는 미하일 님의 의견에는 무척 부정적이에요. 그럼에도 불구하고 당신과 결사단, 그 반동분자들이 원하는 세상을 만들었다고 가정해 보자고. 어쩌면 당신 말처럼 행복하고 모두가 하하 호호하는 날이 올 수도 있어요. 일순간 모든 인간이 인류애를 깨닫고, 개탄의 눈물을 흘리며, 손을 맞잡을 수도 있다고 봐. 근데 나는 의심이 많은 성격이거든. 혹시 모를 상황까지 가정하면서, 나 개인이 스트레스를 받아가면서까지 그런 선택을 할 이유가 없다, 이거야."

"방식은 틀렸습니다."

"어디서 개짓거리 하는 새끼들이 나타나서 물을 흐리고 개판을 처놓으면, 지금까지 그리고 있던 그림이 전부 개박살 나는데 당신이라면 그런 선택을 할 수 있겠어? 그 커다란 리스

크를 지고서, 자유니 통제를 벗어나야 한다느니 떠들 수 있겠
냐고. 나는 가능성이 더 크다고 생각한 쪽에 패를 던진 거야.
이상주의자들의 뜬구름 잡는 개소리보다는 지금까지 인류가
걸어온 역사를 보고 배운 거라고요, 미하일 님."

"……."

"× 같은 인류애 타령은 소년 만화책에서나 떠들어 새끼야.
나는 리스크를 내버려 두면서까지 대륙 구하기 하고 싶은 생각
없으니까. 알겠어? 오히려 이번 사건으로 한 번 더 확신할 수 있
었다고, 새끼야. 나처럼 이해타산 따지는 인간이 정말로 아무
의미 없이 이 성벽에 수백만 금화를 쏟아붓는 줄 알았어?"

"그, 그건……."

"지혜 누나."

"왜요?"

"카스가노 유노 좀 데리고 와줘."

"네, 그렇게 하죠."

"고마워."

"사실 보여줄 필요도 없지 않아요? 쟤가 안다고 해서 뭐 달
라지는 것도 아닐 텐데……. 뭐, 아무튼 전할게요."

이지혜가 방을 나가는 게 시야에 들어왔다.

미하일, 이 새끼는 계속해서 뭔가를 생각하고 있는 표정.

방음 마법이 쳐 있어, 조혜진이나 박리안은 무슨 대화를 하
는지는 정확히 모르는 것 같았지만, 흘러가는 분위기로 대충
예상하는 것 같았다.

조금 오래 기다려야 될 것 같다는 내 걱정과는 다르게 시간이 얼마 지나지 않아 카스가노가 천천히 안으로 들어오기 시작했다. 오랜만에 보는 얼굴은 아니다. 이 자리에 앉은 후에 카스가노와는 간혹 만나기도 했으니까.

조용히 인사를 건네오는 모습에 고개를 끄덕였다. 간단한 대화라도 나누고 싶었지만, 상황상 긴말은 필요 없다.

카스가노 유노를 향해 살짝 손짓하자, 천천히 미하일 쪽으로 다가가는 그녀의 모습을 확인할 수 있었다.

"지금 뭘 하려고 하는 겁니까…… 지금……."

"입 닥치고 눈이나 똑바로 쳐다봐요."

"당신들의 뜻대로는……."

"거지 같은 망상하지 말고 그 여자 눈이나 쳐다보라고."

그렇게 그녀와 녀석의 눈이 마주친 순간, 정신을 잃은 듯 잠잠해지는 놈의 모습이 시야에 들어왔다.

나 역시 마찬가지. 곧바로 어디론가 빨려 들어가는 느낌이 들기 시작했다.

╳

카스가노 유노와 항상 봐왔던 검은색 세계가 아니다. 시야에 비치는 것은 머지않은 미래에 일어날 일.

비둘기 같은 천사들에게 둘러싸인 인간 병력. 창을 내뻗자 저항하지 못하고 쓰러지는 병력. 파괴된 도시, 계속해서 들려오는 비명, 피로 만들어진 강, 쌓여 있는 시체 더미, 검붉어진 하늘 아래에서 보여지는 시산혈해.

'살려…… 살려줘.'

'아아아아아아악!'

'신이시여…… 진정으로 저희를 버리나이까.'

싸우고 있는 이들 역시 눈에 보인다.

성벽 위로 쏟아지고 있는 천사 병력과 그걸 막아서고 있는 인류 연합의 싸움은 눈대중으로 봐도 처절해 보였으며, 여러 가지 목소리들이 뒤섞인 전장은 뭐라 말할 수가 없을 정도의 처참함이 감돈다.

팔 하나를 잃은 전사가 악에 받친 비명을 지르며 검을 계속해서 휘두르는 장면도 보였고, 두 다리가 잘린 병사가 고통을 참아내며 활시위를 당기는 모습도 시야에 비쳤다.

그동안 많은 전쟁을 겪어봤지만, 이 정도로 눈살 찌푸려지는 싸움이 있었을까.

'어머니…… 어머니.'

'절대로 포기하지 마라. 대륙을 위한 싸움이다. 우리 뒤에 가족들이 있다는 사실을 기억하라, 대륙의 빛들아.'

'절대로 천사의 탈을 쓴 괴물들에게 대륙을 넘겨서는 안 된다.'

마력석으로 만들어진 성벽이 허무하게 무너지고, 바깥 신의 군대로 보이는 이들이 왕국 연합을 뒤덮는다.

공포에 휩싸인 대륙인들은 고통에 찬 비명을 지르고, 무릎을 꿇고 살려달라고 비는 이들의 얼굴이 두 눈에 톡톡히 들어온다. 자식을 지키기 위해 천사를 가로막았던 어미는 천사의 창에 심장이 찔리고, 그 모습에 분노해 달려든 아비는 목이 잘린다.

지옥을 그대로 현세로 옮겨놓은 듯한 풍경이 아닌가. 여러 모로 입술을 깨물게 되는 장면이라고 생각할 수밖에 없었다.

민간인들이 보여주고 있는 가슴 아픈 그림에 대한 분노가 아니다. 문제가 된 장소는 최근 사건 사고가 많았던 5구역. 무너진 성벽을 제대로 보수하지 않았을 때의 미래라고도 볼 수 있었을 것 같았다.

'이제는 이런 것도 볼 수 있나 보네.'

카스가노 유노의 능력 역시 폭발적으로 성장했다는 걸 새삼스레 깨닫는다.

내 기억이 맞다면 분명히 저번에는 보이지 않았던 장면이다. 아니, 시기는 같지만, 그 결과가 다르다. 분명히 조금 더 팽팽한 국면이었던 것으로 기억하는 데 반해, 전진 기지가 무너지며 형편없이 밀리고 있는 모습들이지 않은가.

머릿속으로 여러 가지 생각을 떠올리는 와중에도 눈앞에 흘러가는 미래는 계속해서 진행되고 있다.

처절하게 싸우고 있는 파란 길드원들과 김현성, 천사들에게 둘러싸인 디아루기아와 빛 폭탄 물약을 던지는 나, 교국 8좌의 모습과 연신 마법을 터뜨리며 병력을 줄이는 정하얀. 피를 뒤집어쓴 상태로 천사들의 날개를 잡아 뜯고 있는 차희라.

순식간에 난전이 되어버린 전장의 상황은 내가 그리고 있었던 그림과는 많이 다르다.

미하일에게 보여주고 싶었던 장면이기는 했지만, 내게도 도움이 되는 장면들이 많다.

'이건…… 배드 엔딩이네.'

아직 끝까지 본 것은 아니었지만, 전황 자체는 뒤집을 수 없는 것처럼 보였으니까.

이대로 무난하게 흘러가기만 해도 비둘기들에게 하나둘 뒤져 나가는 건 시간 문제나 다름없을 터. 박덕구를 위시한 파란 길드의 진영 역시 안전하지는 않다.

혹시나 다른 정보가 있을 수도 있는 만큼 조금 더 집중하려고 했지만, 아름다운 외관을 가진 천사가 가까이에 있는 대상을 향해 창을 뻗는 것으로 카스가노 유노의 능력은 마무리 됐다.

푸욱.

너희들이 볼 수 있는 것은 딱 여기까지라고 말하는 것처럼 느껴지지 않는가.

'매번 여기가 끝이네?'

조금은 아쉬웠던 것이 사실.

혹시나 조금 더 쓸 만한 정보가 있지 않을까…… 했지만, 만약 카스가노가 새로운 무언가를 봤다면 부르지 않아도 찾아왔을 테니, 진도가 나가지 않았다고 판단하는 것이 맞으리라.

잠시 손가락으로 허벅지를 툭툭 두드리며, 정신을 다잡은 것은 당연지사.

근처에서 기분 나쁜 소리가 들려온 것은 바로 그때였다.

"우웨에에에에엑……."

눈앞에 의연하게 서 있었던 녀석이 시원하게 토악질을 시작한 것.

"허억…… 허억…… 허억…… 우웨에에엑…… 우웨에에에엑! 우웨에에엑……."

"봤습니까?"

'말할 수 있는 상태처럼 보이지가 않는데.'

그 말 그대로였다.

얼굴은 이미 일그러진 지 오래. 안에 있는 것을 게워내는 게 고통스러워 흘리는 눈물인지, 아니면 방금 본 것에 대한 충격 때문인지는 모르겠지만, 눈물 콧물로 범벅이 되어 있는 모습은 가관이라고 할 수 있으리라.

시간이 조금 지났음에도 불구하고 계속해서 구역질하고 있는 모습은 정말로 추해 보이지 않은가.

"우웨엑…… 웨에에엑…… 허억…… 허억…… 허억……."

"예상했지만, 생각보다 더 충격받으신 모양입니다. 잠깐 이나마 미래를 엿본 감상이 궁금한데. 어떻습니까?"

"웨엑…… 허억…… 허억……."

"조금 어떠셨어요?"

"허억…… 허억……."

"내가 어땠는지 묻잖아."

"……지…… 지금 제가 우웁…… 제가…… 우웁…… 제가 본……."

"구차하게 믿어달라는 말은 하지 않겠습니다, 미하일 님. 믿든, 믿지 않든 간에 그건 당신 자유고…… 내가 일일이 설명하는 것도 지겹잖아요. 이걸 본 사람은 당신이 네 번째예요. 조금 더 기뻐하셔도 됩니다. 울상 지으실 필요 하나 없어요."

"지금…… 제가 본 게……."

"정확히 언제인지는 확인이 되지 않습니다만, 머지않은 시기에 벌어질 미래라고 생각하시면 될 겁니다. 개인적으로는 시간이 조금 더 남았다고 판단하고 있는데…… 정확히 언제가 될지는 몰라요. 1년이 될지, 2년이 될지, 아니면 5년이 걸릴지, 복장이나 외관이 그다지 달라지지 않은 것을 보면 최대 10년이라고 봅니다. 최소가 1년이고."

"믿을 수…… 없습니다."

"그러니까 믿든, 안 믿든 간에 그건 당신 자유라고. 저는 제가 보여줄 수 있는 걸 전부 보여줬어요, 미하일 님. 대륙에 위협이 다가오고 있다고 발표했었고, 지속해서 그 건에 대해 대륙 전체에 경각심을 심어줬습니다. 음모론에 취한 병신들한테는 대륙을 지배하기 위한 악의에 가득 찬 계획으로 비치겠지만, 이런 새끼들을 어떻게 하나하나 신경 쓸 수가 있었겠어요. 저는 할 수 있는 일을 다 했습니다. 베니고어 님께서 강림하셔서 직접 언급한 건 기억에서 지워지셨나 봅니다. 믿지 못하는 것 같아서 더 정확한 증거를 보여 드렸는데, 아직도 믿지 못하시는 모양이네요."

"......"

"미하일 양반. 제가 진짜로 할 짓이 없어서 그 골드를 처박아서 성벽을 올리고 전진 기지를 만드는 줄 알았습니까? 독재로 한 발자국 더 나아가기 위한 군대를 양성하기 위해 대륙 합동 훈련소에 그만한 돈을 투자한 줄 알았어요? 그런 미친 새끼가 세상에 어디 있답니까."

"그건…… 우읍."

"제가 아까 말씀드린 게 이거예요, 미하일 님. 말을 해도 들어 처먹지를 못하는…… 그러니까 당신 같은 사람들이 넘쳐나는 데, 제가 어떻게 모든 선택을 민중에게 맡기는 소년 만화 주인공 같은 행동을 할 수 있겠어요. 이게 아니면 전부 다 뒈지겠거니 싶었다는 게 무슨 뜻인지 이해가 되세요? 이 일 외에 다른 쪽으로는 도박하고 싶지 않았다는 게 무슨 뜻인지 이해하셨습니까?"

"그렇다고는 해도……. 아무리…… 그렇다고는 해도……."

"저도 윤리적으로는 잘못됐다는 알고 있습니다. 그런데 어쩌겠습니까. 가끔 세상과 타협해야 하는 법도 있는데. 트롤리 실험이라고 들어봤습니까. 저는 한 명보다는 다섯 명을 살리기 위해 레버를 당기는 쪽입니다. 하물며 우리 같은 경우에는 그 한 명을 희생할 필요 없어요. 다섯 명을 살리기 위해서 선택해야 하는 게 한 명의 희생이 아니라…… 당신이 그렇게 울부짖었던 작은 자유라 이 말입니다."

"......"

"개똥밭을 굴러도 살아 있는 게 더 좋잖아요. 전부 다 같이 돼지는 것보다는 아주 조금 비윤리적인 게 더 좋잖아, 그렇지 않나?"

"다른 방법이…… 다른 방법이 있었을 겁니다. 위원장님은…… 영특하신 분입……."

"저 안 영특합니다. 제가 진짜로 똑똑했으면 미하일 님이 그렇게 외친 다른 방법을 찾아냈을 겁니다. 참고로 대륙인들을 한 번 더 믿어보자는 개소리는 목구멍에 다시 넣어두세요. 이미 시도해 봤고, 방금 봤던 것보다 더 지옥 같았던 걸 보고 왔으니까."

"……어째서, 어째서 제게 이런 걸 보여준 겁니까."

"어째서 보여줬다고 생각하십니까, 미하일 님은."

"잘, 잘 모르겠습니다."

"그러지 마시고 잘 생각해 봅시다. 어째서 제가 이런 걸 보여줬다고 생각하세요?"

"……."

"이미 답을 알고 있을걸."

"제 도움이 필요하신 거군요."

"……."

"아마도 제 도움이 필요하시기 때문일 거라고 생각합니다. 정확히 뭘 원하시는지는 모르겠지만……. 위원장님께서는…… 제가 그들을 막는 데 도움…… 도움이 될 거라고 생각하고 계신 것 아닙니까. 그렇기 때문에…… 제게 이런 장면들을 보여주신 게 아닙니까? 저를 설득시키기 위해서, 이 부족한 사람에게 맡기실 일이 있기 때문…… 때문에……."

"기다렸던 대답입니다."

"어떤 일을 맡기시려고 하시는 것인지…… 물어도 되겠습니까. 저는 아직도…… 아직도 머릿속이 혼란스럽고 제대로 이해가 되지 않습니다. 어째서 위원장님께서 이렇게 직접 오셔서 저를 납득시키려고 하시는 건지, 저런 상황에서 제가 도대체 무슨 일을 할 수 있는 건지, 무엇이 진짜 옳은 건지…… 또 제가 어떤 선택을 해야 하는지도 모르겠습니다. 가슴 속에서는 여전히 위원장님을 부정하고 있습니다만, 이성은…… 위원장님을 따르라고 말하고 있습니다. 최선을 다해 대륙을 지키라고 말하고 있습니다. 만약…… 만약 제가 본 게 정말로 가까운 미래에 일어날 일이라면……."

"하지만 정답은 아니네요."

"……."

"기다린 대답이기는 했지만, 정답은 아니었어요."

"그게…… 무슨…… 말씀이십니까."

"푸훗…… 푸하핫."

"어째서 웃으시는 겁니까."

"푸흐하하헤헤헷. 그야 웃겨서 웃지 다른 이유가 있겠습니까. 진심으로 그렇게 생각하신 거예요? 내가 당신한테 도움을 청하기 위해서 이걸 다 보여줬다고 생각하고 있는 겁니까? 정말로 그렇게 생각한 거예요? 아쉽지만 오답입니다, 미하일 님.

이유야 뭐 별 게 있겠습니까."

"지금…… 무슨……."

"진짜로 아무것도 아닌 이유예요. 그냥 당신이 틀렸다는 걸 증명하고 싶었거든."

"뭐…… 뭐?"

"네가 틀렸다는 걸 알려주고 싶었다고, 푸……푸하흐하핫. 그래서 보여준 거야. 뭐 거창한 이유라도 있는 줄 알았어요? 그냥 화풀이였다고…… 푸흐흐흣, 신념, 신념하고 울부짖는 꿈 많은 이상주의자한테 조금이라도 현실이 어떤 건지 알려주고 싶어서 보여준 거라 이 말입니다, 푸흐하하핫. 그래야 내가 덜 억울하잖아. 네 눈빛이 얼마나 기분 나빴었는지 알아?"

"와…… 알고는 있었지만…… 오빠…… 진짜 악취미에…… 쓰레기 같아요."

'응, 지혜야. 그거 아니야.'

"제가 왜 당신을 한 번 더 기용하겠어요? 당신이 꿈꾸는 세상이었다면 '한번 싸웠으니 동료다'라는 흐름으로 가겠지만…… 여기서 그딴 일이 생길 리가 있겠습니까. 저는 한번 배신한 사람은 절대로 안 믿어요. 한번 통수를 친 새끼는 반드시 한 번 더 통수를 치게 돼 있거든. 푸흐하하핫, 뭐? 일을 맡겨? 뭐 이제 와서 대륙 구하기에 합류라도 하고 싶어진 겁니까? 이제 와서 빛과 함께 싸우고 싶다고요? 그럴 수는 없지, 이 악마 조력자 새끼야."

"미…… 미친놈……."

"엿이나 까 드시고 정보나 뱉으세요, 이 양반아. 그게 그나마 네가 대륙에 기여할 수 있는 방법이니까."

174장
키 플레이어

"생각보다 알고 있는 게 별로 없네요."

"그래도 나쁘지는 않은 것 같은데…… 사실 크게 기대하지도 않았어. 딱 내가 예상했던 범위 정도로만 알고 있는 것 같네."

"조금 더 털어볼까요?"

"굳이 누나가 할 필요가 있어?"

"차라리 교황청 쪽에 넘기는 게 좋지 않을까요? 나탈리 그 여자도 같이 이단 심문관들한테 넘기는 게 속 편하잖아요. 이단 심문관장이 안 그래도 최근에 연락이 왔었거든요. 본인들이 직접 심문하고 싶다고. 오빠가 안 좋아할 것 같아서 일단 대답하지는 않았는데…… 사안이 사안인 만큼 목이 빠지게 기다리고 있을 거예요."

"글쎄…… 어떻게 할까. 귀찮은데 그냥 넘겨 버려?"

"알고 있는 건 전부 말씀드렸습니다. 그러니……."

"나 참. 아까까지만 해도 자존심 지키던 사람이 불과 몇 시간 사이에 많이도 망가졌네요. 이래서 지킬 게 있는 사람들은 이딴 헛짓거리를 하면 안 된다니까. 우리 오빠가 조금 무른 면이 있어서 그렇지, 나였으면 이렇게 물렁하게 안 끝내. 장담하는데 너희 두 연놈 전부 대가리만 남은 채로 뻐끔뻐끔 입 벌리고 있었을 거야. 살아 있는 게, 살아 있는 것처럼 느껴지지 않을 정도로 만들어줄 수도 있었다고. 자비에 감사하는 게 맞겠네, 그렇지?"

"……."

"그냥 넘겨 버려요."

"사실 이제는 어떻게 되든 별로 관심도 없는데…… 기왕이면 살아 있으면 좋겠는데. 공개 처형도 나쁘지 않을 것 같고…… 그런 거 보여줄 때도 한번 됐잖아. 아니야, 그래도 숨이 붙어 있는 편이 나을 것 같아."

"생각할 시간이 필요한 거면 처우가 결정되기 전까지는 여기에 박아놓을게요. 이단 심문관장이 계속 연락 올 것 같으니까. 이건 오빠가 좀 막아줘요."

"응, 더 이상 여기에 뭐 볼 일도 없을 것 같고…… 그만 나가자."

"네, 그런데 오빠."

"응?"

"왜 마지막에 그런 식으로 말한 거예요?"

"내가 뭐라고 했었어?"

"조금만 더 분위기 잡고 들어갔으면 대륙을 위해서. 저엉말로 어쩔 수 없이 윤리와 비윤리 사이에서 고민한 정의로운 흑막 정도는 될 수 있었던 거 아니에요? 그것 하나 놀리고 싶어서 푸흐하핫 웃으면서 이미지 버린 게 너무 아깝다."

"어차피 오늘 이후로 안 볼 사람인데, 그런 이미지가 뭐가 중요하겠어. 그냥 기분이 더럽더라고. 끽해야 범죄자 새끼들이 본인들이 끝까지 옳다고 생각하는 게 우습잖아. 지금까지 대류에 뭣 하나 한 것 없는 놈들이 이제 와서 '이래야 한다. 저래야 한다' 훈수 두는 꼴이 어이없었기도 했고……. 흠…… 저기요, 미하일 님. 만약 당신이 제 입장이었다면 뭘 어떻게 했을 것 같아요?"

"……."

"아마 당신은 여기까지 오지도 못했을걸. 이미 중간에 아무것도 선택하지 못해서 뒈졌을 거라고……. 뭐, 더 이상 말하는 것도 입 아프고…… 아무튼 잘 지내세요, 미하일 님. 가끔 특식 넣어드릴 테니까, 용기를 잃지 마시고 살아가야 합니다. 공부 열심히 하시고요. 우리 미하일 파이팅! 푸…… 흐흐흡."

"통쾌한 건 알겠는데 그만 좀 놀려요. 무게 좀 잡아보라고요."

괜한 폼 잡는 것보다는 가뭄으로 허덕이는 내 가슴에 단비를 내려주는 게 더 좋지 않을까.

알았다는 듯이 고개를 끄덕이자, 미약하게 한숨을 쉬는 이지혜의 모습이 시야에 들어왔다.

본인도 말은 그렇게 했지만, 사이다를 들이켠 표정이지 않은

가. 희미하게 콧노래를 흥얼거리는 것을 보면 얻은 정보 역시 그리 나쁘지는 않다고 생각하는 게 분명하리라.

'뭐, 단서 정도는 얻었으니까.'

하지만 부족하게 느껴지기는 했다. 일단 가장 중요하다고 생각했던 악마에 대한 정보가 너무나도 적다.

엄밀히 따지면 미하일은 결사단의 일원이 아니니, 알 리가 없었을 테지만…… 개미 코딱지만 한 정보 정도는 머릿속에 처박혀 있을 거라고 생각했다.

'이 악마 계약자 새끼들.'

하지만 예상한 것보다는 주력 메뉴의 개수가 부족한 상황, 다른 건 몰라도 계약한 악마의 이름 정도는 알 거라고 생각했건만, 그것조차 베일에 감추어져 있다는 게 불편하게 느껴질 수밖에 없었다.

어쩌면 베니고어가 알고 있지 않을까. 그게 아니라면 5구역에 무언가 단서가 남아 있을지도 모른다. 지하에 은닉처가 있다는 사실을 확인했으니, 뭐가 됐든 간에 그곳으로 가는 게 최우선 사항이라 여겨졌다.

'카스가노도 같이 가는 게 좋겠네.'

악마 계약자 놈들의 은닉처에서 무슨 일이 일어났는지, 정확히 무슨 사건이 있었는지 엿볼 가능성도 있었으니까.

어떻게 악마를 소환한 건지, 또 누구와 계약한 건지, 계약 조건이 무엇인지 들어볼 수 있는 것만으로도 커다란 이득이 아닌가.

정말로 벨리알보다 상위의 악마가 맞다면…….

'콩고물이 떨어질 수도 있고…….'

뭔가 얻을 게 있을 수도 있다는 거다.

천천히 발걸음을 옮기는 와중에도 악마 소굴을 탐험할 인선을 머릿속으로 그리기 시작했다.

일단 김현성은 아웃. 아무리 우리가 서로의 속내를 까고 진솔한 이야기를 했다고 한들, 악마에 대해 반감을 품은 녀석에게 같이 가자고 하는 것 자체가 무리수다.

단순 잔당의 소탕이었다면, 기쁜 마음으로 함께 가자고 손을 내밀었겠지만…….

'원정의 목적 자체가 다르니까.'

이걸 위해 쓸데없는 연기까지 하며 밀어내지 않았던가.

'한소라는 데려가야겠네.'

조금 불안하지만, 정하얀도 데려가는 게 맞다. 흑마법에 조예가 깊은 두 명이니 지식수준이 상당할 게 분명했다.

특히 그 누구보다 한소라에게 도움이 많이 될 거라고 생각했다. 악의에 찬 결사단이 본인들의 숙원을 이루기 위해 존버하며 모아놓은 연구 성과가 그곳에 있는 것이 아닌가.

인상적이었던 자살 폭탄 테러부터 사지가 절단돼도 죽지 않는 끈질긴 생명력의 비밀, 그리고 힘의 원천. 제삼자에게는 끔찍한 현장으로 보일지 몰라도 그녀에게는 보물 창고나 다름없는 장소처럼 느껴질 것이다. 심지어 어둠의 역병군주로서 사용할 수 있는 촉매나 실험 결과들이 들어가 있을지도 모른다.

둘 모두에게 윈윈. 특히 흑마법에 대한 정보가 압도적으로 부족한 그녀에게 그 장소는 별천지나 다름없다.

'이 새끼들이 대륙을 위하기는 했네. 이런 것도 인계해 주려고 하고…… 알고 보니 빌런이 아니라 히어로였네. 소름이 돋는다, 소름이.'

카스가노, 나, 정하얀, 한소라. 이 정도로 후위 인선은 마무리.

굳이 전위가 필요할까 싶기도 했지만, 혹시 모를 잔당이 헛짓거리를 해올 수도 있는 만큼 데려가는 게 옳다. 박덕구와 조혜진만으로는 조금 부족한 느낌이었지만, 길드 내 전위 중에서는 데려갈 수 있는 인원이 이 둘밖에 없다.

'친위대라도 조금 데려가면 되겠지, 뭐'라는 쓸데없는 생각을 하며 곧바로 발걸음을 옮기자, 이쪽을 빤히 바라보고 있는 카스가노 유노의 얼굴이 시야에 비친다.

그러고 보니 너무 아무 말이 없어 깜빡 잊고 있었다.

"고생하셨습니다."

"해야 할 일을 했을 뿐입니다. 주…… 원장님."

'주원장은 또 누구야?'

"5구역으로 가서 방금 들었던 곳을 조금 둘러볼 생각인데. 함께 가서도 괜찮겠습니까?"

"네, 오히려 제가 부탁드리고 싶을 정도이옵니다."

"그리고…… 혹시 그 이후의 이야기는……."

"죄송합니다. 아, 아직까지는 보이는 것이 없습니다. 검은색 세계의 이야기도, 미래의 이야기도…… 저번에 함께 바라보신

이후에는……. 송구합니다."

"아니요, 카스가노 님이 죄송할 일이 아닙니다. 어쩔 수 없으니까요. 앞으로는 작은 변화라도 좋으니 뭔가 이전과 달라진 점이 있으면 곧바로 말씀해 주셨으면 합니다. 알고 계셨겠지만, 눈에 보일 정도의 커다란 변화는 미래에 곧바로 영향을 끼치는 것 같아서……."

"……."

"방금 본 것처럼 말입니다. 분명히 처음 그 시점에 대한 걸 봤을 땐 이렇게까지 무너지지 않았던 걸로 기억하는데……. 방금 봤던 장면에 있었던 변수는…… 역시 5구역이 무너졌기 때문에 일어난 일이라고 생각하면 되는 겁니까?"

"네, 아마 위원장님의 생각이 맞을 거라고 사료됩니다. 하지만 만약 그게 아니라면…… 다른 요인일 가능성에 대해서도 고려하셔야 합니다. 아직 5구역에 대한 복구 작업이 들어가지는 않았지만, 주인님께서는 5구역 보수 작업은 필수적으로 해야 하는 일이라 생각하고 계신 것으로 알고 있습니다."

'그건 맞지.'

"행동하지 않고, 결정하시고 계신 것만으로도 미래가 바뀔 가능성이 있습니다. 어떻게 생각하면 5구역에 복구 작업이 들어갈 거라는 것은 이미 확정된 미래입니다. 그럼에도 불구하고 주인님의 생각대로 일이 흘러가지 않았다면, 무언가 다른 변수가 개입했을 가능성이 있을 거라고 사료되옵니다."

"갑작스러운 변수……."

'머리 아파지네.'

카스가노가 무슨 말을 하는지 대충은 이해할 수 있었다.

'쟤 말이 맞아.'

현재 5구역에 복구 작업이 진행되지 않았다고 한들, 계속해서 5구역이 저런 상태를 유지하고 있는 것은 아니지 않겠은가.

이미 나와 이지혜는 최대한 빠르게, 모든 인력을 풀어 이곳을 보수하자 마음을 먹었고 계획을 목전에 두고 있다. 그럼에도 불구하고 미래에 이 전진 기지가 제대로 된 역할을 해내지 못하고 있다면 내부보다는 외부에서 문제를 찾아보는 것이 옳다.

'무슨 일이 일어나는 거지?'

복구 작업이 진행되기 전에 외부 신이 들어오기라도 하나? 가능성은 적다. 그렇게까지 빨리 도착할 리가 없었으니까. 아니면 내가 모르는 곳에서 바깥 신의 추종자들이 생겨난 건가? 복구 작업 자체에 문제가 있었던 건가. 아니면 지금 일어난 이 사건 자체에서 뭔가 나비 효과가 터지는 건가.

의문에 의문이 꼬리를 물고 점점 땅바닥으로 기어들어 가는 상황.

아무렇지도 않은 척했지만, 카스가노의 미래를 심각하게 바라본 만큼 조금은 진지하게 생각해 볼 수밖에 없었다.

비둘기들조차 막지 못하는데 어떻게 바깥 신과의 격전을 준비한단 말인가. 계속해서 이런 상황이 지속된다면 차라리 파란 길드와 지인들을 이끌고 녀석들과 호형호제하는 그림이 더 나쁘지 않다고 여겨질 정도였다.

"너무 고민하지 마시옵소서. 미래는 아주 작은 것으로도 뒤바뀌게 마련입니다. 제가 이런 말을 드리는 게 어울린다고 생각하지 않으시겠지만, 눈에 보이는 미래에 연연하는 것은 좋은 선택이 아닙니다. 주인님께서는 주인님이 원하시는 걸 반드시 얻어 가실 수 있으실 겁니다."

"음…… 고맙습니다."

"건방졌다면 죄송……."

"아니요. 정말로 고마워서 드리는 말입니다. 진심으로요. 여러 가지로 신경 써드리지 못해 죄송하기도 하고……."

"그리 말씀하시면……."

"추후에 한번 시간을 보내는 게 좋을 것 같군요."

"정말, 정말! 그리해 주시는 겁니까!"

"네."

무척 기뻐 보이는 모습. 최근 받은 스트레스가 전부 날아간 것 같은 얼굴에 조금이지만 뿌듯함이라는 감정이 가슴 한편에 자리 잡았다.

매번 새로운 것을 보지 못해 초조해하고는 있었지만, 미래나 검은색 세계를 들여다보는 일이 어디 쉬운 일인가. 한번 봤던 장면을 타인과 함께 시청할 수 있는 편리한 다시 보기 기능이 생기기는 했지만, 여전히 미래가 보이는 주기가 불확실했다.

쾌재를 부를 만한 것은 그녀가 성장하면 성장할수록 그 주기가 짧아지고 있다는 것. 무엇보다 본인이 이쪽과 시간을 보내기 위해 필사적으로 노력하고 있는 만큼 조만간 그 노력이 성과를 볼 거라고 생각할 수밖에 없었다.

'생각해 보면 얘가 참 불쌍해…… 오직 빛만을 위해서 살잖아.'

그녀가 어쩌다가 이 지경이 됐는지 알고 있었던 만큼, 괜스레 시선을 돌리게 될 수밖에 없었다.

아무튼 간에 지하 감옥에서의 대략적인 용무를 마치고 위로 다시금 향했다.

정확히 안쪽에서 무슨 일이 있었는지, 무슨 대화가 오갔는지 궁금할 텐데도 이것저것 물어오지 않은 조혜진에게는 엄지를 추켜올려 주고 싶다. 그녀가 오늘 할 일이 호위 하나뿐이라고 생각해, 이쪽의 영역에 신경 쓰지 않는다는 부분도 좋다.

위로 올라온 직후에는 이지혜에게 전달 사항을 전한 직후에는 곧바로 원정 준비를 하기 시작했다.

'규모가 꽤 크다고 했으니까 챙길 것도 많겠네.'

그렇게 오래 걸리지는 않을 것이다. 1박 2일, 아니면 2박 3일? 조금 더 길어진다면 3박 4일 정도는 돼야 자세히 뒤져볼 수 있지 않을까.

그렇게 가방에 짐을 쑤셔 넣고 있을 때였다.

"잠깐 시간 괜찮으십니까?"

조심스럽게 이쪽을 바라보는 김현성의 얼굴이 시야에 비쳤다.

"어디 가시는 겁니까?"

뭐라고 대답해야 할지 갈피를 잡을 수가 없다. 혹시나 현장으로 간다고 하면 따라나선다고 하지 않을까 하는 쓸데없는 생각이 들었기 때문이다.

묵묵히 짐을 챙기는 모양새가 내가 생각해도 조금 이상하게 느껴졌지만, 일단은 눈치를 보며 가방에 짐을 밀어 넣을 수밖에 없었다.

수납 가방에 갈아입을 옷들과 개인 보급품, 그곳에서 혹시나 연구할 일이 생길 수도 있으니 간이 연금 키트도 챙기는 게 좋겠지. 쉬는 시간이 있을 수도 있으니 체스판도 챙겨 가야지. 이것저것 많이 챙기는 것 같기는 했지만, 김현성이 선물해 준 무한의 가방의 수납 공간은 넓다.

그 와중에도 김현성은 조금은 불안한 얼굴로 나를 바라보는 중. 인간관계에 서투른 만큼 지금 자신이 어떤 포지션을 취해야 하는지 혼란스러워 하고 있는 것처럼 보였다.

지금 이 자리를 뜨는 게 맞는 건지, 아니면 물끄러미 바라보는 게 맞는지 판단하고 있는 것처럼 느껴졌지만, 뭐라고 말을 건넬 리 만무.

이미 원정 준비를 끝마쳤음에도 불구하고, 이 미묘한 대치 상황은 끝날 것 같지가 않다.

'이거 그냥 말하는 게 좋겠는데…….'

계속해서 저기에 저렇게 둘 수는 없지 않은가. 입술을 오물거리기가 무섭게 다시 한번 목소리가 들려오기 시작했다.

"저…… 그러니까…… 어디 나가시는 겁니까."

'그냥 말하자, 그래.'

당당하게 말하고, 따라올 것 같으면 당당하게 쳐내자.

"잠깐 현장에 다녀와야 할 것 같습니다."

"혹시 5현장을 말씀하시는 겁니까?"

"네, 무너진 현장 복구 작업의 진척이 어떻게 돌아가고 있는지 확인해 봐야 할 것 같습니다. 아무래도 제가 생각했던 것보다 더 피해가 큰 것 같아서……. 덕구와 하얀이도 데리고 갈테니, 걱정하실 필요도 없을 겁니다."

"하지만…… 자리에서 일어나신 지 얼마 되지 않은 걸로 알고 있는데…… 조금 더 휴식을 취하는 게 좋지 않……."

"건강합니다. 머리에도 이상 없고, 건강에도 이상이 없어요."

'이 새끼가 언제부터 내 건강에 신경 썼다고 그래. 가서 수련이나 해.'

"그래도……."

"해야 할 일이니까요. 현성 씨가 조금 더 성장하기 위해 9개월 동안이나 수련에 힘쓴 것처럼요."

"그건…… 죄……송합니다."

'아니, 왜 사과를 하고 그래. 사과할 일이 아닌데.'

"아니요, 사과할 일은 아닙니다. 저도 이해하고 있으니까요. 중요한 일이지 않습니까."

'네 일만큼 내 일도 중요한 거 알고 있지? 그러니까, 이번 것만 마무리하자.'

"그게……."

"저 역시 마찬가지입니다. 현재 상황에서 현장을 복구하는 것보다 중요한 일은 없어요. 제 실수고, 제 일이었으니, 제가 끝까지 책임을 지고 싶습니다."

"……네, 이해…… 이해했습니다. 그럼. 언제 돌아오시는 겁니까?"

"글쎄요, 정확히 얼마나 걸릴지는 예상할 수 없지만…… 그렇게 긴 시간은 아닐 것 같네요."

'따라온다고 하지는 않네.'

초반에 쌓은 빌드업이 효과가 있는 것 같았다.

굉장히 할 말이 많은 것처럼 느껴졌지만, 목구멍에 담아두고 있는 것 같은 느낌. 확실히 내가 생각해도 괜찮은 대처였다.

이미 사건이 다 터진 이후에 안전, 안전, 건강, 건강, 떠들 면목이 있을 리가 없다. 박덕구와 정하얀을 데리고 간다고 했으니 최소한의 안전은 보장된 셈이기도 하고…… 무엇보다 이쪽 역시 같은 프레임으로 밀어붙였다는 것에 그 의의가 있지 않은가. 녀석 역시 필요한 일을 위해 잠수를 탔으니 이쪽 역시 그럴 수 있는 게 당연했다.

최대한 방해하지 말라는 티를 팍팍 내며 입을 열자, 못 이기는 척 수긍하고 있는 김현성의 얼굴이 시야에 비쳤다.

"그리고…… 죄송합니다."

"죄송할 것 없다니까요."

"……."

"그런데…… 여기까지는 무슨 일로 오셨습니까."

"아……."

'시답지 않은 이유로 온 건 아닐 텐데…….'

딱 녀석의 얼굴이 그랬다. 평소와는 확실히 다른 표정이었으니까.

그제야 용무가 생각났는지 고개를 끄덕이는 모습.

예상해 보건대 좋은 소식은 아닐 것 같은 느낌. 맨 처음에 보였던 불안한 모습이 계속해서 머릿속에 아른거린다.

'또 뭐가 터진 건가? 현재 상황에서 터질 만한 게 뭐가 있지?'

별것 아닐 수도 있다. 하지만 평소 같지 않은 김현성의 진지한 표정은 괜스레 나를 초조하게 만들었다.

"들어와서 앉으세요."

고개를 끄덕이며 방 안으로 한 발 내딛는 김현성의 모습이 눈에 들어왔다.

"차는 뭘로 드실 겁니까? 아니면 커피는 괜찮으십니까?"

"아무거나 괜찮습니다. 그보다…… 조금 이야기가 길어질 수도 있을 것 같은데……."

"별로 상관없습니다. 출발 시간은 조금 늦어지겠지만…… 천천히 말씀해 주셔도 됩니다. 중요한 이야기니까요."

'그러니까 빨리 입 털어봐. 궁금해 죽겠다, 새끼야.'

"그러니까…… 어떻게 이야기를 꺼내야 될지 모르겠습니다만…… 혹시 예전에 했던 이야기, 기억하십니까? 그러니까 키 플레이어들에 대해서……."

'기억하다마다.'

기억하지 못하는 게 이상했다. 1회차의 위협만큼이나 중요한 이야기였으니까.

물론 두 회차의 흐름이 확연히 다르기는 했지만, 재능이나 특별한 힘을 가진 인간들마저 달라진 것은 아니다. 정하얀이 여전히 마법에 대한 압도적인 재능을 가지고 있는 것처럼 다른 이들 역시 이전 회차와 같은 재능을 보유하고 있었고, 구태여 이쪽이 접근하지 않아도 스스로 주머니를 뚫고 자기 자신을 드러내고 있었다.

당연하지만 이들의 중요성은 이루 말할 수 없다.

대다수의 네임드들은 전장에서 직접적인 영향력을 끼칠 정도로 강하거나 자신만의 특색을 가지고 있다. 전황을 뒤바꿀 힘이 있었고, 위기에 몰린 아군을 이끌고 나갈 힘을 가지고 있었다.

일반 병력이 단순한 폰들이라면 이런 네임드들은 적 병력에 혼란을 줄 수 있는 나이트와 비숍들. 쓸 만한 패가 더 늘어난다는 뜻이나 다름없으니 무슨 말이 더 필요할까.

그렇기 때문에 나와 김현성은 1회차의 네임드들에게 민감해질 수밖에 없었다.

구태여 파란 길드로 들이지는 않았지만, 1회차의 영웅들과 내가 가능성이 있다고 한 이들은 따로 리스트를 만들어 관리했다.

그리고 성장에 제동이 걸릴 때 즈음에는 극단적인 방법을 쓰면서까지 이놈들의 성장에 집중했다. 합동 훈련소에서, 이름이 알려지지 않은 작은 마을에서, 린델에서, 노동 현장에서, 혹은 던전에서, 각자에게 맞는 방식으로 도움을 주고 있었고, 그들이 알아차리지 못하도록 후원까지 해주고 있었다. 성장하는 것을 기다린 것이다.

그중에서는 과거 김현성과 부딪쳤던 놈들도 있었고, 동료로 활동했던 녀석도 있었다. 어쩔 수 없이 서로를 향해 검을 겨눠야만 했던 정적들도 있었으며, 아무런 연관은 없지만, 소문으로 들었던 강자도 있었고, 어처구니없이 목숨을 잃어 빛을 보지 못한 천재 역시 존재했다.

'그런데 걔네가 왜.'

"……"

'걔네들 문제없지 않았나?'

내 기억에는 없다. 오히려 아주 만족스럽게 쑥쑥 자라나고 있었고 사상 검증 역시 마친 상태. 빛에 대한 충성심이 교단의 사제들과 비교해도 밀리지 않을 정도였으니 무슨 말이 더 필요할까.

"조금 문제가 생긴 것 같습니다."

"문제요?"

"성검에게 선택받은 용사."

생각해 보니…….

"벌써 시간이 그렇게 됐군요."

"네."

'그래, 이 새끼도 내가 기다리고 있었던 놈이었지.'

키 플레이어 중에서도 중요도를 SSS급으로 관리한 진짜배기 영웅 중에 하나. 김현성, 정하얀, 차희라와 같은 레벨이라고 평가받았던 강자. 성검의 선택을 받고 경천동지할 무력을 선보였던, 또 하나의 치트 캐릭터였다.

비록 이전 회차에서는 가면 쓰레기 진청의 못된 술수에 의해 성검이 그 빛을 잃고 미치광이가 되어 죽었지만, 김현성이 묘사한 선택받은 용사는 우리 계획에 꼭 필요한 패라고 생각되는 이들 중 하나였다. 무려 북서부 지역을 통째로 맡기는 게 좋을 것 같다는 김현성의 추천이 있었을 정도였으니 오죽할까.

잠깐 머릿속에서 잊고 있었지만……

"튜토리얼 던전이 벌써 열린 겁니까?"

다시금 고개를 끄덕일 수밖에 없었다.

"네."

"잘됐군요. 안 그래도 얼굴 한번 보고 싶었는데. 현성 씨가 그렇게 말할 정도의 강자라면 어느 정도일지 항상 궁금했었습니다. 성검이라는 게 어떤 무기일지 궁금하기도 했고요. 아마 저희가 세웠던 튜토리얼 최단시간 클리어 기록은 무너졌을지도 모르겠네요. 현성 씨 말대로라면 성검을 가지고 튜토리얼 던전을 빠져나왔을 테니……. 이럴 게 아니라 빨리 접촉을 해야 하지 않겠습니까. 다른 이들처럼 멀리서 관리하는 것도 괜찮겠지만, 중요한 인물인 만큼 저희가……."

"없었습니다."

"네?"

"제가 이미 찾아봤지만, 튜토리얼 던전의 생환 목록에서 그 사람의 이름을 찾을 수가 없었습니다."

"네?"

'뭐야, 시바. 이건 또 무슨 경우야, 시발.'

"혹시 착각하신 게 아닌지…… 다음 회차에……."

"아닐 겁니다."

'그래, 그럴 리가 없겠지.'

1회차의 김현성 역시 녀석에 대해 들어봤을 것이다. 그걸 잊어버릴 리가 없다.

'충격적인 사건이었을 테니까.'

굳이 알려고 하지 않아도 소문이 퍼질 대로 퍼졌을 것이고, 종국에는 김현성의 귀까지 들어갔을 것이다.

심지어 우리 사랑스러운 회귀자가 회귀한 직후 떠올린 사람이 선택받은 용사와 정하얀이라고 하니, 김현성이 병신이 아닌 이상에야 놈에 대해 착각할 리가 없다.

'그런데 시발, 왜 없는 건데?'

아마 김현성이 내게 묻고 싶을 것이다.

'이거 개시바 머리 아파지겠는데.'

카스가노 유노와 함께 봤던 그 난장판의 이유가 이것 때문은 아닌가 싶다.

안 그래도 5구역 복구 사업이 만신창이가 된 상황에 예고도 없이 날아 들어온 거지 같은 소식. 지금까지 세웠던 계획을 머리끝부터 발끝까지 바꿔야 할지도 모른다.

그만큼 심각하다고 할 수 있는 상황이었다. 정하얀이 없는 전투처럼, 녀석이 없는 전투 역시 상상할 수 없다.

튜토리얼 던전에 나온 직후에 혼자 신나서 던전으로 달려 들어가 돼졌다는 게 오히려 더 설득력 있다고 느껴질 정도였 다. 애초에 튜토리얼 던전은 외부의 나비 효과가 전혀 개입할 수 없는 장소가 아니었던가.

그렇기 때문에 조금 더 당황스러워진다.

"정말로 착각이 아닌 겁니까?"

"네, 분명합니다."

"후우……. 이건 뭐라고 코멘트를 드려야 할지 모르겠는 데…… 일단은 계획을 수정하는 편이 좋을 것 같습니다. 혹시 나 이후에 나타날 수도 있으니, 사람 시켜서 꼭 근처를 확인해 주시고. 정확히 뭐가 어떻게 됐는지도 개인적으로 알아보겠습 니다."

아마 베니고어가 알고 있을 것이다. 신과 성검에게 선택받은 용사라니. 어떤 방향으로든 베니고어의 영향력이 들어갔을 게 분명했다.

'아, 왠지 이거 불길해지는데.'

그렇게 느끼는 것이 당연하리라. 이 무능력한 여신은 단 한 번이라도 대륙에 이로운 영향을 끼친 적이 없었으니까.

'어떻게 된 거야. 아니, 애초에 네가 성검 내리는 게 맞기는 한 거지? 근데 왜 용사가 시바, 안 튀어나오고 난리야.'

[일반 등급의 강제 퀘스트가 발동됩니다.]
[미안해, 나의 사랑스러운 이기영 신도.(0/1)]

'뭐가 미안한데, 시발……'

[일반 등급의 강제 퀘스트가 발동됩니다.]
[성검의 선택을 받은 용사 육성 계획은 예산 부족으로…… 전면 취소된 계, 계획이야.(0/1)]

베니고어 파산 사태의 나비 효과였다.
'그게 무슨 개소리야. 무슨 시발, 계획을 전면 취소해. 이 미친 연놈들. 시바, 그게 무슨 소리냐고.'

[미안해, 이기영 신…… 신도. 하지만 우리도 어쩔 수가 없었어. 새로 던전을 업데이트하고 여기저기 들어갈 신성들이 많아서…… 알다시피…… 파산에서 복구한 지 얼마 안 된 상태로 신성을 당겨쓰기도 했고…… 여러 가지로 여유가 없었어. 대륙에 영향을 끼치는 데 들어가는 신성이 얼마나 큰지는 알고 있지?(0/1)]

'그래, 그걸 모르고 있는 건 아닌데, 그래도 이건 아니지. 애초에 그럴 계획이 있었으면 나한테 말이라도 해줘야 하는 거 아닌가? 내가 빠히 기다리고 있다는 걸 알고 있는데도, 이 지랄을 해놓으셨어?'

[아니야. 그, 그런 건 아니야, 나의 사랑스러운 이기영 신도. 정말로 모르고 있었다고. 나도 말, 말해야겠다고 계속 생각은 했었는데, 자꾸 타이밍이 나오지 않아서…… 여러 가지로 문제가 된 부분을 수습하느라 바쁘기도 했고, 왜 알고 있잖아. 아직 27군단 소환 사건으로 뚫린 구멍이 완전히 메워지지는 않아서…… 지금 모든 신력이 그쪽으로 집중되고 있거든…….(0/1)]

'변명은 그게 끝이세요? 베니고어 여신님? 용사 육성에 필요한 신성이 어느 정도인지는 모르겠지만…… 이렇게 취소하는 건 아니지. 애초에 그 위쪽은 도대체 어떻게 돌아가고 있길래. 일을 이따위로 처리해. 투자금이 있으면 어느 쪽에 투자해야 하는지. 여유 자금은 얼마가 남는지. 장기적인 플랜은 어떻게 되는지. 이후 변수에 어떻게 대처해야 하는지 매뉴얼이 정해져 있어야 하는 거 아닌가? 아니, 그 이전에 어디에 정확히 투자해야 할지부터 따지는 게 먼저 아니야? 후다닥 업데이트하고 나 몰라라 하면 그만이야?'

[그건…….(0/1)]

'회의라는 걸 하기는 하는 거예요? 동네 애새끼들 데려다가 관리를 해도 그것보다는 더 잘할 수 있을 거라고 생각하는데. 시발, 시발, 시발. 제대로 투자할 곳에 투자하라고. 모르면 시발 물어보라고. 제기랄…… 제기랄, 너도 진짜 질린다. 이건 아니지, 이건 아니잖아. 신력도 꽤 벌어준 걸로 기억하는데. 어디 좋은 곳 가서 법인 카드로 시원하게 긁지 않고서는 이따위 결과가 나올 수가 없는 거 아닌가? 베니고어 님 혹시나 해서 물어보는 건데, 여기서 벌고 엄한 데다가 쓰고 있는 건 아니시죠?'

[큰일 날 소리를! 절대로 그런 건 아니야, 이기영 신도. 절대로 그런 건 아닌데…… 그, 그리고 질린다느니 그런 무, 무서운 소리는 하지 마…… 불, 불안해지잖아. 내가 이기영 신도를 얼마나 사랑하고 아끼는지 알고 있지? 이기영 신도도 알고 있잖아. 나한테는 사랑스러운 이기영 신도밖에 없다는 거…… 그러니까 이상한 생각은 하지 말고…… 우리 차분하게……(0/1)]

'지금 베니고어 님이 제 상황이면 여유롭게 앉아 있을 수 있겠어요? 차라리 벨리알을 다시 불러오는 게 낫지.'

[하지만 우리 쪽에서도 정말로 어쩔 수 없었어…… 이, 이기영 신도가 생각하는 것보다 현세에 영향력을 끼치는 건 정, 정말로 어마어마한 신력을 소모하거든…… 우리라고 왜 장기적인 플랜을 세우지 않았겠어. 이기영 신도를 탓하는 건 아니지만, 이기영 신도를 빛의 연금술사로 전직시킨…… 일이나…… 그…… 그동안 있었던 여러 가지 일 때문에 그럴 여유가 없었던 거야……. 변수가 너무 많아서 장기적인 계획이 전부 무너지고…… 우리 신력

도 전부 무너지고……(0/1)]

　'이제는 내 탓이다? 준신화 등급의 직업을 선물해 준 건 벨리알도 똑같아요, 베니고어 님.'

　[벨리알과 나는 서로 서 있는 위치가 많이…… 다르잖아. 대륙에 생긴 구멍 때문에……(0/1)]

　'그래, 어디 더 말해보세요. 이딴 식이면 당신이랑 일 안 해요, 진짜.'

　[……(0/1)]

　'……'

　[사, 사실…… 이런 말까지 하기는 조금 그렇기는 한데…….(0/1)]

　'……'

　[일반 등급의 강제 퀘스트가 발동됩니다.]
　[엘, 엘룬이 조금 큰 실수를 해서. 그 영향도 없지 않아 있어. 정말로 말 안 하려고 했는데…… 후우……(0/1)]

[희귀 등급의 강제 퀘스트가 발동됩니다.]

[베니고…… 그게 도대체…… 무슨?(0/1)]

[알 수 없는 이유로 희귀 등급의 강제 퀘스트가 취소됩니다.]

[일반 등급의 강제 퀘스트가 발동됩니다.]

[이기영 신도라면 이해할 수 있을 거야. 우리도 완벽하지 않다는 거…… 이기영 신도도 잘 알고 있잖아. 엘룬은 그중에서도 사고를 많이 일으키는 편이라 문제가 조금 많아. 사실 이번에 용사 육성 계획이 전면 취소된 것도…… 엘룬이 개인적으로 맡고 있던 프로젝트가 잘 안 되면서…… 그걸 수습하는 바람에…… 차질이 생길 수밖에 없었어.(0/1)]

'……'

[우리도 당연히 알고 있지, 육성 계획이 중요하다는 거…… 나도 알고 있었어. 하지만 당장 엘룬이 저지른 걸 수습하지 않으면 대륙의 균형이 붕괴될 위기였었다니까. 정말로 돌이킬 수 없는 상태로 흘러가는 걸…… 책임자 입장에서는 바라볼 수가 없잖아. 이기영 신도도 위에서 인간들을 다스려 본 경험이 있으니 내 말…… 이해할 수 있을 거야.(0/1)]

[엘룬한테는 합당한 징계를 내리기로 이미 내부적으로 이야기를 끝낸 상태지만…… 사랑하는 이기영 신도의 마음이 풀리지 않겠지…… 알고 있잖아, 이기영 신도. 엘룬이 좀……(0/1)]

'엘룬 쓰레기……'

[으응…… 엘룬 쓰레기잖아. 나라고 힘들지 않았겠어? 그래도 내 후배라고…… 신경을 아예 안 쓸 수도 없고…… 사실 과해서 그렇지 공이 아예 없는 것도 아니잖아. 덕분에 엘프들 쪽이 안정되기도 했고……(0/1)]

'그래서……'

[아예 쳐내고 싶기도 하지만…… 그건 너무한 처사이기도 하고…… 실제로 쳐낼 수도 없어서…… 물론 나의 사랑하는 이기영 신도가 원한다면 최고 징계를 내릴 수도 있지만, 아마 혼란이 더 커질 거라고 생각해. 개인적으로 아끼는 후배이기도 하고…… 이러면 안 되는 거 아는데……(0/1)]

'후우……'

[내가 할 수 있는 말이…… 미안하다는 말밖에 없네. 끄윽…… 미안해…… 정말 미안해, 이기영 신도.(0/1)]

머리를 꽉 부여잡을 수밖에 없는 상황이었다.

사실 언젠가 엘룬 쓰레기가 사고를 칠 거라고는 생각하기는 했다. 인간이 다섯이나 모이면 꼭 하나는 쓰레기가 있게 마련이라는 현자의 말씀은 위에서도 통용되는 모양, 위쪽에서는 엘룬이 바로 그 쓰레기다.

'그래, 그렇게 막장으로 운용할 리가 없겠지.'

아무리 베니고어가 무능력하다고는 하지만 이렇게까지 무능력할 리가 없지 않은가.

위에서는 제법 선임에 입장에 있는 신이며 후배들의 신뢰를 받고 있는 여신이었다. 비록 내 부름이 있기는 했지만, 무슨 일이 터질 때마다 앞장서 수습하던 것 역시 베니고어였다는 걸 생각해 보면 이번 사건이 단순한 무능력으로 일어났다고 보기에는 무리가 있다.

그동안 벌어준 걸 생각 없이 던지다 전부 태웠을 리가 없다. 그래도 내가 나름대로 신뢰를 보내고 있는 베니고어가…… 시발, 그렇게까지 무능력할 리가 없다.

'그래, 그럴 리가 없어.'

아마 그녀의 입장에서 예상하지 못했던 사건일 것이다.

내가 정하얀이나 혁명 삼 남매의 사고를 수습했던 것처럼 베니고어 역시 엘룬이 친 사고를 수습하기 위해 고군분투 뛰어다녔을지도 모른다. 왠지 모르게 기묘한 동질감이 생성되는 것도 무리가 아니리라.

'저는 상황이 어쩔 수 없는 거지만…… 그래도 너무 흔들리면 안 됩니다. 안 된다고요, 베니고어 님.'

[이해해…… 주는 거야? 사랑스러운 이기영 신도?(0/1)]

'정에 이끌리지 말고 조금 더 단호해지세요. 그런 페널티를 안고 가려면 적어도 그 페널티에 상응하는 이점이 있어야 합니다. 제가 볼 때 엘룬 쓰레기는 그런 이점이 없어요. 현재의 엘프들에게 고정적으로 신력을 받는다는 것 하나. 딱 그것밖에 없다고요.'

[으응…… 무슨 말 하는지 아주 잘 알고 있어, 이기영 신도. 마음속으로 새겨들을게.(0/1)]

'단호해지셔야 합니다. 지금부터라도 웬만하면 모든 업무에서 엘룬 쓰레기는 제외하세요. 다른 건 상관이 없는데…… 아시다시피 현 상황이 아주 작은 변수 하나 때문에 망할 수도 있는 그런 상황이에요. 혹시나 엘룬 쓰레기가 뭐 해보려고 달려들었다가 개판 나는 꼴 보기 싫으니까. 절대로 걔한테 뭐 맡기지 마세요. 제 말 이해하셨습니까?'

[으응…… 지금부터라도 꼭 그렇게 할게. 이기영 신도의 조언이라면 당연히 따르는 게 맞지. 전부 다 뼈가 되고 살이 되는 조언인데.(0/1)]

'현상 유지에 가장 집중해 달라, 이 말입니다. 아…… 엘룬, 이 개…… 진짜.'

[엘룬도 가슴 깊이 반성하고 있대…… 으응…….(0/1)]

'지금부터예요. 완전히 업무에 배제하라는 이야기라고요.'

[그, 그래도 그것까지는…….(0/1)]

'원래 일 못 하는 사람들이 여기저기 기웃거리다 보면 뭐라도 하고 싶어지는 법입니다. 조금 더 직접적으로 말씀드려야겠어요? 엘룬 책상은 완전히 빼요. 혹시라도 그 쓰레기가 헛짓거리라 하는 거 내 눈에 띄면 신도고 뭐고, 대륙이고 뭐고, 아무것도 안 하고 얘들 데리고 지옥으로 갈 겁니다.'

[그…… 렇게 할게.(0/1)]

'추가로 이후 대책에 대해 어떻게 할 건지 그쪽에서도 한번 생각해 봐요. 나도 내가 할 수 있는 선에서 다른 방법이 있는지 알아볼 테니까.'

[으응…… 안 그래도 어떤 방향으로 가야 할지에 대한 회의가 밤낮 가리지 않고 이루어지고 있어. 조만간 좋은 소식을 들려줄 수 있도록…… 우리 쪽에서도 노력할게. 믿, 믿어줘서 고마워, 나의 사랑스러운 빛, 대륙의 유일한 희망, 이기영 신도.(0/1)]

'후우…… 시바.'

조금은 길었던 침묵.

계속해서 머리를 부여잡게 된다.

좋은 소식을 들려주도록 노력하겠다는 말을 듣기는 했지만, 사실 가장 좋은 소식은 튜토리얼 던전에서 용사가 발견됐다는 소식이 아닌가. 이미 행복 회로 따위는 전부 다 타버린 지 오래. 도대체 어떤 방법으로 녀석의 빈자리를 채워 넣어야 할지 감이 잡히지 않는다.

'제기랄.'

방법이 있을 리가 없다. 정하얀이나 김현성의 대체자가 없는 것과 다름없는 상황이었으니까.

'그럼 용사는…….'

확실하지는 않지만, 튜토리얼 던전에서 뒈지지 않았을까.

'이 새끼도 너무 불쌍한데.'

미래가 보장된 인재가 엘룬 쓰레기의 실수로 받아야 할 성검도 받지 못하고 튜토리얼 던전에서 죽어버렸다.

어떻게 죽었는지는 알 수 없지만 사실 궁금하지도 않다. 살인자 새끼들과 마주쳤든, 무리하게 원정을 진행하다 아귀들에 둘러싸여 죽었든 간에 이미 뒈졌다는 사실은 변하지 않으니까.

"기영 씨."

"……."

"기영 씨."

"……."

"기영 씨."

"네."

"괜찮으신 겁니까? 갑…… 갑자기."

"아, 괜찮습니다. 잠깐 다른 생각을 좀 하느라…… 신경 쓰지 않으셔도 됩니다. 어디까지 이야기했었죠?"

"따로 방법이 있는지 알아보신다는 것까지……."

"……."

"정말 괜찮으신 겁니까?"

"아, 네, 그랬었죠. 네, 죄송합니다."

"……저 기영 씨."

"네?"

"혹시…… 저…… 혹시……."

"말씀하셔도 됩니다."

"아니요…… 아무것도…… 아무것도 아닙니다."

입술을 꽉 깨문 얼굴, 간헐적으로 떨리는 팔, 무엇보다 분노가 느껴지는 얼굴.

'그래, 시바, 현성아. 너라고 화가 안 나겠니. 형도 이해한다.'

저 착한 김현성조차 이 이해할 수 없는 상황에 분노를 보내고 있었다. 찰나이기는 했지만, 평소에 감정을 잘 드러내지 않는 만큼 얼굴에 곧바로 표가 난다.

조금은 의아한 표정으로 녀석을 바라보자 본인이 더 깜짝 놀랐다는 듯 애써 웃는 모습이 시야에 비쳤다. 뭔가 이쪽을 안심시키려는 것 같은 힘겨운 미소.

확실히 조금 당황한 모습을 보였다는 걸 깨달은 순간이었다.

실수인 것 같기도 했지만, 딱히 내 잘못이라는 생각은 들지 않았다. 이 상황에 어떻게 의연한 모습을 보일 수 있을까. 엘룬 쓰레기가 그리고 있던 작품에 똥칠해 놓은 상황인데.

'이걸 어떻게 해야 되냐, 진짜.'

딱히 다른 방법이 보이지 않는다.

김현성에게 위가 어떻게 돌아가고 있는지 알린다면 그나마 선택지가 늘어나겠지만, 그렇게 할 수 있을 리 없지 않은가. 일단은 상황을 제대로 지켜보고 생각할 시간을 버는 게 최우선이라고 생각했다.

가장 급한 일이기는 했지만, 코앞에 닥친 일부터 해결하는 게 맞다. 용사가 맡기로 한 북서 지역도 문제지만, 5구역도 문제가 없는 것은 아니었으니까.

분명히 나는 아무것도 한 게 없는데 이곳저곳에서 갑작스레 분뇨를 싸지르는 상황. 머리를 붙잡게 되는 것도 무리가 아니리라.

"일단 현성 씨는 튜토리얼 던전 쪽으로 향하는 게 좋을 것 같습니다. 저도 남은 일만 처리하고 곧바로 합류할 테니 직접 한 번 더 확인해 주세요. 이번 교육생들도 한 번씩 확인해 주시고요."

"기영 씨, 생각해 봤지만 아무래도 같이 움직이는 게 좋을 것……."

'아니, 너 또 왜 그래.'

"저도 그러고는 싶지만, 시간이 부족해요. 현성 씨는 현성 씨가 할 수 있는 일을 해야죠. 걱정하시는 건 이해하지만 그렇게까지 하실 필요 없습니다. 저는 이미 결정했습니다. 다른 일이라면 그 말에 따르겠지만, 이번에는 제 말에 따라주세요."

"하지만……."

"일단 자리에서 일어나죠. 여기에 계속 있다고 해서 다른 해결책이 나오는 건 아니니까요. 이후 어떤 방향으로 나아갈지는 이번 일을 마무리 짓고 따로 논의하는 게 좋을 것 같습니다. 쉽게 쉽게 넘길 수 있는 사안은 아니니…… 정말로 용사가 나오지 않은 게 확실하다면, 북서쪽 지역의 방위를 강화하는 게 지금 저희가 할 수 있는 유일한 선택지인 것 같네요. 북서 지역 보강 건은 제가 알아서 처리할 테니……."

"……그건 제가 맡겠습니다."

"네?"

"튜토리얼 던전을 제대로 알아보는 것 외에는 딱히 할 일이 없으니까요. 제가 맡도록 하겠습니다."

'음…… 이거 괜찮으려나. 잘할 수 있으려나?'

"기왕이면 함께 가고 싶지만…… 원치 않으시니……. 볼일 보고 오시기 전까지 전부 다 처리할 테니 너무 무리하지 마시고 편하게 다녀오시면 좋겠습니다."

"아……."

'형이 널 못 믿는 건 아닌데…… 정말로 할 수 있는 거 맞지?'

일을 맡기고, 편하게 밖으로 나갈 수 있을 리가 없다.

적절한 예는 아니지만, 집안일이라고는 한 번도 해본 적 없는 양반이 가정은 자기한테 맡기고 밖에 나가 놀다 오라 권유하는 듯한 느낌. 안심할 수 있을 리 없지 않은가. 오히려 개판 치지 않을까 걱정하는 게 일반적이다.

하지만 그 마음이 가상해서 뭐라 솔직하게 말을 못 하겠다. 도와준다고 하는 사람한테 대놓고 하지 말라는 것도 조금 그렇고…… 무엇보다 이것까지 거절하면 그림이 조금…….

'아니, 너무 이상해지겠지.'

이걸로 김현성의 마음이 편해질 수 있다면…….

'그래. 이게 네 마음을 편하게 만들어준다면……'

이게 가장 합리적인 방법이다.

"그렇게 해주시면 저야 감사하죠. 그쪽에 대해서는 김미영 팀장이 잘 알고 있으니 따로 연락해 보시고 함께 처리하시는 게 좋을 겁니다."

"네, 그렇게 하겠습니다."

'이러면 그나마 안심이기도 하고.'

김미영 팀장이 김현성 옆에 딱 달라붙어 일을 처리해 줄 테니까.

"이렇게 일을 도와주신다고 하니 제가 괜히 죄송해지네요."

"당연한 일입니다. 그보다…… 저…… 기영 씨, 몇 번이나 물어봐서 정말 죄송합니다만……."

"네?"

"정말 몸에 이상이 없는 게 확실하십니까?"

"……네, 계속 말씀드렸던 것처럼 아주 건강합니다. 그러니 정말로 걱정하실 필요 없어요. 일단은 일어서겠습니다."

정말로 아무 일도 없다는 것처럼 자리에서 일어나며 입꼬리를 올려봤지만, 여전히 씁쓸한 얼굴.

'뭐야, 너. 왜 그래? 뭔 일 있어?'

왠지 모르게 더 슬퍼 보이는 건 기분 탓이겠지, 라는 쓸데없는 생각도 들었지만, 이 새끼가 무언가를 오해하고 있다는 걸 깨달을 수밖에 없었다.

김현성과 똑같은 표정으로 나를 바라보는 조혜진의 얼굴이 보였기 때문이다.

'현성아, 너 시바…… 도대체 무슨 이야기를 한 거야.'

단언컨대 조혜진이 저런 눈으로 나를 바라본 적은 단 한 번도 없었다. 적어도 내 기억 속의 조혜진은 저렇게 따뜻한 표정으로 나를 응시한 적이 없다.

"죄송합니다. 제가 조금 늦었군요."

'너, 현성이 호출받고 다녀온 거잖아.'

안 봐도 비디오.

출발 직전에 화장실을 다녀온다고 말했지만 환해진 얼굴은 누가 봐도 김현성의 호출을 받은 표정이었다. 이런 걸 속아 넘어주기도 쉽지 않다.

가서 무슨 이야기를 들었는지는 모르겠지만, 무표정으로 장비를 점검하던 아까 전과는 완전히 딴판. 누가 봐도 이쪽을 걱정하고 있는 게 확실했다.

"그만 좀 쳐다보세요. 남들이 오해하겠네."

"그런 게 아닙니다. 아무튼…… 네. 늦어서 죄송합니다."

"죄송할 게 뭐 있나. 급할 때도 있는 거지. 나도 원정 전에는 화장실을 안 가면 왠지 찝찝한 타입이라니까. 혜진이 누님이랑은 공통점이 많지 않을 거라고 지레짐작했었는데 이런 공통점이 있었네. 그나저나 오랜만에 형님이랑 같이 움직이는 것 같은데…… 조금 설레는 거 아니요. 그렇지 않소, 누님?"

"네, 네. 저도 좋, 좋아요."

"뭐, 좋은 일로 가는 것도 아니고……. 그렇다고 엄청나게 위험한 일은 아니지만…… 거 이상하게 옛날 생각이라도 나는 것 같다니까."

"위험한 일이 생길 수도 있으니…… 마냥 편하게 생각하시면 안 됩니다. 저희 역할은 부길드마스터와 후위의 호위입니다. 들뜬 마음도 이해는 하지만 혹시 모를 사고가 생길 수도 있으니……."

"거, 알고 있다니까. 그런 건 당연한 거 아니요. 거, 내가 죽더라도 형님은 지킬 테니 다들 안심해도 된다니까. 그러니 형님도 걱정 마소. 이제 다시는 그럴 일 없을 테니까."

"사실 별일 없을 거야."

"그런 거요?"

"물론, 아무것도 일어나지 않을 확률이 높지. 덕구, 너랑 혜진 씨를 굳이 인선에 넣은 건 정말로 혹시 모를 상황 때문인

거지. 딱히 다른 일이 있을 것 같아서가 아니니까. 잔당이 남았을 가능성이 없는 건 아니지만…… 뭐, 사실 하얀이나 소라 씨, 또 카스가노 유노 님 정도만 있어도 충분하고……. 아무튼 출발하는 게 좋겠네. 하얀아, 주문."

"아…… 네, 네. 지금 외, 외울 테니까 마법진 위로 올라서 주세요."

'편하기는 하네.'

예전처럼 마차 안에서 수다 떨면서 원정길을 이동하는 로망은 없지만, 이동이 빠르니 확실히 편하게 느껴졌다.

정하얀의 말에 원정길에 함께 가게 된 인선들이 슬그머니 자리를 옮기기 시작했다.

박덕구와 조혜진, 정하얀과 한소라, 카스가노 유노와 친위대 몇몇으로 구성된 작은 파티이기는 했지만, 결코 약한 파티가 아니다. 이미 끝장난 곳에 뒤처리하러 갈 수준의 인선은 더욱더 아니기도 했지만, 이번 원정의 중요성이야 말할 수 없을 만큼 크다.

'거긴 별천지니까.'

본인에게 커다란 선물이 될 거라는 걸 알고 있는지는 모르겠지만, 한소라는 누군가와 함께 지하로 기어들어 가야 한다는 사실이 그저 무서운 모양이다.

묘하게 기분이 좋아진 것 같은 정하얀을 보고서는 더욱더 불안해졌는지 손톱을 물어뜯고 있었는데, 확실히 정하얀 전문가라고 할 만했다.

"······!"

잠깐 머릿속으로 다른 생각을 하는 사이에 몸이 환한 빛에 둘러싸이며 시야가 반전되기 시작.

후우욱! 하는 느낌과 함께 몸은 전혀 다른 곳에 있다.

'신기하네, 진짜.'

정하얀이 보인 마법에 감탄한 시간은 짧았다. 아무래도 완전히 폐허가 된 5현장이 눈에 들어왔기 때문이리라.

예상은 했고⋯⋯ 보고도 받았지만, 생각하던 것보다 많이 망가진 듯한 모습. 특히나 완전히 무너져 내린 부분이 있다는 게 뼈 아프다. 이 정도면 처음부터 성벽을 쌓는 게 빠를 수도 있다.

그런 생각이 계속해서 머릿속에 맴돌 정도로 형편없어진 현장의 모습은 괜스레 나를 우울하게 만들었다.

"후우⋯⋯."

'1년 이상 걸리겠네.'

본래 5구역 자체도 공사가 마무리된 상황이 아니었다.

물론 완공을 눈앞에 두기는 했지만 이후, 가공이나 보수로 신경 쓸 게 많다는 걸 떠올리면, 적어도 3개월, 길면 6개월 이상 걸릴 수도 있었다는 게 관리 위원회의 판단이었다. 처음부터 새로 시작해야 할 지경까지 왔으니 오죽할까.

최대한 빨리 완공한 이후 병력을 배치하고 싶었던 나로서는 여러모로 아쉬워질 수밖에 없다.

이런 내 생각을 아는지 모르는지 정하얀은 그저 실실 미소를 보내기에 여념이 없다. 애를 원망하면 안 된다는 걸 이미 깨닫고 있음에도 불구하고 괜히 팔이라도 한번 뿌리치고 싶다.

"오신다는 연락은 받았습니다, 위원장님."

"당신은……."

'지혜 누나 사람이네.'

"시간에 맞출 수 있을까 걱정했었는데 다행히 입구를 찾은 뒤에 도착하셨군요. 곧바로 안내해 드리겠습니다."

"네."

"미리 말씀해 주셨던 대로 청사의 안쪽에서 지하로 통하는 입구를 찾을 수 있었습니다. 마법이 걸려 있다고 하셔서 시간이 조금 걸릴 거라고 예상했지만, 청사가 무너지면서 유지됐던 마법도 사라진 것 같더군요."

"음…… 그렇습니까?"

"예, 길을 찾기가 쉽지가 않더군요. 마법 이외에도 트릭이 많아서…… 저희 역시 조금 고생했습니다. 간단하게는 벽장 뒤의 문 같은 트릭이었지만, 구조 자체가 본인들만 확인할 수 있을 정도로 암호화되어 있었습니다. 설계자가 무척 머리를 썼다는 생각이 들 정도로요. 마치 던전 같더군요. 그것도 아주 잘 설계된 던전 말입니다."

"거, 어떻게 생각해 보면 맞는 말 아니요. 그 악마 계약자 놈들이 사용했던 장소이니 실상 던전이나 다를 바가 없지."

'확실히…….'

던전이라고 부를 만도 하다.

이전과 다른 점이 있다면 이건 인간이 인위적으로 만들었다는 것 그리고 굳이 공략할 필요가 없다는 것. 이를테면 이미 공략된 던전에 보상을 받으러 가는 것이나 다름없다고 생각할 수 있다.

'그렇게 생각하니까 기분이 나아지기는 하네.'

뭘 얼마나 얻을 수 있을지는 모르겠지만, 제발 잃은 것보다 얻는 게 더 컸으면 좋겠다. 아니, 무조건 뭐라도 얻어 가야 했다.

베니고어 오피셜로 선택받은 용사 프로젝트가 완전히 무너져 내린 현시점에서 기댈 수 있는 장소가 이곳밖에 없다.

그렇게 안내인과 몇 가지 말을 주고받으며 적지 않은 시간 동안 발걸음을 옮기자, 이윽고 한눈에 보기에도 넓은 동공처럼 보이는 곳이 시야에 비치기 시작했다.

"여기서부터는 저희도 들어가 보지 않았습니다. 먼저 가서 안전한지에 대한 여부를 확인해 보고 싶었지만…… 이지혜 님께서……."

"네, 무슨 말씀인지 알겠습니다. 일단은…… 고생하셨습니다."

"당연한 일을 했을 뿐입니다."

"당연한 일이라뇨. 여러분의 노고는 결코, 잊지 않겠습니다. 추가로 지혜 씨한테도 말씀드리도록 하겠습니다."

"감사합니다."

그제야 고개를 꾸벅 숙이며 떠나는 녀석.

'지혜 누나도 참 지혜 누나네.'

대충 보기에도 충성스러워 보인다.

할 일이 더럽게 많아 제대로 쉴 수도 없었는데, 어떻게 저렇게 자기 사람을 만들어놨는지 모르겠다. 마음의 눈으로 보기에도 수준이 결코 낮아 보이지 않았으니, 다른 말이 굳이 필요할까.

'뭐, 지금은 그게 중요한 게 아니니까.'

괜히 손가락으로 허벅지를 툭툭 두드리며 시선을 옮기자, 조금은 긴장한 파티원들의 얼굴이 보였다. 특히나 박덕구와 조혜진은 조금 더 민감해진 느낌. 한소라가 나에게 슬쩍 눈빛을 보내오는 것도 시야에 비친다.

'느껴지기는 하나 보네.'

역병군주였다면 나 역시 그녀가 느끼는 것과 똑같은 것을 느끼지 않았을까.

눈치 빠른 정하얀이 한소라가 보낸 신호를 보고 그녀를 빤히 바라보기는 했지만, 한소라 본인 빼고는 문제가 없다.

"진입하겠습니다."

고개를 끄덕이며 앞장선 박덕구.

이윽고 눈에 보인 풍경에는 입을 커다랗게 벌릴 수밖에 없었다.

175장
내 머릿속의 지우개(1)

조금은 어두운 분위기였지만, 깔끔하게 잘 정리된 장내. 던전이라기보다는 연구소라는 표현이 어울리리라.

살짝 시선을 돌려 주변을 훑어보는 것만으로도 절로 고개를 끄덕이게 된다.

'생각보다 건질 게 많겠는데.'

찐빵 안에 들어 있는 단팥이 전부 빠진 상태일지도 모른다고 생각했지만, 그렇지는 않을 것 같아 마음이 놓인다.

규모 역시 예상하던 것보다 더 크다. 조금 더 자세히 살펴봐야겠지만, 마음의 눈으로 보기에도 쓸 만한 것들이 시야에 들어왔다. 촉매로 쓸 수 있는 것들이라던가. 널려져 있는 연구 일지라던가. 흑마법을 기반으로 한 아티팩트들도 보였고, 심지어는 몬스터 생체 실험의 흔적들도 보인다.

등급 역시 천차만별, 영웅 등급으로 표기된 것들이 흔하게 돌아다닌다는 것 자체가 무척 고무적이다.

'뭐, 당연한 건가.'

평범한 재능으로 군단장급의 악마를 소환하는 것은 불가능하다. 우리가 벨리알을 소환한 것 역시 이례적인 일이라는 걸 떠올리면, 별다른 재능이 없었던 녀석들이 군단장급의 악마들을 소환할 수 있을 리 만무. 녀석들이 군단장급의 악마를 소환할 수 있었던 이유는 이런 종류의 연구가 바탕이 되어 있었기 때문이다.

물론 광기에 가까운 집착과 사회적 패배자들의 열등감과 분노 같은 마이너스 감정도 영향을 끼쳤겠지만, 그런 감정만으로 군단장급 악마를 소환할 수 있었다면 이미 대륙은 악마 천지가 되어 있을지도 모른다.

'결국에는 재능이 있었다는 소리가 되는 건가?'

방법이 어떻든 간에 본인들이 목표로 한 걸 이룬 셈이었으니, 그렇게 생각해도 별 무리가 없으리라.

예상보다 더 커다란 부지에 함께 원정에 온 이들 역시 놀랐다는 반응이 대다수.

결국, 참지 못했는지 박덕구가 입을 열어왔다.

"어떤 의미로는 놀랍구만. 뭐가 있을 거라고 생각은 했지만, 내가 예상하던 것보다 더 스케일이 큰 것 같다니까. 1년이면 강산도 변할 세월이라지만, 입이 떡 하고 벌어지는 거 아니요."

"10년이겠지."

"1년이나 10년이나 뭐, 시간은 쓰기 나름인 거 아니요. 중요한 건 아니니까 그냥 넘어가지, 형님도 참……. 솔직히 나는 아무것도 몰라서 뭐라고 말하기가 애매한데…… 그냥 척 보기에도 이 악마 계약자 놈들이 얼마나 치열하게 이 계획을 구상했는지 눈에 딱 보일 정도요. 형님 눈에는 어떻게 보이쇼?"

"내가 보기에도 비슷해. 짧은 시간이었을 텐데, 1년 만에 이 정도라니…… 솔직히 믿기지 않을 정도네."

"아마 그 이전부터 준비하고 있었을 겁니다. 연구는 계속해서 진행 중이었고, 어느 때를 기점으로 본거지를 옮겼다고 생각하는 편이 좋을 것 같습니다."

"거, 무녀님 말이 맞는 것 같은데……. 역시 내 눈이 틀린 게 아니었구만. 분위기를 보니까 뭐, 엄청난 게 있는 것 같지는 않은데. 어떻게 할 거요? 계속 진입할 거요?"

"응, 혹시 모르니까 경계를 너무 풀지는 말고. 방 하나씩 둘러보는 게 좋을 것 같은데……. 아무튼 움직입시다. 혹시나 해서 드리는 말씀이지만, 물건은 함부로 건드리지 마세요. 제가 직접 전부 확인할 테니까요. 다른 특이 사항 있으면 곧바로 보고해 주시면 되고…… 레인저 두 분은 멀지 않은 곳부터 정찰해 주세요. 위험 요소가 발견되면 대응하지 않고 곧바로 보고합니다."

"네."

"네."

"뭐 해요. 계속 움직입시다. 정오 전까지는 요 앞 정도는 전부 둘러보고 싶네요. 오른쪽 방부터 시작하죠. 덕구야."

고개를 끄덕인 녀석이 방패를 몸에 붙인 채로 방 안으로 먼저 진입하는 것이 보였다.

계속해서 빛무리가 쏟아지는 것을 보면 혹시 모를 상황에 대비하는 것 같았지만, 문제는 없다. 오히려 전위들이 너무 할 일이 없는 게 문제라고 할 수 있으리라.

"거, 아무것도 없는 것 같은데 그냥 들어와서 곧바로 작업 시작해도 될 것 같다니까. 빨리 좀 들어와 보쇼. 신기한 물건들이 많으니까. 흑마법에 대해서 뭐 아는 게 없으니, 뭐가 어디에서 쓰이는지는 잘 모르겠는데, 대충 봐도 귀해 보이는 것들 투성이요."

"소라 씨."

"네, 부길드마스터."

"쓸 만한 게 있는지 확인해 봐요."

"네."

"카스가노 유노 님도 떠오르는 게 있으면 곧바로 말씀해 주시면 됩니다."

"네."

둘에게 짤막하게 입을 연 후, 나 역시 보물 찾기에 본격적으로 합류. 조혜진이 나를 바라보는 시선이 조금 신경 쓰였지만, 딱히 일에 크게 관심을 갖는 것 같지는 않았다.

한소라는 커다란 눈을 뜨고 이곳저곳을 바라보는 중. 정말로 괜찮겠냐는 듯이 나를 쳐다보는 것 같아 고개를 끄덕일 수밖에 없었다.

　반면에 정하얀은 기분이 그다지 좋아 보이지는 않았는데, 아무래도 27군단 사태 때의 일로 악마들에게 반감을 품게 된 것이 분명하리라.

　'이건 또 깜빡했네.'

　본인의 손으로 악마를 현세에 2번이나 소환시킨 주제에, 뭐가 그리 불만인지 입술을 삐죽 내밀며 여기저기를 살펴보고 있었다.

　아마 성질 같아서는 여기를 모두 불태워 버리고 싶지 않을까. 리무르아나 로노베만 생각하면 여전히 자다가도 벌떡 일어나 이를 가니, 무슨 표현이 더 필요할까 싶다.

　"조사하다가 마음에 걸리는 게 있으면 곧바로."

　"네, 네. 보, 보고할 테니까 너무 걱정하지 않으셔도 돼요."

　'괜히 폐기하지 마. 이게 다 보물인데…….'

　물론 당장 쓸 수는 없는 게 대부분. 조금 레어해 보이는 서적도 있는 반면에 별 가치 없는 것들도 눈에 띄기 시작했다.

[중급 악마 계약 이행의 원리-희귀 등급]
[고급 악마 계약 주의 사항-희귀 등급]

　'이런 건 별로 쓸모없는 거고.'

[역병군주와 천재 검사가 사랑하는 법-전설 등급]

'아니, 이건 여기 또 왜 있는 거야? 뭐야, 도대체 이건.'

[흑마법학 개론-영웅 등급]

'이건 조금 챙겨 갈 만하네.'

[72군단 설명서-전설 등급]

'이건 아까 거보다 더 괜찮고.'

"아무래도 여기 있는 건 서적이 대부분이, 인, 인 것 같아요. 자료실로 쓰던 도서관 같은 느낌이었나 봐요."

"내가 보기에도 그렇게 보이기는 하네."

"자, 자료가 굉장히 많기는 하네요. 전부 다 별반 쓸모없어 보이기는 하지만……."

'흑마법사를 육성하기에는 나쁘지 않지.'

한번 제대로 육성해 봐도 나쁘지 않겠다는 생각이 들 정도였다.

'괜찮겠는데?'

비둘기들에게 유효타가 될 가능성도 있고, 초반에 빠른 성장이 가능하다는 흑마법의 이점이 부족한 화력에 힘을 실어줄 수도 있다.

전출을 그렇게나 원해왔던 한소라에게 맡긴다고 운을 띄운

다면 전력으로 고개를 끄덕이지 않을까. 자신의 목숨을 바쳐
서라도 성과를 내기 위해서 노력할지도 모른다.

슬쩍 한소라를 바라보자 화들짝 놀라며 시선을 피하는 모
습. 정하얀이 내 옆에 찰싹 붙어 있는 걸 의식한 행동처럼 보
여 마음에 걸렸지만, 말 그대로 마음에만 걸릴 뿐이었다.

아무튼 간에 원정대는 계속해서 진도를 나가기 시작. 생체
실험실에서 키메라가 튀어나와 작은 전투가 벌어진 것을 빼면
안전상의 특이 사항은 없었다.

근처를 돌아보고 온 레인저들이 다른 위험 요소가 없다는
걸 보고한 이후에는 원정대의 경계 레벨이 2단계 정도가 내려
갔고, 자연스레 조사에는 탄력이 붙었다.

마법진에 대한 자료가 있는 마법진 실험실도 있었고, 약물
이나 흑마법에 의한 신체 강화 실험실도 있었다. 여러 가지 쓸
만한 것들이 많았지만, 가장 인상 깊었던 것은 역시나 생체 실
험실이 아니었을까.

'키메라.'

흑마법으로 만들 수 있는 인공 생명체. 심지어 연금술사도
아닌 것들이 호문클루스에 대한 연구까지 해놓으셨단다.

'습격 당시에는……'

써먹지 못했던 것을 보니 연구에 성과가 없었던 모양이다.

'이건 악마 소환이랑은 완전히 다른 문제니까.'

처음에는 가능성이 보여 제법 파본 것처럼 보였지만, 인공적
인 생명체를 만든다는 게 어디 쉬운 일인가. 나조차도 뜬구름

잡는 소리로 들리는 호문클루스는 물론이거니와, 키메라조차 다루기가 쉽지 않았을 것이다.

결국, 어느 시점에 노선을 변경하기로 마음먹은 것이 분명하다. 반동분자 놈들의 예산이 한정적이었던 만큼 성과를 내지 못하는 연구는 뒤로 미룰 수밖에 없었을 것이다.

'내 돈이 어디로 들어갔나 했더니, 다 여기에 들어가 있었네. 시바, 이 고마운 새끼들.'

나 역시 녀석들과 다르지 않다.

여러 가지 연구를 병행했지만, 사실상 호문클루스는 완전히 배제하고 있었고, 키메라 역시 마찬가지였다. 행정과 주력 분야의 연구만으로도 벅찼으니, 어떻게 이걸 다 연구할 수 있었겠는가.

그런 의미에서 녀석들이 연구해 놓은 성과는 고개를 끄덕이기에 충분했다.

"이건 써먹을 수 있겠네."

"바, 방금 뭐라고……."

"아니야, 하얀아. 혼잣말이었어."

"아…… 네."

조금 늦은 감이 없지 않아 있었지만, 기분이 좋을 수밖에 없는 훈훈한 소식. 성과를 내지 못한 연구라고는 하지만, 녀석들이 그동안 쌓아왔던 데이터와 인프라가 어디로 도망가는 것이 아니지 않은가. 곧바로 실험에 들어갈 수 있는 설비와 연구 자료들이 즐비해 있다.

관련 직업을 준신화로 가지고 있는 이쪽이라면 가닥이라도 잡을 수 있지 않을까? 하는 생각이 계속해서 머릿속을 떠나지 않는다.

'이거 개꿀인데. 아니, 득템이라고 봐도 무방한 거 아닌가.'

심각한 척 표정을 짓고 있지만, 올라가려는 입꼬리를 내리기가 힘에 부친다.

이 방 자체만으로도 내게 있어서는 커다란 성과. 여건만 된다면 6개월 이상 처박히는 게 좋을 것 같다는 생각이 들 정도였다. 새어나간 자금에 가슴이 아프기는 했지만, 녀석들의 세월을 산 거라 생각하면 개이득을 봤다고 해도 무방하다.

'이거 조금 더 자세히 보고 싶은데……'

아예 이곳에 살림이라도 차리고 싶은 심정. 평소와는 다르게 조혜진이 이쪽을 바라보지만 않았다면 간단한 실험이라도 해보지 않았을까.

'아니, 얘는 자기 할 일이나 하지, 왜 자꾸 나를 쳐다봐.'

"이쪽도 대충 정리된 것 같은데 슬슬 나가죠."

"네."

'혼자만의 시간이 필요하다. 조금 더 자세히 보고 싶어.'

하고 싶으니까 하자. 적당한 핑계 하나 만드는 건 일도 아니니까.

그렇게 다음 방으로 진입하기 진전에 곧바로 입을 열었다. 생각하고 있는 방법은 무척이나 간단했다.

"아, 잠깐 생체 실험실 좀 다녀오겠습니다. 깜빡하고 정리하지 못한 부분이 기억이 나서요. 물건을 두고 오기도 했고, 뒤처리 정도만 하고 따라붙겠습니다."

"같이 가죠."

'따라오지 마, 이 새끼야.'

"아니, 굳이 그럴 필요 없어. 어차피 근처고…… 혜진 씨랑 덕구는 나머지 인원들과 함께 계속해서 진행해 주시면 됩니다. 친위대가 복도에 있으니, 무슨 일이 있어도 대응할 수 있을 겁니다."

"그래도……."

"아무것도 없었다는 거 직접 확인했잖아. 이렇게 실랑이할 시간에 이미 다녀왔겠다. 빠르게 다녀올 테니 혜진 씨가 파티원 인솔해 주세요."

대답은 듣지 않는 게 좋다.

아무 말 하지 않고 곧바로 발걸음을 옮겨 방 안으로 들어가, 눈치가 보여 확인하지 못했던 자료들을 뒤적거리자 괜스레 즐거워진다. 연구 자체를 즐기지는 않았고, 스스로도 이런 부분에 재능이 있다고는 생각하지 않았었지만, 이렇게 가슴이 콩닥거리는 거 보면 아무래도 내 정체성이 여기에 있기는 한 것 같았다.

그렇게 본격적으로 자리를 잡고 금단의 연구 성과를 펼쳤을 때였다.

"언제부터였습니까."

뒤에서 조금 쓸쓸한 목소리가 들려온 것.

순간적으로 몸이 굳는 느낌.

'조혜진? 따라오고 있었나?'

혹시나 우리 혜진이가 이쪽을 의심하고 있었던 것은 아닌가 불안해하던 찰나 들려온 목소리는 가관.

"언제부터 그렇게 기억을 잃기 시작한 겁니까?"

"……."

'얘는 또 무슨 귀신 씨나락 까먹는 소리야.'

도대체 일이 어떤 방향으로 어디까지 진행된 건지, 내가 다 묻고 싶어지는 순간이었다.

"무슨 말씀을 하시는지 잘 이해가 되지 않습니다만……."

그냥 둘러대려고 하는 말이 아니라 정말로 무슨 말을 하는 건지 제대로 이해가 되지 않았다.

뜬금없이 나타나서 언제부터 기억을 잃기 시작했냐는 말을 중얼거리니 무슨 말이 더 필요할까. 저도 모르게 표정 관리를 하지 못하는 것도 무리가 아니다.

아주 잠깐이기는 했지만, 온갖 당황스러움이 뒤섞인 감정을 담아 조혜진을 바라보자, 한층 더 진지해지는 눈빛이 시야에 들어왔다.

'뭐가 이렇게 진지해?'

혹시 내가 모르는 게임을 진행 중인 건가. 아니면 몰래카메라라도 찍고 있나. 하는 의구심이 생겨났다.

하지만 싸구려 농담에 정색하는 저 성격에 그런 종류의 장난에 발을 담글 리가 만무했다. 무엇보다 진심을 담은 표정이 굉장히 신경 쓰인다. 연기하거나 장난을 치는 것이 아니다. 마음에서 우러나오는 걱정이 담긴 표정이라는 걸 어떻게 눈치채지 못할 수가 있을까.

뭔가 일이 이상하게 돌아가고 있다는 것을 깨닫는 것은 순식간.

황당함에 잠깐 말을 잇지 못하자, 자신의 생각이 맞았다는 걸 확신했는지 기세등등해진 것이 눈에 띄었다.

"숨기실 필요 없습니다, 부길드마스터."

"아니……."

'시바, 진짜로 모르겠는데.'

"정확히 언제부터 증상이 시작된 겁니까."

"정말로 뭔 말을 하는지 알아듣지를 못하겠는데……. 혜진 씨가 뭔가 오해하고 계신 것 같은데…… 별일 아니니 그냥 넘어갑시다. 뭐, 몇 번 깜빡한 거 가지고 기억을 잃느니, 정신을 잃느니 하는 게…… 우습지 않습니까. 여기서 이러지 말고 파티원들이랑 합류해서 볼일이나 보세요. 갑자기 무슨 말 같지도 않은 소리를……."

"부길드마스터. 그 연구일지, 조금 전에도 부길드마스터가 읽고 계셨던 겁니다. 알고 계신 겁니까?"

'아니, 알고 있는데…… 그러니까 그게 뭔 소리냐고.'

"아니…… 다시 한번 보려는 건데."

손을 휘휘 저으며 나가라는 제스처를 취했지만, 조혜진은 묵묵부답. 오히려 진실을 이야기해 주기 전까지는 절대로 이곳을 나가지 않겠다는 듯한 태도를 고수하고 있었다.

'시바…… 도대체 뭐야. 아니, 이거 둠기화 때문에 그런 건 맞지?'

둠기화를 오래 진행하면 진행할수록 정신적 부담이 심해진 다는 것 정도가 길드원들이 알고 있었던 내용이었다. 단기 기 억 상실증이 있을 수 있다는 것도 예상하던 사안이었고…….

애초에 처음 둠기화에 대해 컨셉을 잡을 때 그런 기믹을 넣 어두지 않았던가. 무의식 세계의 일이나 둠기화되었을 당시의 일을 전혀 기억하지 못하는 것도 그런 기믹의 한 종류였다.

하지만 단언컨대 이후에 티를 낸 적은 없다. 여신의 축복을 받아 페널티를 최대한 줄일 수 있다는 컨셉을 잡고, 둠기화가 결국에는 득이 될 것이라는 걸 어필했다.

파티원들도 베니고어의 찬란한 빛에 커다란 의심은 하지 않 은 것처럼 보였다.

무엇보다 약속의 1년간 별다른 사고가 없었으니 안심한 것 이 당연. 최근에 둠기화가 한 번 있기는 했지만, 이렇게 취조당 하는 느낌으로 압박받을 정도의 일을 만든 기억은 없다.

물론 머리가 아프다는 듯 인상을 찡그리고 머리를 부여잡거 나, 둘러대기 어려운 상황에 대해서는 기억나지 않는다고 둘러 대기는 했다.

솔직히 말하면 조금 많이 써먹기는 했지만, 갑자기 머릿속 에 지우개를 가지고 다니는 놈이 되어 있을 줄은 상상도 하지 못했다.

"길드마스터에게 대충 전해 들었습니다."

'현성아, 너 왜 그래. 뭐야, 왜 이렇게 혼자 심각해. 아니, 도대체 무슨 망상을 하는 거야, 얘는.'

조혜진이 김현성에게 다녀온 직후 보였던 슬픈 표정이 이제야 이해가 간다.

슬쩍 조혜진을 바라보자 여전히 두 눈을 똑바로 뜨고 나를 바라보는 중이다.

김현성은 또 어쩌다가 이런 결론에 도달하게 된 건지 이해할 수가 없다. 그나마 마음에 걸렸던 것은 가장 최근에 나눴던 대화.

'기영 씨.'

'네.'

'괜찮으신 겁니까? 갑…… 갑자기.'

'아, 괜찮습니다. 잠깐 다른 생각을 좀 하느라…… 신경 쓰지 않으셔도 됩니다. 어디까지 이야기했었죠?'

'따로 방법이 있는지 알아보신다는 것까지…….'

'……'

'정말 괜찮으신 겁니까?'

'아, 네. 그랬었죠. 네, 죄송합니다.'

분명히 이런 느낌의 대화가 있었던 것 같기는 했다.

어쩌면 중간중간 베니고어와 대화하느라 멍때리는 시간이

길어진 것도 원인 중 하나일지 모른다. 아무렇지도 않은 척했지만, 김현성의 머릿속에서는 무의식 세계의 기억을 잃었다는 사실이 굉장히 크게 다가온 것이 아닐까.

기억을 떠올려 보니, 자신을 기억하냐는 말에 '아니요'라고 대충 말했던 것도 한쪽에서 맴돈다.

전부 다 내 망상에 불과하다는 건 알지만, 그럴듯하게 느껴지는 추론이다. 이미 추억 하나를 잊었다는 사실 자체가 기벽과 맞물려 셰익스피어 뺨치는 소설을 만들어낸 건 아닐까.

조심하지 않은 내 잘못이라고도 볼 수 있지만, 김현성이 이런 말 같지도 않은 생각을 가슴속에 품고 있었을지 내가 어떻게 예상할 수 있었을까.

녀석도 확신하지는 못하고 있었을 것이다. 그래서 조혜진에게 한번 떠봐 달라고 주문을 넣은 것일 수도 있다.

조혜진 나름대로도 찝찝한 부분이 있었기 때문에 이런 식으로 말을 걸어오는 것일지도 모른다. 정신을 자주 잃는다거나, 기억력이 감퇴했다거나, 최근 들어 자주 깜빡깜빡한다는 걸 떠올리고서는 더욱더 고개를 끄덕였으리라.

두 명의 대화를 직접 들어보고 싶은 심정이었으니, 무슨 말이 더 필요할까.

'와, 진짜 소설을 쓰네, 소설을 써. 너네가 작가 해라, 작가 해.'

아무래도 두 사람이 비극적인 클리셰의 소설을 너무 많이 본 것 같다. 충격적인 사건이 많았다는 건 인정하지만, 정말로 다른 생각이 들지 않았다.

"계속 이상이 없다고 몇 번이나 말씀드렸는데 뭐, 이제 와서 갑자기 뚱딴지같은 소리를 하십니까. 정말로 별일 없으니까. 할 일이나 해요."

"이미 다 알고 있습니다. 최근 들어 조금 이상하다고 생각은 했었지만……."

'내가 무슨 이상한 짓을 했는데 그래. 그리고 알긴 또 뭘 알아.'

오해를 풀고 싶었지만, 이미 지들끼리 북 치고, 장구 치며 결론을 내려놓은 상태가 아닌가. 확 마, 진행되고 있다고 말하는 게 좋지 않을까 하는 생각을 떠올리게 될 정도였다.

'이점이 뭐가 있지?'

무작정 보호하려고 하지는 않을 것이다. 마이너스 감정이 둠기화에 영향을 미친다는 걸 알고 있는 만큼 육체의 안전뿐만이 아니라 정신적인 건강도 신경 써줄 테니까.

아예 일을 시키지 않으려 감싸고돌지 않을까 하는 생각이 들기도 했지만, 이것 역시 별문제처럼 느껴지지는 않았다. 해결 방안도 있었고, 두 번째 둠기화가 감금의 영향이었다는 걸 생각해 보면 그런 선택을 할 리가 없다.

'그냥 더 이상 남은 시간이 없다고 해버려?'

조금 무리수 같기는 했지만, 효과가 없지는 않을 것이다.

하지만 어떤 방향으로 일이 꼬일지 모르는 만큼 조금 더 고민해 볼 여지가 있다.

'아니, 그렇다고 무작정 아니라고 해서 믿어줄 분위기가 아닌데.'

그냥 시원하게 인정하는 게 좋지 않을까.

어떤 선택을 하든지 간에 최선은 아니기에 뭐라고 판단을 내릴 수가 없지만…… 아예 방법이 없는 것은 아니다. 오히려 지금보다 더 자유롭게 움직일 수 있는 환경을 마련할 수 있다.

계속해서 문 앞에서 나를 바라보는 조혜진을 힐끔 바라보자 여전히 의심 따위는 하지 않는 것 같은 얼굴, 완벽히 내 머릿속에 무슨 일이 생기고 있다고 확신하고 있다.

"부길드마스터."

이미 분위기는 잡혀 있다. 침묵과 불안한 공기가 장내를 감싸고 처연한 표정의 조혜진이 괜스레 침을 삼켜 넘기고 있었다.

"믿어주세요. 최소한 저희 파란 길드원은 부길드마스터의 머리에 무슨 이상이 생기고 있는지 알 자격이 있습니다."

"……."

"제 책임입니다."

"아니요."

"네?"

"혜진 씨 책임이 아닙니다. 최근에 있었던 사건으로 인해서 달라진 건 없어요."

"정말로……."

"……혜진 씨만 알고 계셔야 합니다."

역시 뭔가가 있었다고 생각하는 얼굴.

"현성 씨, 하얀이, 덕구, 파란 길드원들이나 제 지인들에게도 이야기하지 말아주세요. 아직 알리고 싶지 않습니다. 중요한 시기인 만큼 괜한 걱정을 끼치고 싶지 않습니다. 저 역시 할 일이 아직…… 남아 있고요. 네. 꼭 필요한 일입니다."

"그게…… 무슨 소리…… 입니까."

"시간이 그리 많이 남지 않았다는 겁니다."

"그러니까 지금 그게 무슨 소리냐고요."

"예상하시는 그대로일 겁니다."

"……."

"정확히 언제부터인지는 저도 잘 모르겠지만, 조금씩 머릿속이 흐릿해지는 느낌이 들 때가 있습니다. 방금처럼 단기적인 기억 상실을 겪을 때도 있었고요. 이유는 아마…… 네. 그 일 때문일 겁니다. 저도 제 나름대로 방법을 찾아보려고 했었지만, 다른 방법이 없다고 말씀하시더군요."

"누가……."

"베니고어."

"그게 사실입니까?"

"네, 신력을 사용해도 복구가 불가능한 종류의 저주라고 언질받았습니다."

"그…… 그게 뭐예요. 그게……."

"뭐 별건 아닙니다. 죽는 것도 아니고. 천천히 기억을 잃어 갈 뿐입니다. 짧으면 3년 길면 5년 정도."

"그게 뭐야."

"아직 아무것도 잊지 않았으니 그런 표정 하지 않으셔도 됩니다. 제가 생각해도 놀라울 정도로 잘 버텨주고 있어요. 지력 수치가 높은 게 이럴 때 도움이 되는 모양입니다. 자주 멍때리게 되거나 정신을 잃기는 하지만, 예전의 일들까지 잊어버리고 있는 것은 아닙니다. 아직은 그 정도까지 진행되지 않았어요."

"……."

"다른 사람들한테는 말하지 마요. 아까도 말씀드렸다시피 해야 할 일이 많습니다. 언제 어떻게 사태가 악화될지 모르는 만큼 제가 할 수 있는 일은 전부 다 끝내놓고 싶어요. 이 5현장의 일은 물론이거니와 파란, 더 나아가서는 우리 삶의 터전을 위해 해야 하는 일이 많아요. 뭐 귀찮기는 하지만 어쩌겠습니까. 나더러 신에게 선택받은 사람이라는데. 저도 원래 뭘 위해 희생하는 성격은 아니기는 하지만, 일단은 대륙이 안전해져야 저도 살아남지 않겠습니까."

"……."

"제가 하기에는 조금 낯간지러운 말이라는 건 압니다. 하지만 저는 저와 관계된 사람들이 전부 살았으면 좋겠어요. 그렇기에 괜한 걱정 끼치기 싫다는 겁니다. 이래 봬도 제법 능력이 있는 사람이지 않습니까. 상상하는 것보다 이 주어진 시간 내에 할 수 있는 일들이 많을 겁니다. 쓸데없는 거로 걱정받으며 시간을 낭비하고 싶지 않아요."

"당신 정말……."

"당분간은 아무한테도 말하지 마세요. 그냥 별일 없다고. 건강하다고. 그렇게 계속 보고해 주셨으면 좋겠습니다. 제 마지막 부탁이에요."

'하는 김에 내 편의도 좀 봐주고. 응? 좋잖아. 괜찮게 된 것 같네. 이거.'

조혜진이라면 아마 내 뜻에 따르지 않을까 싶다. 당분간 이곳에 틀어박혀야 할 테니 편의를 봐주는 것은 물론, 다른 사람들의 걱정을 덜어주는 역할을 해주게 될 것이 분명했다.

일이 끝난 다음에 '짜잔! 그런데 절대라는 건 없더군요. 저 주가 전부 다 나았습니다!'라고 둘러대면 되는 거고, 파란 길드의 입장에서도 조혜진이 내게 붙어주면 안심 또 안심이니 다른 호위를 달고 다닐 필요도 없다.

이곳 연구소에 탄력이 붙는다는 것도 너무나 당연한 것이 아닌가. 한 2년 정도만 이 기믹을 유지해도 내게 있어서는 아쉬울 게 없는 장사라는 거다.

괜스레 입꼬리를 올린 것은 당연지사. 조금 심상치 않은 조혜진의 얼굴이 눈에 들어온 것은 바로 그때였다.

'뭐야. 얘 왜 울어?'

"……"

'아니, 너 왜 울어. 갑자기 왜 울고 난리야. 미안해지게 왜 그래, 진짜. 울지 마.'

to be continued

업어 키운 여포

유수流水 역사 판타지 장편소설
WISHBOOKS HISTORICAL FANTASY STORY

[평소에 위가 안 좋다고 생각하는 분들 들어오세요.]

'건강 팁이 아니라 삼국지 낚시였어?'
"에이, 잠이나 자자."

어라? 내가 잠이 덜 깬 건가?

"……어나십시오. 일어나셔야 합니다, 장군. 장군?"

잘 자고 일어났는데 삼국지 속.

뭐라고? 우리 형이 여포라고?

난세의 영웅은 무리지만 영웅의 보좌관이 되겠다.

업어 키운 여포

崑崙 곤륜패선
覇仙

윤신현 신무협 장편소설
WISHBOOKS ORIENTAL FANTASY STORY

선대의 안배로 인해 시공간의 진에 갇힌
곤륜의 도사 벽우진.

"……뭐야? 왜 이렇게 되어 있어?"

겨우겨우 탈출해서 나온 그의 눈에 보이는 것은!

"정말, 정말 멸문했다고? 나의 사문이? 천하의 곤륜파가?"

강자존의 세상, 강호.
무너진 곤륜을 재건하기 위해 패선이 돌아왔다!

곤륜패선(崑崙覇仙)

'이왕 할 거면 과거보다 더 나은 곤륜파를 만들어야지.'